Eine Mischung aus unverstandenem Genie, das eigentlich nur in seinem Element ist, wenn es mit einem hübschen Mädchen flirtet – und Jack Kerouac: so stilisiert sich der Ich-Erzähler dieses witzig-poetischen Romans. Auf der Suche nach dem Wahren und Schönen läßt er sich durch die postmaoistische Pekinger Kunstszene treiben und trifft dabei nur auf Möchtegern-Kafkas, Pseudo-Van Goghs und Alkoholiker ... Er beschließt, in den gelobten Westen zu seinem Freund Xi Yong zu reisen, der sich irgendwo in Deutschland im chinesischen Restaurant seiner Tante ausbeuten läßt. Aber erst muß er auf sein Visum warten, und so erholt er sich bei einem Abstecher nach Tibet, wo er mehr über Einsamkeit erfährt, als ihm lieb ist.

Endlich in dem romantischen deutschen Städtchen angekommen, in dem sich Xi Yong inzwischen Hals über Kopf in eine blauäugige Brötchenverkäuferin verliebt hat, lernt er den Westen aus ziemlich chinesischer Perspektive kennen ... Aber wenigstens erlaubt ihm seine abenteuerliche Entdeckerreise eine kleine feine Vergleichsstudie – frech naiv und politisch respektlos. Dieses Buch sei allen empfohlen, die den Westen aus chinesischer Perspektive und China aus der Sicht eines Chinesen, der drei Jahre in Deutschland verbracht hat, kennenlernen wollen.

»Endlich hat China eine literarische Stimme, die kritisch sein kann, ohne dabei zu vergessen, daß sie selbst ein Ausdruck der neuen Freiheit ist.« *Die Zeit*

Xu Xing wurde 1956 in Peking geboren, wo er auch heute lebt. Als Autor, Dokumentarfilmer und Videokünstler genießt er in China Kultstatus. Anfang der neunziger Jahre reiste Xu Xing in den Westen und verbrachte einige Jahre u. a. in Heidelberg. In Frankreich veröffentlichte er bereits den Erzählungsband »Variation ohne Thema« und den vorliegenden – seinen ersten – Roman.

Unsere Adresse im Internet: www.fischerverlage.de

Xu Xing

Und alles, was bleibt, ist für dich

Roman

Aus dem Chinesischen von
Irmy Schweiger
und Rupprecht Mayer

Fischer Taschenbuch Verlag

Irmy Schweiger übersetzte die Seiten 5 bis 117,
Rupprecht Mayer die Seiten 118 bis 243.

Veröffentlicht im Fischer Taschenbuch Verlag,
einem Unternehmen der S. Fischer Verlag GmbH,
Frankfurt am Main, Januar 2006

Lizenzausgabe mit freundlicher Genehmigung
des SchirmerGraf Verlags, München
Originaltitel »Shengxia de dou shuyu ni«

Satz: Pinkuin Satz und Datentechnik, Berlin
Druck und Bindung: Clausen & Bosse, Leck
Printed in Germany
ISBN-13: 978-3-596-16791-3
ISBN-10: 3-596-16791-4

Erster Teil

Stell dir vor, du stehst in einem Weizenfeld. Bist kein Bauer und sollst das Getreide ernten. Du nimmst dir vor, diesmal nicht aufzuschauen. Deine Sichel schneidet Garbe um Garbe. Bei zweihundert müßtest du angekommen sein. Doch bis zweihundert ist ein endlos langer Weg, ein Weg so endlos lang wie dein ganzes Leben. Zweihundert! Du blickst auf und mußt erkennen: noch immer kein Ende in Sicht. Und wieder einmal bemerkst du: Dieses Land ist so beschissen groß – aber für dich gibt es nicht mal ein Fleckchen zum Ausruhen.

Geduckt saß ich auf dem Rad. Jedesmal, wenn ich aufschaute, sah ich die Straße schnurgerade vor mir liegen. Ich haßte diese Eintönigkeit. Die Straße verlief sich in der Ferne. Von der Poesie, die ich mir erhofft hatte, keine Spur. Dabei hatte ich mir diese Strecke extra ausgesucht. Doch der Weg ist längst asphaltiert. Die Bäume, die ihn einst säumten, sind gefällt. Anwohner haben das Holz davongetragen. Die Sonne brannte unerbittlich auf mich herab. Ich war nackt bis auf die Unterhose. Meine mageren Beine traten in die Pedale, als ginge es ums Überleben. Etwa zehn Kilometer führte die Straße an Eisenbahnschienen entlang. Mit senkrecht aufgesetzten Schraubenschlüsseln trieb ein Trupp von Gleisarbeitern die riesigen Schrauben in die hölzernen Eisenbahnschwellen. Das Ganze wirkte, als liefe hier ein Wettbewerb ab. Auf den Pfiff des Vorarbeiters legte sich die Mannschaft unverzüglich ins Zeug. Sie werkelten mit der Emsigkeit von Panzerknackern, irgendwie ziemlich komisch.

Im Vorbeifahren erlaubte ich mir einen Scherz: »Schneller! Schneller! Schneller!«

Ein Typ mit nacktem Oberkörper zwinkerte mir zu und konterte im breitesten Hebei: »Schneller!? Was heißt hier schneller? Schneller holt dich nur der Teufel.«

Ich lachte laut los und fiel dabei, frag mich nicht wie, von meinem Drahtesel. Als ich mich wieder aufrappelte, dachte ich darüber nach, wie das passieren konnte. Es ist mir wirklich schleierhaft. Lag es am Ende an meinem Gelächter? Doch fuhr ich nicht gerade deshalb durchs Land? Schließlich war ich doch auf der Suche nach Orten, an denen man noch nach Herzenslust lachen kann. Wenn man dabei allerdings gleich im hohen Bogen vom Rad fliegt, dann bestätigt dies wohl die traurige Wahrheit, daß es hier nichts zu lachen gibt.

Während ich vor mich hin grübelte, wieherte es hinter mir. Klar, es war der Typ mit dem nackten Oberkörper, der nun auf seine Kosten kam. Verflucht. Wer den Schaden hat, der braucht für den Spott nicht zu sorgen, da gibt es wohl keine Ausnahme auf dieser Welt. Der Typ schüttelte sich vor Lachen und vergaß darüber ganz die Arbeit – bis ihm der Vorarbeiter einen wüsten Fluch ins Gesicht schrie. Augenblicklich verstummte er und schuftete mit ernster Miene weiter. Jetzt war ich wieder dran. Wer zuletzt lacht, lacht am besten – keine Ahnung, welcher Schlaumeier dies irgendwann auf den Punkt gebracht hat. Fröhlich schwang ich mich in den Sattel und radelte weiter. Eigentlich bin ich genauso ein schadenfroher Mistkerl.

Bei Einbruch der Dunkelheit erreichte ich S., suchte eine Kneipe und gönnte mir erst einmal drei große Bier. Danach lief ich zur Post, um Xi Yong anzurufen. Er ließ ein verschlafenes »Hallo« hören, und es dauerte eine kleine Ewigkeit, bis bei ihm angekommen war, daß ich ihn aus über achthundert Meilen Entfernung anrief. Wenn es um seinen Schlaf geht, dann kennt er kein Pardon. Er schläft, wann immer es ihm paßt, und obendrein behauptet er noch, schrecklich unter Schlaflosigkeit zu leiden. Welch tragisches Schicksal. Ständig lief er mit einem Röhrchen hochdosierter Schlaftabletten herum. Bei ihm könnte man vermuten, daß nicht einmal die Polizei seinen Mörder suchen würde, wenn er in einen Fluß gestoßen würde und ertränke.

Zu Xi Yong muß man wissen, daß ich ihn »älterer Bruder« nenne. Nicht etwa, weil er älter oder gar mein Bruder wäre. Mit Alter hat das gar nichts zu tun. Es ist vielmehr so eine Redensart, wie man in Tianjin ein kleines Mädchen auch »ältere Schwester« ruft. Oder wenn du auf der Straße in eine Partie Schach vertieft bist und die Leute drumherum mitfiebern und dann ein grobschlächtiger Typ aus Tangshan oder einem anderen Nest begeistert losbrüllt: »Mach schon, Alter! Schnapp dir seinen Bauern!«

Xi Yong ist von morgens bis abends im Halbschlaf und ein echtes Naturtalent, wenn es darum geht, andere dafür einzuspannen, sein Image aufzupolieren. Der Fachbegriff hierfür lautet vermutlich »Bescheidenheit«. Aber Xi Yongs Bescheidenheit hat nichts mit dem zu tun, was man landläufig darunter versteht – ganz im Gegenteil. Er ist zutiefst davon überzeugt, daß sich in ihm die Unfähigkeit, Unwissenheit und Nutzlosigkeit der ganzen Menschheit vereinen. Ich bin weit und breit der einzige, der ihn aus dem Schlaf reißen darf, ohne am Telefon seinen wüsten Beschimpfungen ausgesetzt zu werden. Und wenn er gerade mal nicht schläft oder von anderen mit Komplimenten bedacht wird, dann beschimpft er diese und mitunter auch sich selbst.

»Na klar komm ich mit. Dreckskerl.« Er war die Ruhe in Person.

»Alles klar.« Mit ihm würde diese Tour bestimmt lustig.

Wir vereinbarten, daß er morgen mit seinem Fahrrad in den Zug steigen und wir uns an einem Ort treffen würden, den ich mir erst noch erstrampeln mußte. Wir verabredeten uns am Bahnhofsvorplatz.

Nach dem Telefongespräch radelte ich aus der Stadt hinaus. Ich suchte mir einen sauberen Platz am Rand der Straße, von der aus ich morgen aufbrechen wollte. Inzwischen wußte ich ja, daß sie einen in der Stadt nicht schlafen lassen. Wenn es gut läuft, wird man nachts lediglich ein paarmal geweckt. Andernfalls landet man gleich mitsamt Rad und miefigem Schlafsack in Polizeigewahrsam. Dann wird man zum »Landstreicher« gekürt und darf zusammen mit verlausten Pennern und alten Landstreicherinnen den Weg in die Heimat antreten. Vor vielen Jahren, als ich mich einmal in Kanton herumgetrieben habe, war mir das Geld für die Heimfahrt ausgegangen. Kurzerhand bin ich auf die Wache marschiert und habe mich als »Landstreicher« ausgegeben. Einmal und nie wieder! Damals habe ich mir geschworen, mich nie, nie wieder einbuchten zu lassen. Aber das Unterwegssein liegt mir nun mal im Blut, und dagegen läßt sich bekanntlich wenig machen.

Ich suchte mir einen trockenen Platz, breitete den Regenmantel aus und kroch in meinen Schlafsack. Dort entledigte ich mich meiner Klamotten – viel hatte ich ja sowieso nicht an –, schob sie mit den Füßen ans Schlafsackende, legte mir die Schuhe als Kopfkissen zurecht und schaute in den sternenübersäten Himmel. An Schlaf war nicht zu denken. Von irgendwoher hörte man Babygeschrei; es kam mir wunderschön vor. Dieses kleine Kerlchen, wie es mit seinen rosigen Beinchen strampelte, wie es krähte und zeterte, schlicht und ergreifend seinen Kummer und Unmut, seine Bedürfnisse und Unzufriedenheit hinausschrie. Daß einer in solch einer wunderbaren Nacht hemmungslos seinen natürlichen Empfindungen freien Lauf läßt, erfüllte mich mit seltsamer Zufriedenheit. Mein Lebtag habe ich es als höchstes Glück empfunden, mich zur Ruhe zu betten. Und jedesmal muß ich dabei ein wenig blöde und selig lächeln – auch jetzt, obwohl ich auf einem harten Zementboden lag.

Vielleicht kommt der Tag, an dem ich glückstrunken und lächelnd liegenbleibe und niemals wieder aufstehen muß und weitergehen …

Zufriedenheit ist nicht gut. Das wußten schon die alten Philosophen, denn »wer satt ist und im Warmen geborgen, den suchen die Laster heim«. Ich dachte an Frauen und ließ alle Revue passieren: die ich geliebt und nicht geliebt, die ich verletzt und die mich verletzt haben. Ob sie wußten, daß ich in dieser Nacht unter diesem Sternenhimmel, der schön ist wie ein Gedicht, an irgendeinem fernen Ort an sie dachte? Daß ich sie nicht vergessen habe? Bei diesen wirren Träumereien kroch langsam die Kälte in mir hoch, aber das beflügelte nur meine Phantasie. Außerdem war dieser verfluchte Schlafsack für zwei Personen gedacht, und es sah ganz so aus, als suchten einen die Laster nicht nur heim, wenn man satt und im Warmen geborgen ist. Wo kämen sonst die ganzen Menschen her? Mein Verstand sagte mir, daß es auf der Welt auch von Frauen nur so wimmelt – aber wenn ich mich nach einer sehne, ist keine da … schließlich streckte ich meine Hand nach dem kleinen Ding aus – der einzige Bestandteil meines Körpers, der mich zur Ruhe kommen läßt, der einzige aber auch, der nicht weiß, was sich gehört, und dauernd Ärger macht. Ah! Die Liebe! So ist das mit ihr. Benommen schlief ich ein und träumte einen Traum, in dem nicht eine einzige Frau vorkam.

Als ich im Morgengrauen aufwachte, herrschte schon reges Treiben. Fahrer hupten unentwegt, es war mir ein Rätsel, warum sie es immer so eilig haben. Die guten Zeiten im Leben sind allemal rar, warum also diese dauernde Hektik und der ewige Kampf um den ersten Platz? Im Grunde genommen ist das, was übrigbleibt, sowieso nicht viel, weshalb also der ganze Streß? Ich schloß mein Rad von dem Baum los, an dem ich es am Abend angekettet hatte, befestigte Schlafsack, Regenmantel und den restlichen Kram auf dem Gepäckträger und machte mich ziemlich gerädert auf den Weg. Heute will ich über hundert Meilen fahren, bis in die Stadt, in der ich mich mit Xi Yong verabredet habe. Ich habe schlecht geschlafen letzte Nacht. In der Stadt zu übernachten wäre vermutlich klüger gewesen, allerdings wären dort mit Sicherheit alle Plätze schon belegt gewesen. Es ist nun mal eine Tatsache, daß die begehrenswerten Dinge immer schon frühzeitig ihre Besitzer finden. Und was übrigbleibt, gehört dir: der Straßenrand, die Müllberge, Krankenhäuser, Gefängnisse und dergleichen; immerhin etwas, und es bleibt dir, ob du es willst oder nicht.

In Wirklichkeit waren die Straßen natürlich überhaupt nicht alle belagert. Aber wenn so ein zwielichtiger Typ vor ihren Fenstern übernachtet, dann kriegen es die Leute mit der Angst zu tun. Wenn sie ihre Liebste im Arm halten, dann muß eine ganze Armee für Ordnung auf der Straße sorgen, damit sie tunlichst nicht gestört werden. Sie schlafen den Schlaf der Gerechten in ihren duftenden, weichen Betten mit einem duftenden, weichen Körper im Arm. Auf diese Behaglichkeit legen sie großen Wert. Du aber kriechst in deinen kalten, dreckigen Schlafsack, zählst vor Langeweile die Sterne, lauschst Babygeschrei, phantasierst von Frauenhintern und tröstest dich mit ein paar schnellen Handgriffen. Das alles wäre halb so schlimm – auch wenn ich diese Aufteilung nicht gerade gerecht finde. Ärgerlich ist nur: Du willst ihnen ihr ehrbares Leben ja gar nicht streitig machen oder dich mit ihnen um die Fleischtöpfe balgen. Aber du darfst noch nicht einmal ihrem zufriedenen Schnarchen lauschen. Du hast dich dorthin zu verziehen, was sie dir übriggelassen haben.

Ich beschloß, daß Xi Yong und ich uns als zwei hohe Kader ausgeben sollten. Problematisch könnte dabei allenfalls unser Aussehen sein. Xi Yong wird vermutlich kaum in Schlips und Kragen erscheinen, aber ich hoffte inständig, daß er wenigstens eine etwas ansehnliche Hose trägt. Wir könnten als Journalisten auftreten, als Abgesandte irgendeines um das Volkswohl besorgten hohen Tieres. Das ist zwar nicht ganz legal, aber die da oben haben sich sowieso längst alles Begehrenswerte gesichert. Sich mal eben ihren Namen auszuleihen, um zu einer Mahlzeit zu kommen, wird wohl kaum ein Verbrechen sein. Das heißt ja noch lange nicht, daß man sich deshalb durch Betrug und Gewalt bereichern will und ansonsten nur Stroh im Kopf hat – wie sie. Wo kämen wir hin, wenn dies schon gesetzeswidrig sein sollte? Dann bliebe einem ja wirklich verflucht wenig …

Dieser Entschluß beflügelte mich so sehr, daß ich um die Mittagszeit schon über fünfzig Kilometer zurückgelegt habe. Leider hat es mit der ebenen Strecke nun bald ein Ende, und die nächsten Tage werde ich über eine unebene, holprige Piste radeln, vorbei an Bergen, Seen, unzähligen kleinen Dörfern und den typischen Feldern des Südens. Zu Beginn meiner Reise waren die Bauern entlang meiner nördlichen Route gerade bei der Weizenernte. Inzwischen sind nur ein paar Tage vergangen, und schon sind sie wieder dabei, den Mais zu bewässern. Wieviel müssen sie eigentlich schuften, um satt zu werden? Und was machen sie eigentlich, wenn sie satt sind? Warum schuften sie dann weiter? Meine Erfahrung sagt mir, daß so eine Plackerei gar nicht nötig ist, um satt und zufrieden zu sein.

Ich bog in eine Nebenstraße ein. Nur ein paar Meter von der Hauptstraße entfernt lag ein kleines Dorf, und ich beschloß, meinen neu gefaßten Entschluß gleich einmal in die Tat umzusetzen. Zwei kleine Esel trotteten mir entgegen, gefolgt von einem fünfzehn- oder sechzehnjährigen Jungen, der sie ununterbrochen mit einem Stock antrieb, was sie aber keineswegs zu beeindrucken schien. Auch der Junge schien eher einer Gewohnheit zu folgen und weniger daran interessiert, daß seine Esel einen Schritt zulegen. Ich erkundigte mich nach dem Haus des Dorfvorstehers oder Parteisekretärs, und er deutete mit dem Kinn geradeaus. Als ich etwas unverständig schaute, fügte er erklärend hinzu: »Da vorne, das Haus mit der hohen Mauer und dem großen Hof, dort wohnt der Parteisekretär.«

Ich folgte seinen Anweisungen und gelangte zu einem aus roten Ziegelsteinen erbauten großen Anwesen. Was macht ein solch stattliches Anwesen in einer Gegend, in der sonst nur verfallene Häuser stehen, Unrat und Jauche zum Himmel stinken und sich überall zerlumpte Kinder balgen?

Ich näherte mich dem Eingang, und noch bevor ich einen Ton herausbringen konnte, stürzten sich zwei Wolfshunde mit wütendem Gebell auf mich. Ich ließ mein Rad los und wollte gerade wegrennen, als ich hinter mir eine spöttische Stimme hörte: »Wovor hast du Angst? Die Hunde sind an der Kette!«

Ich drehte mich um und sah ein hübsches Mädchen in einer rosa Bluse, das hinter vorgehaltener Hand lachte. Sie mochte achtzehn oder neunzehn Jahre alt sein. Mit ihren Pfirsichwangen und tiefschwarzen Augen erschien sie mir wie das blühende Leben. Ich beeilte mich zu fragen: »Ist der Parteisekretär zu Hause?«

»Ja, mein Vater.« Dann rief sie nach hinten: »Papa, Besuch für dich.«

Ein untersetzter älterer Mann mit wattierter Steppjakke und griesgrämigem Gesicht trat heraus.

»Sind Sie der Parteisekretär?«

»Ja, was gibt's?«

Abschätzig blickte er auf meine abgetragenen Klamotten.

»Ich komme im Auftrag, bin gestern in der Provinz eingetroffen.«

Um seiner Überheblichkeit einen kleinen Dämpfer zu verpassen, betonte ich das »im Auftrag« besonders gespreizt.

»Oh, treten Sie ein, treten Sie ein …«

Er verbeugte sich eilfertig und winkte mich hinein. Ich trat über die Schwelle und warf, noch immer beunruhigt, einen Blick auf die beiden wütenden Hunde, die mich gierig belauerten. Das Mädchen hielt mit der einen Hand die Hunde im Zaum, und mit der anderen bedeckte sie immer noch ihren Mund.

Es war klar, daß mein »im Auftrag« den Parteisekretär, wie vorauszusehen, so eingeschüchtert hat, wie dies bei den meisten Chinesen der Fall wäre. Denn tagein, tagaus hört man unzählige Male dieses »im Auftrag der oberen Behörden«. Was auch immer dahintersteckt – Kontrollgang, Inspektion, Bankett –, es lohnt nicht, in Tiefsinn darüber zu verfallen. Man kann sich aber sicher sein, daß bei diesen »oberen Behörden« jemand von Rang und Namen seine Finger im Spiel hat. »Im Auftrag« bedeutet demnach nichts anderes, als daß diejenigen, die im Besitz all der begehrenswerten Dinge sind, ihr Paradies kurzzeitig verlassen, um in Augenschein zu nehmen, was sie dir übriggelassen haben.

Schon die bloße Erwähnung der »oberen Behörden« treibt mir Schauder über den Rücken. Denn einmal, Anfang der siebziger Jahre, ist mir unfreiwillig ein Fehler unterlaufen. Eines schönen Tages hatte sich meine Hand im Bus an einen falschen Ort verirrt, einen verflucht guten Ort jedoch, mit einem verflucht begehrenswerten Ding dazu – einer Geldbörse. In einem Anfall von Neugier war ich darauf erpicht, zu erfahren, wieviel Geld sich darin befände und für wie viele Mahlzeiten es wohl ausreichen würde. Ohne zuvor den Besitzer zu konsultieren, zog ich das Geld heraus. Bedauerlicherweise wurde ich dabei erwischt, worauf ich ziemlich eins auf die Fresse bekam. Ein paar grobschlächtige Kerle hatten mich in die Mangel genommen. Allerdings war auf ihren Gesichtern wenig von rechtschaffener Empörung oder gerechtem Zorn zu lesen, vielmehr hatten sie eine günstige Gelegenheit beim Schopfe ergriffen, billig auf ihre Kosten zu kommen.

Beim Verhör erwähnte einer der Polizisten etwas von einer »oberen Behörde«, und ehe ich mich versah, war da schon ein Typ in Zivil »im Auftrag« gekommen. Ein wahrer Könner seines Fachs. In Sekundenschnelle hatte er das Material über meinen »konterrevolutionären« Vater meiner Akte entnommen. Er klärte mich auf, daß dieses Belastungsmaterial ein Leben lang, und sei es bis ans Ende der Welt, an mir kleben bliebe, wenn ich nicht zugäbe, dem schlechten Einfluß meiner »konterrevolutionären Familie« ausgesetzt gewesen zu sein. Wer diesen Wälzer von Akte je zu Gesicht bekommt, muß glauben, daß ich über zweihundert Jahre alt bin.

»Junge, du bist gerade mal sechzehn, denk doch an deine Zukunft!« ermahnte er mich.

Der Parteisekretär hatte uns Tee aufgegossen und setzte sich mir gegenüber: »Was würden Sie denn gerne wissen?«

»Ich … ich …« Mit wichtigtuerischer Miene überlegte ich krampfhaft, aber es fiel mir beim besten Willen nichts ein. Zufällig sah ich, wie das Dorfmädchen gerade ein Feuer entfachte, um mein Essen zuzubereiten, und wahrscheinlich lag es auch an meinem knurrenden Magen, so daß ich aufs Geratewohl fragte: »Ich wüßte gerne, was es zu essen gibt.«

Mit offenem Mund starrte mich der Parteisekretär an.

Ich bemerkte meinen Ausrutscher und versuchte ihn auszubügeln: »Ehm … die Reform meine ich! Was essen denn unsere armen Bauern und unteren Mittelbauern unter den großartigen Bedingungen der Reform?«

»Mmh, ach so, unsere Landwirte …«, berichtigte er mich, und mir schien, daß ich schon ins nächste Fettnäpfchen getreten war. Gab es die armen Bauern und unteren Mittelbauern überhaupt noch? Das war doch eine Einteilung zu Zeiten des Klassenkampfs. Das war eine ziemlich komplexe Sache damals, und es gab mindestens zehn unterschiedliche Klasseneinteilungen. Alles in allem übertraf der Klassenkampf das übliche Chaos um ein Vielfaches, aber in der Zwischenzeit war alles recht simpel geworden. Selbst der konterrevolutionäre Klassenfeind Nummer eins – der amerikanische Imperialismus – zählte inzwischen zu unseren Freunden. Wen und was, bitte schön, galt es da noch zu bekämpfen? Für mich gab es zweierlei Arten von Leuten: Reiche und Arme. Inwiefern sie einander bekämpfen, sei dahingestellt, sicher ist nur, daß der Kampf immer zugunsten der Reichen ausgeht. Die Geschichte der Menschheit kennt keinen Fall, in dem die Armen die Reichen bezwungen hätten.

Der Sekretär hatte meinen Fehler offensichtlich nicht registriert und überschwemmte mich mit einer wahren Flut von Ausführungen. Das Dorf sei alles in allem recht gut dran, bis auf eine Familie, die ihr Getreide immer gegen Tofu eintauscht. Das alles erzähle ich nur, damit klar wird, in welchen Größenordnungen wir uns hier bewegen: Entweder man ißt Getreide, oder man ißt Tofu …

Schließlich riß mir der Geduldsfaden. Mit fiel ein, daß ich seit Tagen kein Tagebuch mehr geschrieben habe, und ich kramte mein zerfleddertes Notizbuch aus meinem Rucksack hervor, um die letzten Tage nachzutragen. Ab und zu schaute ich ihn an, stellte ein paar zusammenhanglose Fragen und ließ ihm seinen Glauben, daß ich nicht nur aufmerksam zuhöre, sondern auch gewissenhaft Notizen mache, um irgendeiner »oberen Behörde« Bericht zu erstatten. Meine Beflissenheit feuerte ihn immer mehr an, und er geriet richtig ins Erzählen. Davon, daß die Bauern in der Bewässerungszeit kein Dieselöl bekommen, daß es nur gegen Geschenke an die und die zu haben sei, daß ohne Dieselöl die Frucht auf dem Acker vertrockne und man sich die Bewässerung dann auch gleich schenken könne, daß aber trotz dieser Widrigkeiten niemand hier Hunger leiden müsse.

Mittlerweile war mein Tagebuch wieder auf dem aktuellen Stand, und ich rechnete noch eben meine bisherigen Ausgaben nach, bis mir das kleine Dorfmädchen eine Schale duftender Nudeln brachte. Da erst steckte ich mit einem Ausdruck tiefsten Bedauerns mein zerfleddertes Notizbuch weg. Das Mädchen hatte die Ärmel bis zu den Ellbogen hochgekrempelt. Ihre entblößten Arme waren glatt und weich. Und mit diesen Armen hat sie für mich diese Nudeln gekocht! Voller Heißhunger machte ich mich darüber her, bis mir der Schweiß von der Stirn tropfte. Die alten Philosophen hatten schon recht, als sie feststellten: Schönheit und Kochkunst gehen Hand in Hand.

Nach dem Essen machte ich mich abfahrbereit und entdeckte, daß meine Reifen vollkommen platt waren – als verübelte mein Rad mir meine schöne, üppige Mahlzeit. Der Parteisekretär lieh mir eine Luftpumpe, doch als ich die Hand danach ausstreckte, schossen die beiden Köter kläffend und kettenklirrend nach vorne. Der Sekretär brüllte sie drohend an: »Ihr Scheißköter! Von euch will hier überhaupt keiner was! Er wird ja wohl noch die Pumpe benutzen dürfen! Glaubt ihr, der kommt extra in dieses Kaff, weil er noch nie so eine tolle Pumpe gesehen hat?«

Die beiden Hunde beruhigten sich, knurrten aber grollend weiter. Am liebsten hätte ich sie abgemurkst, denn bestimmt gab es in diesem Haus das ein oder andere, was sich zu stehlen lohnte, so wie überall. Aber eigentlich, wenn ich es mir recht überlegte, dann würde mich im Haus des Sekretärs sowieso nur seine süße Tochter mit den wunderschönen weißen Armen reizen.

Xi Yong war wie verabredet angekommen. Er saß auf dem Gepäckträger seines Rades und schaute in die Gegend. Am Lenker flatterte der Gepäckschein von der Zugfahrt. Auf dem Bahnhofsvorplatz der kleinen Stadt wimmelte es von Menschen. Imbißverkäufer und Hotelvermittler, die Unterkünfte anpriesen, zwängten sich durch Menschenmassen, menschliche Ausdünstungen, soweit die Nase roch. Wie schön müßte eine Welt sein, in der soviel Geld da wäre, wie es Menschen gibt! Zu Xi Yongs Füßen lag eine Wassermelone. Eine der ersten vom Markt in Peking. Genau das machte Xi Yong so liebenswert: Er glaubte, daß die Wassermelonen an jedem neuen Ort, den ich erreichte, dort einen Tag später reif waren als am vorigen. Dabei wußte ich längst nicht mehr, wie viele Melonen ich unterwegs bereits verspeist hatte. Natürlich hauptsächlich geklaute. Aber ich wollte Xi Yong meine Dankbarkeit zeigen und warf die Melone krachend auf den Boden, damit sie aufplatzte, und machte mich mit beiden Händen darüber her. Der Saft rann mir die Beine hinunter, ein himmlischer Genuß.

»Du hast recht, es geht wirklich nichts über eine Melone aus Peking.«

Das sagte ich eigentlich nur, um Xi Yong zu trösten. In Wirklichkeit war mir sogar meine alte Rostmühle mehr wert als Peking. In diesem Häusermeer mit seinen geschniegelten, aufgemotzten, vor Energie und Talent strotzenden Bewohnern, dem wirklichkeitsfremden Glamour der Neonlichter, bist du nichts als eine elende

Kreatur. Selbst unter Mobilisierung all deiner Kräfte läßt sich nicht viel gewinnen. Eine zweifelhafte Freundschaft? Ein wenig affektierte Zuneigung? Vielleicht ein bißchen Mitgefühl? Hier ist jeder jedem etwas schuldig. Jeder ist irgend jemandes Gläubiger, und jeder ist bis über beide Ohren verschuldet. Das hängt davon ab, wem man gerade begegnet. In der stinkenden U-Bahn herrscht nichts als Geschiebe und Gedränge. Auch wenn nur sieben oder acht Leute auf dem Bahnsteig stehen. Wie ein Schwarm Kakerlaken im grellen Sonnenlicht stürzen sie sich in den U-Bahn-Schacht und tun gerade so, als ob sie da unten in vollkommener Sicherheit wären oder der Bahnsteig voller wohlfeiler Mädchen ...

Auch das Hamstern verläuft offensichtlich nicht nach fairen Regeln, man sieht ja, wer dabei fett wird. Deshalb sind sogar Streichhölzer rationiert, genau fünf Schachteln pro Haushalt. Was mir Angst einflößte, waren die leeren, abgestumpften Gesichter der Leute, wie die von Sträflingen, die finstere Pläne aushecken. Um jemanden zu töten, reicht bekanntlich ein Gemüsemesser aus, und um Feuer zu legen, ein Streichholz.

Nachdem wir die Melone verdrückt hatten, machten wir uns auf die Suche nach einem Hotel, um uns mal richtig auszuschlafen und im Morgengrauen unsere Tour fortzusetzen. Xi Yong hatte richtiges Reisefieber, dabei war mir nicht klar, wie er sich unsere Route ausmalte, denn darüber hatten wir nicht gesprochen. Wir fanden ein Hotel, das zwar etwas schäbig, aber annehmbar war. Die Zimmer kosteten von fünf bis fünfundzwanzig Yuan pro Person, und wir entschieden uns für ein Doppelzimmer zu zehn Yuan. Als das Zimmermädchen die Tür öffnete, hielten wir beide, wie auf Kommando, die

Luft an: die Bettlaken starr vor Schmutz, an den Wänden Blutschlieren erlegter Bettwanzen. Xi Yong spielte mit dem Gedanken, die Waschschüssel unter dem Bett hervorzuholen, um sich darin das Gesicht zu waschen, aber uns war gleich klar, daß wir erst einmal eineinhalb Tage mit dem Schrubben der Schüssel zubringen müßten, selbst wenn wir uns darin nur die Füße waschen wollten. Da die Zimmer zu fünfundzwanzig Yuan mit Badewanne ausgestattet waren, überlegten wir, wie wir an ein heißes Bad kommen könnten. Wir gingen hinunter und überhäuften das Mädchen am Empfang mit allerlei Komplimenten. Wenn ich mich heute noch an meine Charmeoffensive in ihrem ganzen Umfang erinnern könnte, würde ich auf der Stelle eine Enzyklopädie der Galanterie herausgeben. Sie ließ sich tatsächlich erweichen und verriet uns, daß der Gast von 202 gerade im Kino war. Unter der Bedingung, daß wir uns beeilten und alles sauber hinterließen, machte sie uns seine Zimmertür auf. Ich war zuerst dran, Xi Yong lief derweil im Flur auf und ab. Ich tauchte in das heiße Wasser, seifte mich ein, tauchte wieder unter. Das letzte heiße Bad hatte ich vor zehn Tagen in Peking genommen. Welch unendliches Wohlbehagen, am liebsten hätte ich die Augen geschlossen und dieses Wohlgefühl noch länger ausgekostet. Aber Xi Yong rumorte wie eine Wanderheuschrecke draußen auf dem Flur herum, schnell trocknete ich mich also ab und ließ ihn herein.

»Aber beeil dich gefälligst, wir sind hier nicht zu Hause.« Ich kannte Xi Yong nur zu gut. Er kehrte ganz den welterfahrenen Schwindler heraus, raunte mir, ohne mich eines Blickes zu würdigen, ein »Reg dich ab« zu und verschwand mit einem »Ich war sowieso vor dir da« im

Zimmer. Mit einem Knall schloß er die Tür, ganz Herr im eigenen Haus.

Nachdem ich auf dem Flur eine Zeitlang Wache geschoben hatte, sagte ich mir, daß alles gutgehen würde. Außerdem waren nach diesem angenehmen Bad meine Lebensgeister wieder erwacht, und ich konnte es einfach nicht lassen, mit dem Mädchen an der Rezeption unseren Plausch fortzuführen. Sie war zwar nicht ganz so hübsch, wie ich es ihr eingeredet hatte, aber immerhin groß und schlank. Ich fragte sie, ob sie »fortschrittlich« eingestellt sei, denn dann könne man ja zusammen das Beste draus machen. Über dem Geplauder hatte ich meine historische Mission, für Xi Yong Wache zu schieben, völlig vergessen. Ich hatte nicht damit gerechnet, daß sie die reine Unschuld war und noch an so lächerliche Dinge wie wahre Liebe glaubte.

Doch bevor ich mich als Lehrmeister in Sachen Liebe erweisen konnte, erreichte uns vom Flur ein wütender Schrei: »Zimmermädchen!«

Dann ein klägliches Wimmern von Xi Yong. Ich ahnte, daß Unheil im Anzug war, und lief nach draußen, wo ein vierschrötiger dunkler Kerl Xi Yong am Ohr durch die Gegend schleifte. Xi Yong kam uns splitterfasernackt entgegen, sein armes schrumpeliges Ding baumelte im fahlen Lampenlicht wie eine dunkle Pflaume hin und her, und er jammerte Unverständliches. Das Mädchen stieß einen spitzen Schrei aus und schlug die Hände vors Gesicht.

»Was geht hier ab?!« fragte der Typ mit bedrohlichem Unterton.

Xi Yong wimmerte in einem fort. Er hatte keine Zeit mehr gehabt, den Schaum abzuspülen, der sich nun auf seiner Haut verflüssigte und am Boden eine Pfütze bildete, die langsam einsickerte.

»Keine verdammten Ausreden jetzt! Was hat dieser Mickerling in meinem Zimmer verloren?«

Ich bot ihm schnell eine Zigarette an. Eine sehr gute Marke, die Xi Yong vor unserer Reise für besondere Gelegenheiten gekauft hatte. Nach kurzem Zögern nahm der Typ sie an und ließ beim Anzünden Xi Yongs Ohr los. Der ergriff augenblicklich die Flucht, schnappte sich seine Kleider und stürmte nach oben. Eine halbe Ewigkeit redete ich auf den Typen ein und konnte ihn schließlich dazu bewegen, in sein Zimmer zurückzukehren. Das ganze Spektakel hatte eine Vorgeschichte: Er war im Kino eingeschlafen und hatte mit seiner lauten Schnarcherei die Leute, die in seiner Nähe saßen, gegen sich aufgebracht. Hatte dann eine Schlägerei vom Zaun gebrochen und war noch vor Ende des Films rausgeflogen. Nun kam er also, immer noch vor Wut schäumend, in sein Zimmer, und was sah er da: In seiner Badewanne saß dieses Würstchen, schrubbte sich genüßlich den Rücken und trällerte vor sich hin »Ich war vor dir da«. Das hatte ihm gerade noch gefehlt. Wie ein hungriger Tiger stürzte er sich auf seine Beute und zerrte Xi Yong aus der Wanne: »Das ist immer noch mein Zimmer, auch wenn du hundertmal vor mir da warst …!«

Schnell lief ich hinauf, wo sich Xi Yong stöhnend sein Ohr hielt: »Aua … verdammte Scheiße!«

Als er mich entdeckte, war ich dran: »Wo warst du, verdammt noch mal? Warum hast du nicht aufgepaßt? … Diese reichen Säcke sind echt das letzte!«

Auf einmal kam mir das Ganze urkomisch vor, und ich lachte laut los. Xi Yong brauchte noch eine kurze Karenzzeit, bevor er in das Gelächter einstimmte …

Unsere Reise ging weiter. Mit Albernheiten und Blödeleien verging die Zeit wie im Fluge, und unversehens waren wir im Süden Zentralchinas angelangt. Die Mücken hier sind noch schlechter erzogen als in Peking. Folglich verbrachten wir die Nächte in unsere Regenmäntel eingewickelt und waren schon nach kürzester Zeit pitschnaß geschwitzt. Alles, was nicht unter den Regenmantel paßte – Hände, Gesicht, Waden, Füße –, fiel den Blutsaugern zum Opfer. Trost fand ich nur in einer klassischen Geschichte aus dem Buddhismus. Die handelt von einem, der sein Leben opfert, um einen Tiger vor dem Hungertod zu bewahren. Im Halbschlaf dämmerte mir, daß ein Tiger sein Opfer wenigstens mit einem Biß erledigen und nicht langsam zu Tode quälen würde, so wie man dies von den reaktionären herrschenden Klassen kennt. Aber Not macht erfinderisch, und so entzündete Xi Yong ein paar trockene Zweige, die er mit einer dicken Blätterschicht bedeckte. Wie viele Mücken dabei an Rauchvergiftung starben, ist unklar, wir jedenfalls waren ganz gut durchgeräuchert. Aus der Ferne hätte man uns – zwischen unseren trockenen Zweigen im dicken Rauch sitzend – glatt für zwei überdimensionale Grillwürstchen halten können.

Ein paar Tage später erhob sich vor uns ein Berg in saftigem Grün. Eine Straße führte im Zickzack hinauf. Wenn man aus dem nordischen Tiefland kommt, dann geht einem hier richtig das Herz auf. Zweihundert Meter, weiter reicht das Auge nicht. Jede Biegung birgt neue Überraschungen. Wir erreichten den Fuß des hohen Berges und folgten der Straße, die zwischen zwei riesigen Tälern hindurchführte. Ein Blick auf die Landkarte sagte uns, daß wir uns auf einem berühmten historischen Schlachtfeld befanden. Das Gelände war tückisch, unübersichtlich und sehr weitläufig. Hier waren Kriege geführt und Siege errungen worden. Die Ebene wurde von drei Pässen bewacht, die für Ruhe und Frieden sorgten. Weise Gelehrte sahen hier auch den Grenzverlauf zwischen der Zivilisation Zentralchinas und der Chu-Kultur. Xi Yong war in solchen Dingen wesentlich bewanderter als ich. Er jobbte als Laufbursche in irgendeinem wissenschaftlichen Institut, und dabei war auch etwas »Kultur« hängengeblieben. Der Zufall wollte es, daß sich dort jemand auf den Zusammenhang zwischen regionalen Gegebenheiten und kulturellen Ausprägungen spezialisiert hatte, also der Frage nachging, warum die Chinesen über hundert verschiedene Ahnen anrufen müssen, um sich ihrer Einzigartigkeit zu versichern.

Da unser Quartier weiterhin von Mücken belagert wurde, beschlossen wir, die Nacht durchzufahren und am nächsten Tag an einem sonnengeschützten Platz am Fuße eines kleinen Berges eine ausgiebige Rast einzulegen. Seit Xi Yong dabei war, hatten wir noch keine anständige Pause gemacht, und er wollte wissen, warum wir dieses Affentempo vorlegten. Was sollte ich darauf antworten? Ich war mein Lebtag nur unterwegs gewesen.

Die Nacht ließ uns nur mühsam vorankommen, und die rabenschwarze Dunkelheit der Berglandschaft tat ihr übriges. Wir hatten nur eine einzige Taschenlampe, die wir uns teilten. Der, der hinten fuhr, hielt mit der einen Hand die Taschenlampe und mit der anderen den Lenker. Wir mußten dicht hintereinander fahren, damit wir nicht im Straßengraben landeten. Von Zeit zu Zeit flatterte ein Vogel gefährlich nahe über unsere Köpfe hinweg. Bestimmt auch so ein loser Vagabund, der nicht mehr taugte als wir.

Als der Tag endlich anbrach, bot sich zu beiden Seiten unseres Weges ein wunderbares Naturschauspiel. Die Welt birgt so atemberaubende Landschaften, und die Menschheit darbt trotzdem. Irgendwie muß dem Herrgott hier ein Fehler unterlaufen sein.

Bauern, Straßenhändler, Wasserbüffel, Kinder, Hunde, alle badeten in der goldenen Morgensonne. Die Straße wand sich als geschecktes Band zwischen den Bergen hindurch. Morgennebel stieg aus den Tälern empor. Ein Weg zog sich in Serpentinen entlang den grünbewaldeten Bergkämmen. Die frische, kühle Morgenluft weckte unsere Lebensgeister, und ich fühlte mich frei und gelöst.

In Kürze erreichten wir den Fuß des Berges G., ließen unsere Räder und den ganzen anderen Kram zurück und begannen mit dem Aufstieg. Es gibt mehrere Varianten, einen Berg zu besteigen. Manche lassen sich in einer Sänfte, andere auf dem Rücken eines starken Mannes, wieder andere in einem Sessel aus Bambus hochtragen. Man kann auch mit dem Auto fahren oder mit dem Bus, das kostet aber mindestens ein Yuan pro Person. Für arme Leute wie uns hätte das geheißen: zwei Stunden warten. Und es hätte uns vor die Alternative gestellt, mit dem Bus zu fahren oder sechs Mahlzeiten kaufen zu können. Insofern fiel uns die Wahl des Transportmittels nicht schwer: auf Schusters Rappen den Berg hinauf!

Nach anderthalb Stunden – wir hatten den Gipfel fast erreicht – riß vor uns plötzlich der Himmel auf, und ein nahezu unwirklicher Anblick bot sich unseren Augen:

Mitten im Grünen prangten in allen Farben schillernde Villen, die verschiedene europäische Stilrichtungen und Epochen in sich vereinten. Eine Tafel am Aufstieg des Berges wies darauf hin, daß vor 1949 viele hochstehende Persönlichkeiten hier eine Privatvilla besessen hatten. Abgesehen von den ganzen Langnasen, war der mächtigste unter ihnen »Präsident Chiang Kai-shek« gewesen. Auch dies ein Beispiel dafür, daß die schönsten Orte dieser Welt immer schon von ranghohen Persönlichkeiten besetzt sind. Das war schon immer so und wird wohl auch so bleiben.

Xi Yongs Institutsausweis hatte uns im Ergattern von Essen und Trinken bislang unschätzbare Dienste geleistet. Er war unser »kaiserlicher Passierschein«. Er hatte sich sehr bewährt, wenn wir – als »Abgesandte eines hohen Tieres« – Leute, die uns irgendwie krumm kamen, in ihre Schranken weisen mußten. Unser vordringlichstes Interesse galt zunächst der Suche nach einer Unterkunft. Auch dabei war unser »kaiserlicher Passierschein« unverzichtbar. Es gab so wunderbare Häuser hier, und die Landschaft war betörend schön. Und da sollten wir unter unsere kaputten Regenmäntel krabbeln und in unsere stinkigen Schlafsäcke, um unter dem Sternenhimmel die Mücken zu füttern? Und das alles in zugiger Bergluft und eiskaltem Morgennebel? Das war nun wirklich zuviel verlangt. Um einer glücklicheren Zukunft willen beschlossen wir, Rücksicht auf unsere Nieren zu nehmen. Wenngleich einige der Villen verdächtig streng bewacht zu sein schienen, konnte uns nichts davon abhalten, unter Einsatz unseres jungen Lebens das Risiko auf uns zu nehmen.

Der Beamte im Verwaltungsbüro war sehr freundlich zu uns. Xi Yong zückte seinen »kaiserlichen Passierschein« in der Hoffnung, schon damit ein paar Tage freie Unterkunft ergattern zu können. Der Beamte bedeutete uns, daß die kostenfreien Unterkünfte momentan alle belegt seien und nur noch eine kleine Villa für Touristen zur Verfügung stünde. Die kostete aber einen ganzen Batzen. Xi Yong wies noch einmal auf seinen »Passierschein« hin. Aber der Beamte brach in Riesengelächter aus, als er ihn genauer ansah, und ließ kein gutes Haar an Xi Yongs ach so bedeutendem Institut. So ein Pech. Also blieb uns nur noch, dezent die ganz besondere Beziehung, die uns mit Herrn XY verband, ins Spiel zu bringen und deutlich zu machen, daß wir in seinem Auftrag unterwegs waren. Ich hatte meine Ausführungen noch nicht beendet, da fing der Beamte schon wieder an zu lachen und teilte uns mit, daß niemand anderer als der Herr XY derzeit hier anzutreffen sei: »Soll ich Sie mit ihm zusammenbringen?« Wir machten uns vor Schreck beinahe in die Hosen, aber glücklicherweise verzichtete er auf eine Gegenüberstellung, und wir machten uns schleunigst aus dem Staub.

Damit hatten wir natürlich rechnen müssen. Es ist ja klar, daß auch die Großen dieser Welt Zugvögel sind und in einem heißen Sommer wie diesem im Dienste der Finanzverwaltung des Staates und zur Lebenserhaltung der Bevölkerung angenehmere Orte aufsuchen. Auch wenn ich ihnen theoretisch gern gesagt hätte: »Ihr habt all das Schöne allein für euch, macht doch einfach ein bißchen Platz, damit für mich auch etwas abfällt!«, fehlte mir praktisch doch der Mut dazu …

Blieb uns lediglich, gute Miene zum bösen Spiel zu machen und in einem heruntergekommenen Tempel Unterschlupf zu suchen. Wer hätte ahnen können, daß auch der

Mönch dort Bares sehen wollte. Wozu braucht ein Mönch Geld? Man wird doch nicht vermuten, daß er auch gerne mal gut essen geht oder daß ihm die Säfte in die Lenden steigen, wenn er ein hübsches Mädchen sieht. Wofür braucht er also die Knete? In seiner übergroßen Güte verlangte er lediglich zwei Yuan pro Person. Xi Yong konnte abends nicht einschlafen und ging raus aufs Klo. Als er zurückkam, berichtete er mir, daß er den Mönch in seiner Klause im Schneidersitz auf einer Schilfrohrmatte habe sitzen sehen. Im schwachen Schein der Öllampe habe er etwas gezählt – allerdings nicht die Kugeln seiner Gebetskette. Was dann? »Na was wohl: Geld.«

Auf dem Gipfel des Berges lag ein kleiner See, der einen schönen Namen trug. Um die Mittagszeit beschlossen wir, schwimmen zu gehen, obwohl wir beide nicht daran gedacht hatten, unsere Badehosen einzupacken. Xi Yong saß immer noch der Schreck in den Knochen, seit der Typ ihm beinahe das Ohr abgerissen hatte. Nichts und niemand in der Welt konnte ihn dazu bewegen, sich noch mal auszuziehen, um baden zu gehen. Ich suchte mir ein Gebüsch, entledigte mich meiner Klamotten und sprang hinein ins kühle Naß. Ich hatte noch nicht einmal den ersten Zug gemacht, als am Ufer eine Gruppe junger Damen auftauchte. Sie fanden es wohl lustig, hier jemanden beim Schwimmen zuzusehen, und blieben erst mal stehen. Ich achtete darauf, nur den Kopf über Wasser zu halten, und dümpelte eine Ewigkeit vor mich hin. Jetzt ließen sich tatsächlich auch noch einige der Mädchen nieder, um das Schauspiel besser genießen zu können. Aber ich war realistisch und ging davon aus, daß sie nicht darauf erpicht sein konnten, meinen klapperdürren Hintern zu bewundern. Folglich schwamm ich hinaus, und – wer hätte das gedacht – die Ansammlung löste sich in Wohlgefallen auf. Kaum war sie weg, war auch mein Ehrgeiz erlahmt. Ich kletterte ans Ufer und bestieg im Schlepptau von Xi Yong den Gipfel des Goldfasan. Der Goldfasan ist eine Bergspitze des G., die plötzlich wie aus dem Nichts aufragt und auf der nur etwa zehn, zwölf Leute gleichzeitig Platz finden. In der Ferne beflügeln unzählige Bergspitzen die Phantasie der Betrachter. Wir wurden ganz melancholisch, und das Gefühl tiefster Einsamkeit überwältigte uns. Unter uns dicht bewachsene Abhänge, schroffe und bedrohliche Felsen. Ein idealer Ort, wenn man sich umbringen wollte.

Wir blieben zwei Tage, dann beschlossen wir hinabzusteigen. Wir warteten fast bis Mittag an der Bushaltestelle, aber ein Bus war weit und breit nicht in Sicht. Hier gab es keine regulären Fahrzeiten, der Bus fuhr, wann er fahren wollte, und hielt an, wann er anhalten wollte. Die Warterei machte uns unruhig und nervös. Ich sah, wie Xi Yong wortlos einen trockenen Zweig nahm und damit etwas auf den Boden kritzelte. Er schrieb in einem fort *Scheiße*, wischte es mit dem Fuß weg und begann wieder von neuem. Er war ganz und gar in seinem Element. Als wir schon nicht mehr daran glaubten, näherte sich der Wagen eines Privatunternehmens. Man verlangte einen Yuan pro Fahrgast. Wir rechneten ein bißchen hin und her und bissen dann schweren Herzens in den sauren Apfel. Für umgerechnet sechs Schalen Nudeln ließen wir uns den Berg hinunterkutschieren. Als wir unten ankamen, war es schon früher Nachmittag, und unser Vorhaben, heute noch die nächste Etappe zu erreichen, hatte sich zerschlagen. Also hängten wir noch einen weiteren Tag dran.

Nach dem Mittagessen beschlossen wir, die Gegend auszukundschaften. Wir erreichten eine von Bergen eingefaßte kleine Ebene und bekamen gleich den Schreck unseres Lebens: Zwei japanische Soldaten der kaiserlichen Armee, das Gewehr geschultert, kamen uns lachend und scherzend entgegen. Nicht daß unsere Reise bisher arm an Überraschungen gewesen war, aber jetzt auch noch im Rückwärtsgang durch die Geschichte getrieben zu werden, das ging entschieden zu weit. Warum war ich bloß nicht in die Achte-Route-Armee eingetreten? Irgendwie hätte ich mich da schon durchgeschlagen, und dann wäre ich heute vielleicht auch einer dieser hohen Generäle. Gerade als Xi Yong auffiel, daß die beiden Chinesisch redeten, hatten uns die »Kaisersoldaten« entdeckt: »He, was treibt ihr denn da?«

»Wir? Guerilla!« rief ich zurück, und die beiden fingen an zu lachen. Viel weiter war unser Gespräch nicht gediehen, als plötzlich von der Ebene her Lärm ertönte und eine quengelige Stimme in reinstem Mandarin zu hören war: »Hey – wann werde ich denn nun vergewaltigt?« Wir gingen in die Richtung und entdeckten eine Gruppe chinesischer und japanischer Soldaten sowie ein paar andere Leute in historischen Kostümen, die zusammen aßen und tranken: ein Filmteam also.

Das Mädchen, das auf seine Vergewaltigung wartete, saß, die Haare wirr im Gesicht, in ein Laken gewickelt auf einer großen Holzkiste, die irgendwelche Geräte beherbergte. Das enge Laken ließ jede ihrer Kurven und Rundungen erahnen, ziemlich sexy. Ich vermute, der Typ, der den Vergewaltiger spielte, wußte sein Glück gar nicht zu schätzen. Ich fragte Xi Yong, was er darüber dachte, aber der starrte nur mit offenem Mund vor sich hin. Ich gab ihm einen Knuff, aber er stammelte nur: »Ach du Scheiße, ich werd nicht mehr ... ach du Scheiße ...«

Der Regisseur war groß und hager und trug zu unserer großen Überraschung keinen Bart. Ein Regisseur ohne Bart ist heutzutage schon eine Rarität, man spricht ja nicht umsonst von Regisseurbärten. Schließlich müssen Regisseure ein bißchen Originalität versprühen – und darin sind sie echte Könner –, wenn sie bei ihren Filmen schon so einfallslos sind. Einen Regisseur erkennst du blind unter hundert Leuten – schon daran, daß er nichts anbrennen läßt. Wenn der ein nettes Mädchen sieht, dann zeigt er sich von seiner professionellsten Seite. Wie oft habe ich mir gesagt: Wenn du noch mal auf die Welt kommst, dann als Regisseur.

Der hier war jedoch ganz anders. Sein Gesicht war kummer- und gramgezeichnet, als habe man ihn gerade von der Beerdigung seiner Eltern weggezerrt. Mißgelaunt raunzte er das Mädchen an: »Was gibt's hier zu meckern? Du kriegst schon noch deine Vergewaltigung!«

Das Mädchen nahm den Rüffel wortlos hin, während Xi Yong und ich innerlich frohlockten. Wahrscheinlich dachte auch Xi Yong darüber nach, im nächsten Leben so ein Scheißregisseur zu werden.

Kurz darauf fing das Mädchen, dem die Stille offensichtlich nicht behagte, schon wieder an: »Sag mal, wer wird mich denn eigentlich vergewaltigen?«

»Mensch, du gehst mir auf die Nerven, siehst du nicht, daß ich gerade nachdenke?!«

Der Regisseur hatte das Drehbuch vorher nicht gekannt und deshalb die Rollenverteilung erst an Ort und Stelle vorgenommen. Erschwerend kam hinzu, daß zwei der Schauspieler auch noch die Lust verloren hatten und einfach nicht am Drehort erschienen waren. Aber er wollte nun beweisen, daß er nicht der Typ war, der das Kuchenbacken verschob, nur weil ihm ein einziges Ei fehlte. Also hatte er wie vorgesehen mit den Dreharbeiten begonnen und darauf gesetzt, daß ihm der Zufall zwei Statisten vorbeischickte. Und gerade, als er das Mädchen anfuhr, tauchten wir auf. Sein Blick blieb an Xi Yong hängen, als habe der ihm schon einmal etwas zuleide getan.

»Was macht ihr denn hier?« fragte er.

Da uns nichts daran lag, ihm etwas vorzumachen, sagten wir schlicht, was Sache war, worauf seine Stimmung schlagartig umschlug: »Super, super, ihr beide kommt mir wie gerufen!«

Nun setzte er alles in Bewegung, damit wir zwei Szenen für ihn spielten. Xi Yong war kaum zu bremsen, aber ich machte ihm ein Zeichen, daß er den Mund halten sollte.

»Was zahlst du uns? Es ist ja nicht so, daß wir nichts anderes zu tun hätten. Schließlich haben wir noch einen weiten Weg vor uns.«

»Wie wär's mit fünfzig pro Nase?«

»Hundert«, sagte ich.

Nach längeren Verhandlungen, bei denen er uns im Namen der Revolution zur Einsicht bewegen wollte, einigten wir uns schließlich auf achtzig Yuan. Danach hielt er uns einen elend langen, wortreichen Vortrag über »Kunst«, und ich begann allmählich, Gefallen an ihm zu finden. Wenn Regisseure schlechte Filme machen, dann liegt das wohl nicht immer nur an ihnen selbst, denn ihr Budget ist auch nicht gerade üppig.

Wir brauchten nicht in die Maske, denn nach unserem entbehrungsreichen Leben nahm man uns nahezu jede Rolle ab. Davon abgesehen waren wir unterwegs in so viele unterschiedliche Rollen geschlüpft, daß es sowieso niemand Geeigneteren gab als uns. Xi Yongs grimmiges Gesicht verhalf ihm zu seinem Herzenswunsch. Er sollte den japanischen Soldaten geben, der das Mädchen vergewaltigt. Ich mit meinem harmlosen Aussehen dagegen war eher prädestiniert für einen »Bürger dritter Klasse«. Also spielte ich einen alten Privatlehrer, der sich von den Japanern erstechen läßt. Typisch, mein Schicksal. Jetzt war ich schon im richtigen Leben kein Held, und nun reichte es noch nicht mal zum Filmhelden.

Das Mädchen warf Xi Yong einen Seitenblick zu, der alles andere als begeistert aussah. Also warf ich mich in die flache Brust und sagte: »Wie wär's mit mir? Ich hab Erfahrung in solchen Dingen …«

»Du!? Das ist ja noch schlimmer!«

Na ja, Schwamm drüber. Xi Yong jedenfalls war einer Ohnmacht nahe, als er glaubte, ich würde ihn um die Chance seines Lebens bringen. Streng wies er mich zurecht: »Es geht darum, eine Aufgabe zu erledigen, stell dich nicht so an. Wenn mich der Regisseur für den Vergewaltiger vorsieht, dann vergewaltige ich, und du kümmerst dich um deine Rolle! Es gibt keine hohen und niedrigen Aufgaben, in der Revolution sind sie nun mal unterschiedlich verteilt.«

Sonst tat Xi Yong immer so schüchtern, aber wenn es drauf ankam, dann wußte er sich durchaus zu behaupten.

Ich durfte also den Toten spielen, während er seinen Spaß hatte. Ein Maskenbildner beschmierte mich mit Theaterblut, das mir zäh und klebrig übers Gesicht lief. Währenddessen erhielt Xi Yong seine Anweisungen.

»Du mußt ihr wirklich die Kleider vom Leib reißen, so wie in der Realität.« Danach erklärte er uns, wo wir uns aufstellen sollten, von wo wir auf- und nach wohin wir abtreten sollten und so weiter.

»Aber ich habe noch nie jemanden vergewaltigt«, protestierte Xi Yong leicht verlegen. Jetzt, so kurz vor dem Ziel, ging diesem Blödmann die Puste aus!

»Denkst du, ich?! Hier landest du deswegen jedenfalls nicht im Kittchen. So, und jetzt los!«

»Okay, okay. Gemach!« Und an das Mädchen gewandt: »Und wie soll ich dich vergewaltigen?« Das Mädchen, das sich offenbar auskannte, instruierte ihn.

Mein Part war denkbar einfach: auf die Erde fallen lassen und alle viere von mir strecken, das war's schon. Ich kam mir vor wie ein Stiefkind, es kümmerte keinen, wie und ob du sterben wolltest. Diesmal hatte Xi Yong den Logenplatz, und für mich blieb nur dieser Mist hier. Ich beschloß, mich so fallen zu lassen, daß ich wenigstens Xi Yong gut im Blick hatte.

Der Regisseur checkte die Kamerapositionen, redete eine halbe Ewigkeit mit den Kameraleuten, schickte zwei Jungs in schäbigen Pelzmänteln auf den kleinen Hügel gegenüber und fragte, ob jeder auf Position und bereit war. Dann kam der Befehl: »Aufnahme läuft! Action!«

Ich sehe nur noch, wie die Kleine heulend und zeternd den Hügel hinaufstürzt, gefolgt von Xi Yong, der in seiner kaiserlich japanischen Uniform wie ein tollwütiger Hund hinter ihr her rennt, dann bin ich auch schon »tot«. Aus meiner Liegeposition sehe ich Xi Yong, der das Mädchen nach ein paar Schritten eingeholt hat, auf den Boden wirft und ihr flink wie ein Affe die Kleider vom Leib reißt, während das Mädchen um sich tritt und beißt. Ich sehe genau, wie Xi Yong die Situation weidlich ausnutzt, und es fällt mir schwer, mich zurückzuhalten. Er ist mit ganzem Ernst bei der Sache. In den zehn Jahren, die ich ihn kenne, habe ich ihn nur selten so engagiert und konzentriert erlebt. Wenn er sich um seinen anderen Kram nur auch mit so viel Enthusiasmus kümmern würde, dann wäre er einer der Weisen aus dem Morgenland!

Währenddessen schreit, weint, tritt, beißt das Mädchen ... nun, die üblichen Kinoszenen eben. »Schnitt!« rief der Regisseur.

Noch bevor ich mich wieder aufgerichtet hatte, hörte ich Xi Yong: »Das soll eine Vergewaltigung sein? Das ging aber schnell! Ist doch wohl ein Witz!? Sollen wir's noch mal machen?«

»Nächstes Mal!« sagte der Regisseur.

Und Xi Yong blieb nichts, als sich grollend zu fügen.

Die Kleine wußte nicht, wie ihr geschehen war, stöhnend kam sie näher, immer noch in der Szene gefangen. Mir schien, sie war bereit, sich der Kunst mit Haut und Haar hinzugeben.

Xi Yong erklärte mir später, daß sie große Klasse gewesen sei. Fast zum Verlieben. Dann ließ er sich darüber aus, daß ihn die Kunst nun ebenfalls in ihren Bann geschlagen habe, und schwor, seine wahre Berufung, nämlich Schauspieler zu werden, endlich gefunden zu haben.

Nachdem uns der Produzent zweihundert Yuan in die Hand gedrückt hatte, verabschiedeten wir uns. Seit jenem Ohrzwischenfall hatte ich Xi Yong nicht mehr in solcher Hochstimmung erlebt.

Die legte sich erst wieder, als wir am nächsten Tag sechzig Kilometer ohne Unterbrechung zurücklegten. Am frühen Abend waren wir todmüde, die Lust am Herumalbern war uns vorerst vergangen, und wir wurden immer langsamer. Es entstand sogar ein Abstand zwischen Xi Yong und mir: Er radelte unmotiviert pfeifend voraus, ich fuhr schweigend und in Gedanken versunken hinterher.

Wahrscheinlich habe ich es den paar Tropfen mongolischen Blutes, das in meinen Adern fließt, zuzuschreiben, daß ich von klein auf vom Reisen geträumt habe. Schon der Gedanke daran versetzte meinen ganzen Körper in Aufregung. Als ich dann später immer wieder loszog, stellte ich jedoch fest, daß meine Erlebnisse kaum etwas mit meinen Kindheitsträumen zu tun hatten. Aber das Vagabundieren wurde mir zur zweiten Natur, ich gewöhnte mich daran. Schließlich hatte ich nichts als meine Jugend und die Zeit, sie mir zwischen den Fingern zerrinnen zu lassen. Vielleicht blieb mir ja eine zukünftige Welt. Was aber, wenn man seine Jugend dafür nicht opfern will, weil man nicht sicher sein kann, daß es diese zukünftige Welt überhaupt gibt? Wie gesagt, der Kuchen war längst verteilt, die schönen Dinge und Plätze waren längst vergeben.

Jedenfalls trieb ich mich seither auf dieser riesigen, traurigen Erde herum. Konkret hieß das, daß mir der Mut fehlte, mich zu befragen: Wer bist du eigentlich? Aber Leute, die wie ich nichts besitzen, wagen noch nicht einmal, ihre Hände in die Taschen zu stecken, vor lauter

Angst, daß sie leer sind. Deshalb ist es auch besser, den Tod zu suchen, statt auf ihn zu warten. Das haben die Philosophen schon immer und überall gewußt.

»Puh!« Xi Yong hielt weiter vorn an und wartete auf mich. Ich trat noch ein paarmal in die Pedale, doch als ich ihn eingeholt hatte, macht er keinerlei Anstalten, weiterzufahren. Wir ruhten uns kurz aus. An einem Hoftor in Sichtweite hing ein Holzschild mit der Aufschrift: »Klinik für Haut- und Geschlechtskrankheiten«. Wenn ich an Xi Yongs gestriges Glück dachte, merkte ich, daß meine Eifersucht noch immer nicht ganz verflogen war.

Nach ein paar Schlucken Wasser machten wir uns wieder auf. Ein paar dumme Witze später, und wir hatten unsere alte Form erreicht. Xi Yong bellte und schnitt einer Entenschar Grimassen, so daß die Tiere ängstlich losschnatterten.

Als wir in der Stadt X ankamen, suchten wir ein Restaurant auf, um uns wieder einmal sattzuessen. Auch wenn es in dieser Gegend nicht ganz so zuging wie in den großen Städten, wo man, wenn man nicht das erstbeste Restaurant nimmt, das zweite schon nicht mehr bezahlen kann, so war der Unterschied nicht allzu groß. Klar, einige Leute brauchen sich darüber keine Sorgen zu machen. Ich auch nicht! Die Zukunft ist vielversprechend, und ich bin jung, was soll ich mir da Sorgen machen?! Ich hoffe nur, daß ich nie übers Ohr gehauen werde, bei meiner Leichtgläubigkeit …

Auf dem Weg ins Restaurant kamen wir am Eingang der Stadtverwaltung vorbei. Dort hatte sich ein Menschenauflauf gebildet. Xi Yong, der für solche Spektakel durchaus zu haben war, zückte unseren »kaiserlichen Passierschein«, der wieder einmal seine Wirkung nicht verfehlte. Die Leute bildeten eine Gasse für uns. Als wir uns nach vorn gedrängt hatten, sahen wir einen Mann, der in Tränen aufgelöst war, und seine Frau, die klagend auf der Erde kniete und auf einen kaputten Kupferkessel eindrosch. Beide sprachen in einer unverständlichen Mundart. Leider schaffte Xi Yong es nicht mehr rechtzeitig, seinen »kaiserlichen Passierschein« verschwinden zu lassen, und kam in den Blick des Mannes, der ihn offensichtlich für den Messias persönlich hielt. Er warf sich vor ihm nieder, hielt seine Knie umklammert, machte einen Kotau nach dem anderen und flehte in an, für Gerechtigkeit zu sorgen.

»He, laß das! Ich weiß noch nicht einmal, woher ich Gerechtigkeit für mich kriegen soll!«

Xi Yong geriet völlig aus der Fassung, ich dagegen hatte solche Szenen schon öfter erlebt und eilte, ihm aus der Patsche zu helfen. Allerdings hatte ich nicht damit gerechnet, daß sich die Frau wiederum an mir festklammerte. Die längste Zeit redete sie zusammenhangloses Zeug auf mich ein, auf das ich mir erst allmählich einen Reim machte: Ihre Tochter hatte die Aufnahmeprüfung für die Mittelschule nicht bestanden, worauf sie sich an den Leiter des Amtes für öffentliche Sicherheit gewandt hatte, der ihr eine Arbeit besorgen sollte. Ich habe nicht genau verstanden, was der mit ihr angestellt hat, jedenfalls war sie daraufhin gestorben. Schon vor Monaten hatten die beiden Klage eingereicht und sich dann dazu entschlossen, heute den Bürgermeister persönlich aufzusuchen. Um mich aus dem Schlamassel zu befreien, faselte ich etwas von »auf den Staat vertrauen« und »an die Partei glauben«, und erst nach langwierigen Tröstungen konnte ich sie dazu bewegen, mich loszulassen. Mein T-Shirt war rotz- und tränendurchtränkt, und ich zog es schnell aus.

In dem Moment fragte mich Xi Yong: »Warum hast du ihnen eigentlich nicht gesagt, daß sie auf das Gesetz vertrauen sollen?«

»Hab ich nicht dran gedacht.«

Wir tranken schweigend vor uns hin. Nach sechs Flaschen Bier und einer halben Flasche Schnaps waren Xi Yongs Augen gerötet, und er fluchte ununterbrochen über alles und jeden. Erst als wir vollends angetrunken waren, entschlossen wir uns zum Aufbruch. Während sich der Alkohol in unseren Bäuchen ausbreitete, stieg unsere Stimmung, und wir hofften, daß wir in Zukunft nie mehr in einer Stadt wie dieser landeten, wo wir so viel Schamlosigkeit und Unglück zu Gesicht bekommen hatten …

Die zweihundert Yuan, die wir uns mit Vergewaltigung und Tod verdient hatten, gaben uns das Gefühl, richtig reich zu sein. Deshalb hatten wir unsere tägliche Wassermelonenration von zwei auf vier bis sechs Stück erhöht. Ganz gemächlich erreichten wir schließlich W., die bedeutendste Stadt im Süden Zentralchinas. Unterwegs hatten wir eine ausgeklügelte Strategie für unsere Feldforschung entwickelt: Egal, wohin wir kamen, wir schauten uns erst einmal die dortigen Mädchen an. Aus ihrem Auftreten und ihrer Mode ließen sich Rückschlüsse auf den jeweiligen Grad der Zivilisation, das Niveau des materiellen Wohlstands und den Bildungsstand ziehen. Anhand der Mädchen nahmen wir also eine erste Einschätzung vor, dann gingen wir über zur Untersuchung vor Ort. In den meisten Fällen stellten wir fest, daß wir mit unserer ersten Einschätzung richtig lagen. Jederzeit wären wir bereit und willig gewesen, diese Expertise mit jenen Freunden zu teilen, die ihren Lebensunterhalt mit soziologischen Studien bestreiten.

Nichts gegen die Mädchen aus W. Ich war davon überzeugt, daß sie höchst respektabel, aus gutem Hause und der Augapfel ihrer Eltern waren. Aber ihre Art sich zu kleiden stürzte uns zwei weitgereiste Vagabunden in wilde Phantastereien. Ihre kurzen Röcke gaben ihre milchweißen, strammen, hübschen Beine frei, und durch den dünnen Stoff schimmerten selbst ihre bunten Slips hindurch. Diese Miniröcke waren dieses Jahr hier wohl der letzte Schrei.

Die Oberteile dazu waren dünn und fein wie Zikadenflügel, so wie man dies von kostümierten Schauspielern kennt. Was sie sich an Abwehrmechanismen zurechtgelegt hatten, war schon beim ersten Anlauf leicht zu überwinden. Im Gegensatz zu den blasierten ortsansässigen jungen Herren schämten wir uns jedoch unserer unlauteren Absichten. Einmütig beschlossen wir den baldigen Rückzug aus W., damit wir den hiesigen Verlockungen nicht erlagen.

In W. hatte ich einen alten Freund, den ich viele Jahre nicht gesehen hatte. Xi Yong und ich befanden, daß jetzt mal wieder eine Busfahrt angesagt war, gaben unsere Räder und das Gepäck zur Aufbewahrung ab und machten uns auf die Suche nach meinem Kumpel. Wenn er sich in den letzten Jahren nicht allzusehr verändert hatte, dann mußte er eigentlich noch genauso verrückt sein wie ich. Unterwegs hatten Xi Yong und ich uns sein Haus schon öfter als Paradies ausgemalt, ihn selbst als großzügig und warmherzig. Obwohl er ihm noch nie begegnet war, war Xi Yong überzeugt davon, daß er zudem von einer Horde hübscher junger Freundinnen umgeben war.

Nach ewigem Herumirren im Innenhof einer Behörde, wo ein Gebäude wie das andere aussah, fanden wir endlich seine Bleibe. Er hauste in einem dreckigen kleinen Zimmer, am Ende des Flurs auf der dritten Etage. Bekleidet nur mit einer geblümten Unterhose, war er gerade dabei, mutterseelenallein vor sich hin zu bechern, und es schien, als könne er jeden Augenblick tot umfallen – und zwar so schnell, daß ich es nicht einmal zu seiner Beerdigung geschafft hätte. Er lud uns zu Instantnudeln ein, und ich schlug vor, zur Feier des Tages eine Flasche Schnaps zu organisieren. Um ihn zum Kauf derselben zu bewegen, erging ich mich in einem Vortrag über ewige Freundschaft, der mich selbst fast zu Tränen rührte. Er aber machte keinerlei Anstalten, sich davon beeindrucken zu lassen, vermutlich, weil sein Herz in den letzten zehn Jahren völlig versteinert war. Erst nach einer Weile machte er den Mund auf »Vergiß es! Vergiß es! Die Nudeln sind fertig. Erinnerst du dich noch, damals am Meer?«

Diese Bemerkung machte mich fertig. Ich konnte mich noch genau an diese verrückte Zeit erinnern, manches davon tat mir heute noch leid …

Also hatte er sich doch verändert. Wer änderte sich nicht in diesen barbarischen, primitiven Zeiten? Als die Amerikaner damals die Indianer massakrierten und mit schwarzen Sklaven handelten, um sich zu bereichern, hat man auf sie als blutrünstige Wilde gezeigt. Ein paar hundert Jahre sind inzwischen vergangen, und die Menschen haben immer noch nichts dazugelernt. Schau dich um: gefälschte Medikamente, gepanschter Alkohol, giftige Düngemittel, wir schrecken immer noch vor nichts zurück.

Ist doch wahr! Warum lernt der Mensch nichts dazu? Mir war klar, daß unsere Freundschaft nicht mehr das war, was sie mal gewesen war. Wenn ich an jenes Jahr dachte, in dem wir unzertrennlich durch die Gegend gezogen waren und er einmal zu Fuß durch ganz Qingdao gelaufen war, um mich aus einem Auffanglager zu holen, dann zog sich mir das Herz zusammen.

Xi Yong besaß die Taktlosigkeit, ihn auf Frauen anzusprechen.

Ein Aufschrei war die Antwort: »Frauen!? Was soll ich damit? Ich bin meine eigene Frau!«

Diesmal war ich wirklich sauer auf Xi Yong, er war wie ein Elefant im Porzellanladen. Er hatte einfach überhaupt nichts begriffen. Als ich mit meinem Freund aus W. gerade intensivste Verhandlungen in Sachen Ernährung und Unterkunft führte, da stellte Xi Yong sich einfach taub und tat, als ob ihn dies alles nicht das geringste anginge. Hockte einfach da und vertiefte sich in eine alte Zeitung. Aber kaum hatte er seine Lektüre beendet, fiel ihm nichts Besseres ein, als das Thema Frauen anzuschneiden.

Ich zog ihn vor die Tür und erging mich erst mal in einer Schimpftirade. Zunächst kam er noch mit Rechtfertigungen, daß er ja nur die Fußballergebnisse habe sehen wollen, dann aber hatte er genug von meinen Beschimpfungen und drehte den Spieß um. Ich schlug vor, daß wir zur Lösung unseres Problems die Fäuste sprechen ließen; er aber war von dieser Notwendigkeit nicht überzeugt und schlug vor, von nun an getrennte Wege zu gehen. Also trennten wir uns.

Ich stieg in den Bus, um in der Nähe jener Brücke, die hier jeder kannte, mein Rad abzuholen. Ich wollte mir noch bei Tageslicht ein gemütliches Plätzchen zum Schlafen unter den Brückenpfeilern suchen. Bevor ich einstieg, schaute ich mich noch einmal um – Xi Yong war nirgends zu sehen. Ließ der mich wirklich allein ziehen?

Im Bus war es voll wie in einer Sardinenbüchse. Die Leute standen dichtgedrängt. Neben mir stand eine Frau mit Brille. Ihr Gesicht verriet weder Begehren noch Mißtrauen und wirkte so sanftmütig und weich, daß es mich unwillkürlich rührte … Gleichzeitig berührte mich auch die Sache mit Xi Yong, und ich mußte daran denken, wie wir Tag und Nacht zusammengesteckt hatten, welch unbeschwerte Tage wir mit Frotzeleien und Blödeleien verbracht hatten. Waren wir nicht auf der Suche nach Unbeschwertheit gewesen? Waren wir nicht gerade deshalb losgezogen? Und ich hielt es nicht mal aus, wenn er sich für Fußballergebnisse interessierte, und jagte ihn einfach davon. Wahrscheinlich zog er jetzt traurig durch diese fremde Stadt hier, während ich dabei war, meine schlechten Seiten zu entdecken …

Plötzlich drehte sich die Frau neben mir mit einem schnellen Ruck um. Ich entdeckte die Hand eines Mannes, die sich zwischen uns auf ihr zartes Hinterteil gelegt hatte. Der Typ trug Sporthemd und Sporthose, und an seinen behaarten Beinen lief der Schweiß hinunter. Er mochte um die Vierzig sein und sah aus wie ein Bodybuilder. Die Frau drehte sich rasch zur Seite und stammelte beinahe schüchtern: »Was machen Sie denn da?!«

Der Typ zog schnell seine Hand zurück und begann lauthals zu fluchen, als ob es jemand gewagt hätte, ihn zu beleidigen. Wie glühende Lava bei einem Vulkanausbruch ergoß sich ein Schwall von Obszönitäten aus seinem Mund. Im Bus sagte keiner einen Ton. Etwas weiter vorn saß ein Polizist, der tunlichst sitzen blieb und es vermied, sich umzudrehen. Der Typ setzte seine Tirade fort, und es schien ihn richtig anzutörnen. Die Frau wagte keinen Piep mehr zu sagen. Er fluchte minutenlang ohne Punkt und Komma und unterstrich seine unflätigen Flüche mit unmißverständlichen Gesten. Kein Satz ohne jenes Wort, das Xi Yong damals auf der Bergspitze des G. immer wieder in den Sand gekritzelt hatte; aber er würzte seine Ausfälligkeiten noch mit einer ganzen Palette von abschätzigen Adjektiven. Im Bus herrschte so etwas wie andächtige Stille, als deklamiere der Kerl ehrfürchtig ein Gedicht.

»Wer tritt als Zeuge auf? Wir bringen den Dreckskerl zur Polizei!« sagte ich.

Die Frau versteckte sich schnell hinter meinem Rücken und flüsterte kaum hörbar: »Das ist wirklich unfaßbar.«

Es war totenstill im Bus geworden.

Der Typ warf mir einen verächtlichen Blick zu: »Was willst du Scheißer eigentlich?«

»Du kannst mich mal!«

»Und mich dazu!« tönte es von hinten. Zu meiner größten Freude entdeckte ich Xi Yong, der sich nun zu mir durchdrängte. Der Bus steuerte gerade die nächste Haltestelle an, Xi Yong stellte sich schützend neben die Frau und schob mich zur Tür: »Komm, steig aus, den Rest erledigen wir draußen.«

Der Typ warf Xi Yong einen abschätzigen Blick zu und stieg dann zuversichtlich aus. Ich hatte noch nicht einmal festen Boden unter den Füßen, als er sich schon in Angriffsstellung gebracht und mir den ersten Schlag verpaßt hatte. Mir flog fast der Kopf weg. Sterne tanzten vor meinen Augen. Mit beiden Fäusten bearbeitete ich seine dreckige Visage, während Xi Yong ihn von hinten umklammerte und versuchte, seine Hände festzuhalten. Er schien gut durchtrainiert zu sein. Unversehens schlug ich ins Leere und mußte dafür selber einiges einstecken. Er duckte sich kurz, und Xi Yong segelte daraufhin einige Meter durch die Luft. Ich stürzte mich wieder auf ihn und schrie der Frau zu, mit uns zur Wache zu gehen. Aber in diesem Moment bemerkte ich, daß sie spurlos verschwunden war, und mein Kampfwille war augenblicklich erlahmt. Der Typ schüttelte mich ab wie ein lästiges Insekt und stolzierte hoch erhobenen Hauptes davon, zufrieden mit sich und der Welt.

Mein Gesicht war ramponiert, mein T-Shirt zerrissen und durchlöchert. Xi Yong rieb jammernd und fluchend sein Knie: »Diese verdammte Schlampe!« Ich spürte jeden Knochen einzeln und spuckte eine Ladung Blut aus. Mein Kopf war ein einziges Brummen, aber das hinderte mich nicht daran, in Trübsinn zu verfallen. Mal ganz abgesehen von diesem perversen Rohling: Wenn du tagtäglich auf diese Sorte Frauen triffst, welche Hoffnung bleibt dir dann überhaupt noch?

Humpelnd und hinkend gelangten wir zur Brücke. Xi Yong hüllte sich in Schweigen und blickte, auf das Brükkengeländer gelehnt, in die Ferne. Ich wußte, daß die Unstimmigkeiten zwischen uns längst verraucht waren. Die Nacht legte sich über die Stadt, Lichter ließen die Brükke in prächtigem Glanz erstrahlen. Sie war das schamlose Bein dieser schamlosen Stadt, dreist über den breiten Fluß gespreizt. Klagend flüchtete das Wasser und verschwand an einen unbekannten, fernen Ort. Wir blieben noch kurz oben stehen, dann gingen wir unter die Brücke und legten uns in unsere Schlafsäcke. Kaum hatten wir unsere geschundenen Körper zur Ruhe gebettet, als auch schon ein Polizist auftauchte. Mit Hilfe von Xi Yongs »kaiserlichem Passierschein« versuchten wir uns aus der Affäre zu ziehen, aber die Erklärungen für unsere Blessuren und blauen Flecken nahm er uns nicht ab, sondern schleppte uns zur Wache, wo wir fast die ganze Nacht verhört wurden. Erst im Morgengrauen ließ er uns ziehen. Mut- und hoffnungslos schlenderten wir durch die Straßen dieser ach so fremden Stadt.

Um die Mittagszeit fing es an zu nieseln. Da Xi Yong noch nie in seinem Leben mit einer Fähre gefahren war, gingen wir zum Hafen. Er besorgte die Fahrkarten, ich paßte auf unsere Räder auf. Eine ganze Weile war inzwischen vergangen, und Xi Yong war noch immer nicht zurück. Dafür entdeckte ich in der Ferne seinen Scheitel, mit diesem kümmerlichen Haarbüschel darauf, das verzweifelt hin und her wippte. Kurz darauf brachte er im Laufschritt zwei Tickets, er selbst eine geruchsintensive Mischung aus Regen, fremdem und eigenem Schweiß. Wütend legte er los: »Wieso machen die Leute hier wegen jedem Dreck gleich einen Aufstand?«

»Tja, wenn man zu was kommen will, dann muß man eben dafür kämpfen«, antwortete ich geistesabwesend.

»Was?! Die Tickets für diese Fähre werden bis in alle Ewigkeit nicht ausverkauft sein, was heißt dann kämpfen?«

Ich war nicht in der Stimmung, Xi Yong das zu erklären. Diejenigen, die ihre Mittel und Wege hatten, würden kaum ihr Leben aufs Spiel setzen, um ans andere Ufer zu gelangen. Aber was machten all die anderen, die nicht über diese Mittel und Wege verfügten? Sie schätzten sich selbst womöglich glücklich, weil sie von dem, was übrigblieb, einen Teil ergattern konnten, doch gerade deshalb beäugten sie sich gegenseitig mit Haß und Abscheu.

»Ja, aber von was bleibt denn nun nicht viel übrig?« bohrte Xi Yong weiter.

»Ach, laß gut sein«, reagierte ich ungeduldig.

Er verstummte, und wir standen nebeneinander an der Mole, um in die Ferne zu schauen. Am Horizont tauchten immer wieder riesige Frachter auf, ab und zu ertönte eine Schiffssirene, die wie müdes Büffelgebrüll klang.

»Chef, schau mal!« Xi Yong zeigte auf eine Reihe Autoreifen, die am Schiffsrumpf befestigt waren: »Warum hängen denn da so viele Rettungsreifen?«

»Damit man schneller stirbt.«

Typisch Xi Yong. Eigentlich ging es ihm überhaupt nicht darum, dich zum Lachen zu bringen, aber manchmal sagte er so einfältige Dinge, daß du gar nicht anders konntest. Es war das erstemal, daß er sich so weit vom heimischen Herd entfernt hatte. Anders als die meisten Chinesen, die für immer an ihre Scholle gefesselt waren und arbeiteten, bis sie tot umfielen.

Auf unserer Tour hatte Xi Yong seine Schlaftabletten nicht ein einziges Mal gebraucht. Jetzt war er davon überzeugt, daß er seine Schlaflosigkeit allein dem hohlen Geschwätz dieser hochtrabenden Theoretiker in seinem Institut zu verdanken hatte. Aber Arbeit war nun mal Arbeit, und er liebte sie genauso wie seine Hühneraugen und Hämorrhoiden, wobei diese immerhin von einem Arzt entfernt werden können. Mit der Arbeit ist das nicht so leicht. Und von irgendwas muß der Mensch ja leben! Also rannte Xi Yong von einer Sitzung in die nächste, um den Teilnehmern Tee und Wasser nachzuschenken. Er haßte dies so sehr, daß er meinte, das ganze Land wimmele von solchen Leuten, überall und in jedem witterte er den Theoretiker. Er erzählte von einer Tagung zu Demokratie, Freiheit, Menschenrechten und solchem Zeug: draußen ein Fuhrpark fetter Limousinen, drinnen Theoretiker jeglicher Couleur. Sie ergingen sich in Demokratie und wie es an ihr mangele, in Menschenrechten und wie sie mißachtet werden. Wenn diese dickwanstigen alten Herren in ihren Luxusschlitten wirklich dieser Auffassung waren, dann blieben vagabundierenden Skeletten wie uns nur noch die Flöhe und Blutsauger. Xi Yong hatte eine ganze Menge solcher Geschichten auf Lager und erzählte unterwegs immer wieder davon. Beispielsweise von der Schriftstellerin, die in einer der Sitzungen darüber klagte, welche Probleme es mit sich bringe, in den Rang der »professionellen Autorin« erhoben worden zu sein, denn nun fehle ihr der »Schmerz«, der ihr Schreiben bislang inspiriert und vorangetrieben habe – ich dachte ich hör nicht recht! Nach allem, was ich kapiert habe, sollte man sich nicht so einfach auf das Glück verlassen. Auf den Schmerz schon eher. Man verpaßt sich einfach eine Ohrfeige oder bittet andere, diesen Dienst für einen zu übernehmen, dann wird er sich schon einstellen, oder? Bei mir ist das leider ganz anders: Ich versuche immer, Glück zu haben, und es will mir nicht gelingen.

Alles in allem hatte sich Xi Yongs Schlaflosigkeit von Tag zu Tag gebessert, jedenfalls bis zu unserer Ankunft in dieser kleinen Stadt. In H. waren wir nicht mehr weit von unserem endgültigen Ziel entfernt. Hier hatte er seine Schlaftabletten zum erstenmal wieder genommen, folglich waren es also nicht nur die Theoretiker, die ihm zusetzen, sondern auch die Nutten.

Seit wir H. erreicht hatten, beschlich uns immer stärker folgendes Gefühl: Je weiter man nach Süden kam, desto weniger war das Geld wert. Hier wurde geklotzt und nicht gekleckert. Du hättest zum Beispiel den Wirt sehen sollen, als wir nur eine einfache Schale Reis bestellten. Für ihn war das quasi ein Almosen, so daß wir uns fragten, ob zehn Yuan hier auch zehn Yuan sind. Dieses Problem hat sich im Laufe der Reise noch verschärft, doch davon später.

Hier schliefen die Leute nachts nicht, sondern bevölkerten die Straßen. Jede Gasse war ausgeleuchtet, überall war der Bär los. Aus jedem Winkel duftete es nach Lekkereien, denen man kaum widerstehen konnte. Der Duft stieg einem unwillkürlich in die Nase, und der Magen knurrte. Das Ganze war nicht weniger beunruhigend als die Miniröcke in W.

Am Abend hockten wir auf einer niedrigen Mauer, die den Rasen eines kleinen Platzes begrenzte, schauten den Mädchen nach und träumten von leckerem Essen. Die hier allgegenwärtige Konsumlust mußte uns wohl angesteckt haben, denn Xi Yong holte die letzte Packung unserer Luxuskippen hervor, die eigentlich für den letzten großen Coup an unserem Zielort eingeplant worden waren, und wir steckten uns eine nach der anderen an. In diesem Moment stolzierte ein hübsches Beinpaar vor unseren Augen vorbei, und ein Rocksaum streifte beinahe mein Gesicht. Ein Wohlgeruch, noch betörender als alle Essensdüfte, umfing mich. Wie auf Kommando schauten Xi Yong und ich auf und sahen eine atemberaubende Frau vorbeischlendern. Sie setzte sich einige Meter entfernt zu einer Freundin ins Gras. Ihr Reden und Lachen plätscherten zu uns herüber. Xi Yong und ich schauten uns an und stellten unser dummes Gequatsche ein, es herrschte so etwas wie stillschweigendes Einvernehmen. Ich winkte der molligeren Freundin zu, zu uns herüberzukommen. Sie kicherte und schwatzte dann mit ihrer Freundin weiter.

Wir waren ein bißchen enttäuscht und begnügten uns damit, sie von weitem mit den Augen zu verschlingen, schließlich waren wir ja nichts als zwei arme Schlucker. Doch nach einer Weile kam die kleine Dicke plötzlich zu uns herüber, beugte sich, mit Blick auf meinen Glimmstengel, herab und fragte: »Entschuldigen Sie, meine Herren, dürfte ich Sie um eine Zigarette bitten?«

»Meine Herren?!« Zu uns?! Auf meinen anzüglichen Shorts, die ich mir selbst aus einer langen Hose zurechtgeschnitten hatte, hatte sich der Saft aller unterwegs verspeisten Melonen zu einem einzigen Fleck vereinigt. Meine dürren nackten Beine waren schmutzverkrustet, von der Sonne rabenschwarz gebrannt und übersät von allerlei Narben, die die letzten Jahre hinterlassen hatten. Sonne und Wind hatten mein Haar strohtrocken werden lassen, außerdem hatte es mittlerweile eine Länge erreicht, daß sich zwei Spatzen darin bequem ein Nest bauen konnten. Mein T-Shirt war mir so peinlich, daß ich lieber keines angehabt hätte. Wie nebenbei wickelte ich es um meinen Arm, damit man die Schweißflecken nicht roch und die Löcher nicht sah.

Xi Yong sah auch nicht viel besser aus. Mit seiner entblößten Hühnerbrust saß er rachitisch neben mir. Der einzige Grund, warum die Mädchen uns angesprochen haben konnten, waren unsere Zigaretten, wenngleich ich mir nicht sicher war, ob diese Marke dem Geschmack der hiesigen Leute überhaupt behagte.

Daß sie uns mit »Herren« und nicht mit »Genossen« angesprochen hatte, jagte uns einen richtigen Schreck ein. Aber »Dürfte ich Sie um eine Zigarette bitten« hätte bei uns beinahe einen Lachkrampf ausgelöst. Xi Yong glaubte, wieder mal auf seine Theoretiker gestoßen zu sein, und ich kannte diese übertriebene Höflichkeit eigentlich nur aus dem ausländischen Fernsehen. Einerseits war sie einem fremd, andererseits aber auch vertraut. Aus dem Mund eines Mädchens aus diesem gottverlassenen Nest war sie jedenfalls zu komisch. Wenn ich einen gehabt hätte, hätte ich jetzt meinen Hut gezogen, so wie dies in ausländischen Filmen gelegentlich zu sehen ist. Mir war, als befände ich mich nicht mehr in dieser endlosen schwarzen Nacht, sondern in einem hell erleuchteten Ballsaal, wo vornehme Damen darauf warteten, von mir zum Tanz aufgefordert zu werden. Ihr vornehmes Getue hatte schon etwas Rührendes. Aber gleichzeitig spürte ich in mir diesen brennenden Impuls, sie zu überführen.

»Aber klar, bedien dich. Mit Zigarette bist du noch hübscher.«

»Gehört die da drüben zu dir?« Ich hatte inzwischen bermerkt, daß die Hübsche einen kurzen Jeansrock trug und märchenhafte Beine hatte, die sie auf dem Rasen ausstreckte und die verführerisch im Licht der Laternen schimmerten. Da saß sie, die Hände aufgestützt, den Oberkörper vorgereckt. Ihre kleinen Brüste wiesen gen Himmel. Mir war, als hörte ich ihren Lockruf bis in mein Innerstes.

»Ja, wir sind zusammen hier.«

»Warum rufst du sie dann nicht herüber?«

Mit einem Lachen ging sie zu ihr. Xi Yong zwinkerte mir vielsagend zu.

Die beiden kamen herüber. Im Schlepptau ein junges Bürschchen, geschniegelt und gebügelt. Sie setzten sich uns gegenüber ins Gras. Die Langbeinige bediente sich mit größter Selbstverständlichkeit an unseren Zigaretten.

»Woher seid ihr?«

»Aus Peking«, sagte Xi Yong wie aus der Pistole geschossen. Er hatte die ganze Zeit nur geschwiegen und fürchtete allmählich, daß er zu kurz kommen könnte.

»Aus Peking?! Ich dachte, ihr seid aus Kanton.« Kanton schien hier eine ganz besondere Rolle zu spielen, gerade so, als ob es der einzig amüsante Ort auf der Welt sei. Diesen Eindruck hatten wir in den letzten beiden Tagen hier schon öfter gehabt.

»Aber die Männer aus Peking sind viel besser als die aus Kanton …«, konterte ich. Ich versuchte, ohne große Umwege ans Ziel zu kommen.

»Aber die Kantonesen haben Geld«, sagte die kleine Dicke.

Meine Kurzanalyse ergab, daß die beiden anscheinend auch nicht lange um den heißen Brei herumredeten.

Seit Xi Yong sich eingemischt hatte, knetete ich, ohne es zu merken, an meinen Fingern herum. Die kleine Dicke betrachtete mich eingehend, als habe ich mit meiner Handbewegung angedeutet, daß ich im Geld nur so schwimme. Ihr Interesse war geweckt.

In den Augen der Langbeinigen glaubte ich einen Hauch Sanftmut zu entdecken, aus ihrem Blick schien sogar etwas Poesie zu sprechen. Vielleicht konnte ich sie kurzzeitig von ihrem Geldgedanken abbringen …

»Die Pekinger Männer sind gut gebaut und außerdem intelligent.«

Im Schutz der Nacht reckte ich stolz meine Hühnerbrust. Ein Wagnis, das ich nur im Dunkeln eingehen konnte, denn nur so konnten sie meine Rippen nicht zählen.

»Und was macht ihr sonst so?« fragte die Langbeinige.

»Er ist Sänger«, kam es von Xi Yong ganz nonchalant.

»Echt?!«

»Na, wenn ich es sage!«

»Dann sing uns doch was vor!« Sie zeigte auf das geschniegelte Jüngelchen: »Er spielt Gitarre, schade, daß er sie nicht dabei hat, das wäre lustig geworden!«

Vor lauter Freude klatschte sie in die Hände. Ich war mir sicher, daß sie die Entfernung zwischen ihrer Möse und dem Geld exakt kalkulierte, aber eine kindliche Unschuld hatte sie sich dennoch bewahrt. Wahrscheinlich hatten nur die Flittchen im Sozialismus diese Reinheit und Unschuld, im verwerflichen Kapitalismus, wo man für Geld über Leichen ging, fandst du so eine nicht.

Singen war noch nie meine Stärke gewesen. Schon in der Schulzeit nicht, als wir im Gleichschritt hatten marschieren müssen und meine Lehrerin mir einen Rüffel erteilt hatte, weil ich nicht mitgesungen hatte. Es war mir bis heute ein Rätsel, wie ihr das aufgefallen war, schließlich waren wir über vierzig Schüler gewesen. Wahrscheinlich war das auch so eine Art energetischer Wechselwirkung gewesen, das ist heute ja sehr verbreitet. Zwei von drei Chinesen fungieren heutzutage als Medium bei einem Beschwörungsritual, und der dritte macht Qigong und rennt dabei mit dem Kopf durch die Wand oder schlägt mit bloßer Faust Ziegelsteine entzwei. Zugegeben, das ist schon eine große Kunst.

Ich räusperte mich und schmetterte ein paar schräge Töne. Die kleine Dicke lachte hinter vorgehaltener Hand: »Du Schwindler!«

»Schwindler? Läuft auf dieser Erde etwa jemand herum, der kein Schwindler ist?« rief Xi Yong und schaute suchend um sich. »Na? Wer? Wo? Zeig ihn mir.«

Die Langbeinige lachte ebenfalls los und deutete auf einen wohlbeleibten Touristen, der gerade vorbeispazierte: »Der sieht nicht danach aus!«

»Der hat einfach zuviel auf den Rippen und den Schwindler in sich mit seiner Fettschwarte überdeckt.«

Die Langbeinige lachte aus ganzem Herzen. Sobald sie nicht mehr an Geld dachte, wurde sie wieder zum Kind. Während wir vor uns hin quatschten, gingen unsere Zigaretten in Windeseile zur Neige. Das geschniegelte Bürschchen hatte bislang noch keinen Ton von sich gegeben, nur ab und zu gelacht, allerdings wirkte es ziemlich durchtrieben. Die kleine Dicke nannte ihn den »Fahrer«, und ich war mir nicht sicher, ob das hier nicht vielleicht ein Szeneausdruck war. Er schien weder für die beiden Kunden anzuwerben, noch machte er den Eindruck eines Freiers. Aber er blieb einfach bei uns, und so wußten wir nicht genau, wie weit wir gehen konnten. Ich beschloß, dies herauszufinden.

Ich saß der süßen Langbeinigen gegenüber, die mich von Anfang an in ihren Bann gezogen hatte. Ich konnte fast ihren Atem spüren. Ihr eines Bein war angewinkelt, das andere ausgestreckt. Ich schwöre, daß ich in meinem ganzen Leben noch nie eine so betörende Haltung gesehen habe. Womöglich bereitete ihr der knallenge, superkurze Minirock ein gewisses Unbehagen, denn sie zupfte ab und zu daran herum, und ihr hübscher Busen vibrierte dabei ein wenig. Ich glaube, in diesem Moment erfaßte mich so etwas wie eine Herzrhythmusstörung, mein Herz raste, dann stand es still, mir blieb die Luft weg, und ich geriet ins Stottern.

Über Frauen hatten Xi Yong und ich auf unserer Reise immer wieder gesprochen und nicht selten auch von ihnen geträumt. Bekanntlich waren wir auch der einen oder anderen Versuchung ausgesetzt gewesen. Aber in unserem tiefsten Inneren wußten wir natürlich, daß wir zwei arme Schlucker waren, die keinen Pfifferling taugten. Deshalb mußte der Teil unserer frühlingsgleichen Körper, von dem man getrost behaupten konnte, daß er seine Lebenskraft mit größter Vehemenz zum Ausdruck bringen wollte, ein ums andere Mal unbegreifliche Torturen erleiden. Im Moment sah es so aus, als wolle er sich nun nicht mehr länger in Geduld üben.

Meine Hand wanderte auf ihr Bein und streichelte es sanft. Sie tat so, als merkte sie es nicht, und redete und lachte weiter. Xi Yong verstummte im Gespräch mit der kleinen Dicken und wurde merklich nervös. Das gestriegelte Bürschchen schaute zu, sagte aber keinen Ton.

Ich streichelte ihr Bein, und mein Herz war in Aufruhr. Frauen! Oh, wie ich euch liebe! Wie ich in euren Armen alles um mich herum vergesse! Wie ein Opiumsüchtiger erliege ich euren Reizen! Das ist das wahre Leben! Mein Lebenselixier. Eure seidigen, glatten Schenkel lassen mich erschauern – so edel, so vornehm ... Wenn schon die Schenkel einer Nutte mit solchen Reizen gesegnet sind, warum nur habe ich diese ganzen anderen Mädchen, seit ich auf diesem Gebiet fachkundig bin, bis zur Unvernunft geliebt?

Schließlich schlug die kleine Dicke vor, einen nächtlichen Imbiß aufzusuchen. Als wir uns auf den Weg machten, war es ungefähr ein Uhr nachts, und bei den fliegenden Händlern gab es noch Sojapudding und Maultaschensuppe. Als Xi Yong für weniger als einen Yuan ein paar Schalen für uns holte, drehte sich die Langbeinige um, begutachtete ihr Gesicht in einem Taschenspiegel und puderte etwas nach. Womöglich gehörte dies zum Ritual, wenn der Freier gerade Geld für sie ausgab. Ihr Umgang mit uns verriet langjährige Übung und stürzte mich in große Verlegenheit. Denn anscheinend hatte Xi Yong nicht vor, außer Nudeln noch etwas anderes Eßbares auszugeben.

Prompt verabschiedete sich auch das Jüngelchen und murmelte etwas von »muß morgen arbeiten«. Die beiden Mädchen schlugen vor, sich drüben, am anderen Flußufer, »ins Nachtleben zu stürzen«. Ich ahnte, was da alles auf uns zukam, und zögerte. Die Langbeinige drängte ungeduldig: »Wir wollen euer Geld gar nicht.«

»Wir haben sowieso keins«, antwortete Xi Yong.

»Mir war doch gleich klar, daß ihr zwei arme Schlucker seid.«

»Und warum willst du dich dann mit uns ins Nachtleben stürzen?«

»Du kleiner Schlaumeier«, raunte sie mir zu und strich mir sanft über die Wange. Bis heute glaube ich fest daran, daß in dieser Geste ein Hauch von echtem Gefühl steckte …

»Wie alt bist du?« fragte ich sie.

»Einundzwanzig! Na, wie sieht's aus? Kommt ihr nun mit oder nicht?!« Sie fummelte fünfzig Yuan aus ihrem Täschchen und drückte sie Xi Yong in die Hand: »Hier, schenk ich euch. Glaubst du mir jetzt?«

Ich wollte ihr erklären, daß es nichts mit Geld zu tun hatte, sondern, ja, womit eigentlich? Wenn ich heute so zurückdenke, war ich damals eigentlich richtig schamlos gewesen. Es war diese seltsame, fatale Art von Verkommenheit, die die Tragik meiner ganzen Existenz ausgemacht hatte. Wenn ich, wie heute, irgendwo allein herumsitze und an dieses einundzwanzigjährige Mädchen denke, wenn ich mich an ihr lachendes Gesicht, ihre wunderschönen Beine und ihren entzückenden südlichen Dialekt erinnere, dann möchte ich am liebsten im Erdboden versinken, dann fühle ich mich unrettbar verseucht. Alles, was ich immer zur Schau gestellt habe, meine Jugend, die Freiheit, das Vagabundendasein, erscheint mir nur als das Feigenblatt, hinter dem ich mein wahres Wesen verberge.

Xi Yong steckte die fünfzig Yuan ein, ohne sich mit weiteren Freundlichkeiten aufzuhalten. Er schaute mich erwartungsvoll an. Ich verabschiedete mich von den beiden, sie warfen uns nur noch einen verächtlichen Blick zu und stolzierten davon.

Zurück in unserer kleinen Herberge, legten wir uns aufs Ohr. Doch wir wälzten uns beide auf unseren Matratzen herum, an Schlaf war nicht zu denken. Ich bemerkte, wie Xi Yong nach dem Röhrchen mit den Schlaftabletten griff: »Laß das! Komm!« Ich fuhr aus dem Bett, entschlossen, die beiden Mädchen zu finden. Xi Yong war sofort dabei. Bis zum Morgengrauen streunten wir in den Straßen umher. Aber die beiden blieben verschwunden. Mißmutig kehrten wir zurück. Xi Yong blieb stumm, es war noch nie seine Art gewesen, mir Vorwürfe zu machen.

Zweiter Teil

Nachdem wir nun halb China auf unseren Rädern durchstreift hatten, wollte ich nicht noch einmal losziehen. So ungefähr wußte ich nun, was uns letztlich von allem bleibt. Und daß selbst das nicht unbedingt für uns gedacht ist …

Aus Xi Yong jedoch hatte unsere Reise einen echten Vagabunden gemacht. Wie ein ruhmreicher Kapitän auf Landurlaub wurde er nicht müde, stundenlang unsere gemeinsamen Abenteuer nachzuerzählen. In seinen Geschichten war ich so eine Art Sancho Pansa, der an der Seite Don Quijotes den Bauerntölpel gibt. Um mich zu überreden, noch einmal mit ihm aufzubrechen, hatte er folgende geniale Idee: Wir sollten uns zwei große Hunde kaufen und dazu zwei kleine Wagen, in denen sie unsere Zelte, Schlafsäcke, Wasserkanister und all den anderen Krempel hinter sich herzögen. Und wir beide sollten hinterhertrotten. Unterwegs würden wir uns fotografieren lassen, und die Kinder dürften für fünf Mao oder so eine Rundfahrt in der »Hundekutsche« machen.

Was mich an der ganzen Idee am meisten faszinierte, war die Vielzahl an Möglichkeiten, die sie bot. Wir konnten die Hunde beispielsweise dazu abrichten, einen Zehn-Yuan-Schein zu erkennen. Man würde sie einfach auf einem Marktplatz frei laufen lassen und auf ein geheimes Signal hin draußen im Feld wieder treffen, um die Beute vor Ort aufzuteilen. Xi Yong war so begeistert von dem Plan, daß er sich gleich fieberhaft auf die Suche nach entsprechenden Fachbüchern über Hundedressur machte.

Aber die Hunde waren noch nicht dressiert, als das rasante Voranschreiten der Reformpolitik bereits den Hundert-Yuan-Schein in Umlauf brachte. Xi Yong wurde nachdenklich. Wenn nun Tausend- und Zehntausend-Yuan-Scheine herauskamen? Klar schien jedenfalls, daß die Geschwindigkeit der Hundedressur nicht mit der von Gelddruckmaschinen mithalten konnte. Insofern ließ sich mit Sicherheit sagen, daß unsere Pläne mit diesen Veränderungen niemals Schritt würden halten können. Ich schlug also vor, einfach die Hunde auf Geldkoffer abzurichten. Dann müßten sie die Unterschiede nicht lernen. Xi Yong war von dieser neuen Idee wie elektrisiert und prompt so absorbiert von Berechnungen über Lasten, die Hunde tragen, und Geschwindigkeiten, die sie erreichen können, daß er keinen Kopf mehr für seine Arbeit hatte. Er ging sogar soweit, seine eiserne Reisschüssel zu zerschlagen. Xi Yong war ja bekanntlich in einem dieser Institute für das heiße Wasser und das Nachschenken von Tee verantwortlich. Vermutlich war der Institutsleiter, oder wie man den nennt, so sehr an Xi Yongs beflissene und umsichtige Aufwartung gewöhnt, daß es ihm völlig schleierhaft erschien, wie sich jemand in dieser Position herausnehmen konnte, mit den Gedanken woanders zu sein. Und in einem Anfall von Wut setzte er ihn einfach vor die Tür. Wie gesagt, das, was einem bleibt, ist nicht viel, und wenn man nicht eisern daran festhält, nehmen es einem früher oder später andere weg.

Diesmal geriet Xi Yongs arme Mutter nun wirklich in Panik. Sie hatte noch die schlechte Zeit in der alten Gesellschaft durchgemacht und wußte nur zu gut, was es bedeutete, seine Arbeit zu verlieren. Ihr eigener Vater war damals verhungert, weil er arbeitslos wurde, und das erfüllte sie bis heute mit Angst. Deshalb stellte sie eine Liste sämtlicher Freunde und Verwandten zusammen. Mit einer Akribie, als wollte sie einen Geheimkode knakken, ging sie Schicht für Schicht durch jede Generation und listete vom Großvater ihres Onkels bis hin zu den Kindern und Kindeskindern ihrer Geschwister alle auf. Mit dem Ergebnis, daß sie eine »Großtante« auftat, die in Deutschland ein chinesisches Restaurant betrieb.

Xi Yong und diese »Großtante«, die er nie zu Gesicht bekommen hatte, begannen, sich Briefe zu schreiben, wobei jeder Brief der »Großtante« in Xi Yongs eingetrockneter Phantasie ein loderndes Hoffnungsfeuer entfachte. Wieder schmiedete er Zukunftspläne und hoffte, daß sie sich diesmal im selben Tempo wie die Reformen verwirklichen ließen. Ach, er wollte einmal auf der Gewinnerseite sein! Wenigstens ein einziges Mal!

Xi Yongs Wunsch ging in Erfüllung, und er landete in Europa. Seine Mutter hatte ihm die Zukunft in den schönsten Farben ausgemalt. Die »Großtante« war darin ein großartiger, guter Mensch und würde ihm in jeder Lebenslage mit Rat und Tat zur Seite stehen. Xi Yong machte sich voll schönster Hoffnungen auf den Weg. Als er dort ankam, sah es auf den ersten Blick gar nicht schlecht aus. Das Chinarestaurant gab es wirklich und diese »Großtante« auch. Aber von einem großartigen und guten Menschen konnte leider keine Rede sein. Sie machte aus meinem Leidensbruder einen nützlichen Idioten, den sie für umsonst durch die Gegend scheuchte. Zwar konnte man Xi Yong zugute halten, daß er einen Anstoß von außen durchaus vertrug, aber als Dauerzustand ging das nicht. Nun saß er also im guten alten Europa und betete, daß ich bald nachkam. So ähnlich, wie die Entrechteten ihre Befreiung herbeigesehnt hatten.

Die gewaltigen Veränderungen in China nahmen derweil groteske Formen an. Ich dagegen blieb mir selbst treu. Genauso mittelmäßig wie eh und je, genauso feige und schwach, alles in allem wie gehabt. Nur daß mich langsam auch ein Hauch von Verfall umgab. Ich war immer noch arm wie eine Kirchenmaus. In meiner Generation hielt ich den einsamen Rekord, nun schon über zwanzig Jahre lang ohne geregeltes Einkommen ausgekommen zu sein. Dieser Rekord war nicht leicht zu brechen! Aber meine Armut war faltenfrei geblieben, und in den leuchtenden Farben dieser neuen Zeit der Öffnung und der Reformen kam sie in ihrer ganzen Brutalität zur Geltung …

Solange ich mich erinnern kann, versuchte man, mich in irgendeine Schublade zu stecken, allerdings nie zu den »anständigen Menschen«. Ich selbst fand es nie besonders spannend, anderen Leuten Stempel aufzudrücken, aber nun hatte ich den Stempel »unnützes Element der Gesellschaft«. Das Nachbarschaftskomitee händigte mir also eine rote Armbinde aus und einen kleinen Holzschemel, der von den beschäftigungslosen Ärschen all der alten Männer, die vor mir darauf gesessen hatten, blank gewetzt war. Meine Aufgabe bestand nun darin, am Eingang eines Gebäudes zu sitzen und »schlechte Elemente« zu beobachten. Dabei mußte ich daran denken, wie oft Leute – allen voran Mädchen – zu mir gesagt hatten: »… bei dir sieht man auf den ersten Blick, daß du ein Schuft bist.«

Wie wäre das Leben doch einfach, grübelte ich vor mich hin, wenn man sämtliche Schufte der Welt »auf den ersten Blick« als solche erkennen würde. Dann wäre für die Durchsetzung des Kommunismus gar nicht so ein Aufwand nötig. Denn auf der Basis des marxistisch-leninistischen Grundsatzes von der Diktatur des Proletariats und der Klassenkampfmaxime könnte man nach dem Prinzip »einen Schuft auf den ersten Blick erkennen« alle derartigen Elemente zusammentreiben und einfach erschießen. Und schon hätte man ein leuchtendes, klares, reines Universum, eine erfolgversprechende Welt.

Da ich allerdings selbst noch nicht einmal weiß, ob ich ein guter oder ein schlechter Mensch bin, wäre dieses Prinzip auf mich bezogen eher ein Witz.

Xi Yong drängte mich in jedem seiner Briefe, daß ich baldmöglichst nachkommen möge, und ließ sich die tollsten Strategien einfallen, um mich dazu zu überreden. Also verbrachte ich meine Tage damit, mich in ein Englischlehrbuch für Kinder zu vertiefen. Eigentlich hatte ich das schon vor mehr als zehn Jahren aufgegeben, aber nun versuchte ich mir fleißig einzuprägen, was der Unterschied zwischen »an apple« und »two nipples« ist. Das klappte komischerweise ganz gut, wahrscheinlich weil es in beiden Fällen ums Essen ging, und das war schließlich wichtig.

So saß ich also tagein, tagaus, starrte hübschen Mädchen nach und grübelte in einem fort über die wahre Bedeutung von »unbeschäftigt« nach. So kam es, daß eines Tages ein schlechtes Element unbemerkt ins Haus schlüpfte und die Hausantenne mitgehen ließ, an der hier sämtliche Fernseher hängen. Dieses Ereignis brachte alle gegen mich auf. Zwar wurde ich von niemandem verprügelt oder lauthals beschimpft, aber von allen Bewohnern des Gebäudes mit diesem ganz bestimmten eisigen Blick bedacht, der tollwütigen Hunden vorbehalten ist. Was mir am meisten zusetzte, waren die Kinder: Sie schmollten. Denn sie mußten nun zwei Wochen lang ohne Fernsehen auskommen – was vermutlich genauso schlimm ist, wie wenn ich die gleiche Zeit ohne Frau auskommen müßte. Das Fernsehen brachte ihnen bei, wie die Lüge funktioniert, genau wie ich das Blaue vom Himmel erzähle, um eine Frau zu verführen. Eines der Kinder, das ich wirklich mochte, zeigte auf mich: »An allem bist du schuld. Du ganz allein. Seit drei Tagen habe ich nicht mehr *Und immer wieder geht die Sonne unter* gesehen …« Das hat mich so zutiefst betrübt, daß ich die rote Armbinde mitsamt dem Holzschemel von mir schleuderte und erst mal spazierenging.

Dann glotzt doch euren verdammten *Sonnenuntergang*! Klammert euch an eure Glotze, damit ihr das Lügen lernt!

Weggehen, Zurückkommen, Weggehen, Zurückkommen. Dies war eine Art Lebensrhythmus, eine Existenzform. Den »unbeschäftigten Elementen der Gesellschaft« waren noch ein paar Rechte vergönnt, beispielsweise konnte man einen Ausweis beantragen, daß man »auf Arbeitsuche« war. Mir aber flößte die Natur dieser bürokratischen Angelegenheiten von jeher Respekt ein, denn man kam dabei nicht umhin, sich an die Maschinerie staatlicher Institutionen zu wenden, die einzeln und weit verstreut auseinanderlagen. Man rannte zur einen Tür hinein und zur anderen hinaus, nur um ein paar groteske Formulare zu ergattern, die das Papier nicht wert waren, auf dem sie standen. Irgendwann beschleicht dich dann das Gefühl, daß dein eintöniges Leben noch unbedeutender als diese

Papierfetzen ist. Als ob all diese Beamten, angestellt vom Staat oder der Regierung und sozusagen wichtig, sich sattgefressen hatten und nun, aus lauter Langeweile, anstatt Mah-Jongg zu spielen, sich mit dem Entwurf von Formularen vergnügen. Mit einem Eifer, als feuerten sie beim Mah-Jongg den ultimativen Gewinnstein auf den Spieltisch, möchten sie Ordnung in dein gänzlich ungeordnetes und zusammenhangloses Dasein bringen. Mit dem einen minimalen Unterschied, daß du beim Mah-Jongg immer genau weißt, gegen wen du spielst. Aber so, wie sie ihre Sache betreiben, willst du lieber nicht wissen, wem sie eigentlich mitspielen.

Noch schaffst du es, ihren mechanischen Fragen auszuweichen. Aber mit jeder ihrer Fragen dringen sie tiefer in deine Seele, bis dir am Ende die Haare zu Berge stehen. Bevor du dort hingehst, zählst du unwillkürlich deine Zehen, um auch bestätigen zu können, daß es wirklich zehn sind. Damit konsolidierst du deinen kümmerlichen Rest an Selbstvertrauen. Aber egal wie groß dein Selbstvertrauen einmal war, es nützt alles nichts. Seit deine Mutter bei deiner Geburt das erste Formular für dich ausgefüllt hat, hat der Prozeß, der bis zu deinem Tode andauern wird, begonnen: Stück für Stück wird dir dein Selbstbewußtsein genommen. Wer auch immer das letzte Formular für dich ausfüllen wird, deine Freiheit hat sich dann auf ein schmales, rechteckiges Kästchen reduziert. Xi Yong ist dafür ein lebendiges Beispiel. Bevor er ins »freie« Europa aufbrach, hatte er so viele Formulare auszufüllen, daß ihm keine Hand mehr blieb, um sich noch einen runterzuholen. Trotzdem freute er sich, als würde er den Weg ins Paradies antreten. Was ihn nicht daran hinderte, nach gerade einmal einem halben Jahr mir am Telefon mitzuteilen, es sei dort »echt ätzend«. Und als ich ihn fragte, warum, erklärte er: »Meine Finger sind nicht flink genug, um all den Papierkram zu bewältigen …«

Später erörterte er mir dann, daß es in China zwar einen ganzen Haufen überflüssigen Formularkram gibt, daß die Freiheit der Chinesen jedoch genau darin besteht, die bestehenden Regeln zu übertreten. Im Westen dagegen empfänden die Leute die Tatsache, daß ihr ganzes Leben standardisiert ist, als Freiheit.

»Und was, meinst du, ist die bessere Variante?« Er rief von einer deutschen Telefonzelle aus an, weil seine »Großtante« es ihm nicht erlaubte, von ihrem Restaurant aus zu telefonieren. Er erzählte, daß es gerade in Strömen regnete, und ich konnte mir nur zu gut vorstellen, wie er da schlotternd und mit starrem Blick in dieser eisigen Telefonzelle stand. Meines Wissens gibt es auf der ganzen Welt keine Telefonzelle, die nicht eisig ist, vor allem, wenn es regnet. Woher aber sollte ich wissen, welches die bessere Variante war? Wahrscheinlich keine von beiden. Das einzige, was für mich außer Zweifel steht: Es bleibt einem nichts, egal, wo man ist.

Einige Zeit zuvor, noch bevor Xi Yong angefangen hatte, mich um jeden Preis nach Europa lotsen zu wollen, hatte er mir von einem Typen erzählt, den ich kennenlernen sollte. Einen Leidensgenossen mit aschfahlem Gesicht, kariösen Zähnen und schiefem Mund, einer Himmelfahrtsnase sowie weit auseinanderstehenden, struppigen Augenbrauen. Kurzum, er habe etwas von einem verhungerten Gorilla. Seine Klamotten seien schäbig, und weil er einen Buckel hat, würden sie vorne ein bißchen weiter runterhängen als hinten, was ziemlich lächerlich aussähe. Wenn ein hübsches Mädchen an ihm vorbeiginge, lecke er sich instinktiv die Lippen und starre ihr nach, bis sie seinen Blicken entschwunden sei. Also so ein Typ, wie ihn Xi Yong in der Nähe des Berges G. bei der »Vergewaltigung« gespielt hatte.

Letzteres konnte ich absolut nachvollziehen. An dieser Stelle war es mir ein Bedürfnis, die bemerkenswerte Äußerung eines amerikanischen Freundes zu zitieren: »... jedesmal, wenn ich auf dieser großen weiten Welt ein entzückendes Mädchen in die entgegengesetzte Richtung weggehen sehe, dann fühle ich einen Schmerz, als würde ich von einem Dolch durchbohrt.«

Dieses Gefühl war mir nur allzu bekannt. Man stelle sich vor: Zuerst erreicht dein Ohr das wohlklingende Klackern von Stöckelschuhen. Dann erblickst du sie, ihr Gang ist anmutig, ihre Erscheinung bezaubernd. Doch schon ist sie wieder weg, ohne dich eines Blickes gewürdigt zu haben. Du bleibst zurück in einer Duftwolke aus Parfüm und bist in maßlosem Aufruhr. Der Klang der Absätze verebbt. Da stehst du nun. Und was bleibt dir zu tun? Den Schmerz der verpaßten Chance ertragen und dein gebrochenes Herz. Die Lippen kannst du dir lecken, mehr nicht. Ich hatte also das instinktive Gefühl, daß Gorilla und ich aus dem gleichen Holz geschnitzt waren. Der Schrecken aller Onkel und Tanten eben. Menschen ohne Selbstwertgefühl.

Bei der ersten Begegnung saßen wir uns wortlos gegenüber und starrten uns an. Wie zwei räudige Hunde, die sich erst einmal mißtrauisch beäugen, sich dann vorsichtig einander nähern, sich beschnüffeln und am Schluß als gleichrangig anerkennen.

Wir waren uns auf Anhieb sympathisch. Wie zwei Brüder, die sich über die Jahre aus den Augen verloren hatten.

Wir tauschten Adressen und Telefonnummern aus, und er erzählte, daß er wegen Diebstahls zu einem Jahr Umerziehung durch Arbeit verurteilt worden war. Die Frist war nun abgelaufen und er auf dem Weg nach Hause.

»Und was klaust du so?«

»Och, mal ein Stückchen Schweinefleisch und solche Sachen.«

»Na, das ist ja doll!«

»Kleinvieh macht auch Mist …«

Offenbar ein bescheidener Mensch.

Obwohl wir Adressen und Telefonnummern ausgetauscht hatten, habe ich Gorilla dann sehr lange nicht mehr gesehen. Aber ich mußte immer wieder an ihn denken. Ich bin nicht gerne allein, aber noch weniger gern mit vielen Leuten zusammen. Was meine Existenz nicht gerade leichter macht. Ich brauche ein paar Freunde, die sich an ihren schlechten Manieren erkennen und Brüder im Geiste sind wie Xi Yong. Gorilla war mir sympathisch, und so nahm ich mir immer mal wieder vor, ihn anzurufen. Doch dann fand ich seine Telefonnummer nicht mehr und ließ es sein. Ich vermute mal, daß es ihm ähnlich ging. Also hieß es, schön die Nasen offen halten. Die Welt ist zwar groß, aber wahrscheinlich ist die Anzahl der Menschen mit dieser Duftnote durchaus begrenzt. Ich war mir sicher, daß wir uns eines Tages nur aufgrund unseres Geruchs wiederfinden würden.

Diese Stadt – meine Stadt! Zeit ist ins Land gegangen und hat viele Veränderungen mit sich gebracht, aber die Stadt hat ihren früheren Charme bewahrt. Seht sie euch an: Wolkenkratzer dicht an dicht ragen aus einem Schlick grauer Dächer, aber an warmen Sommerabenden quellen Menschen daraus hervor, um in der Kühle des Abends einen Plausch zu halten. Trotz Gedränge und Lärm folgt der Rhythmus ihres Lebens einem gemächlichen und heiteren Takt. Erst die Kältewellen und Sandstürme des Winters treiben sie wieder in unergründliche Tiefen zurück, in die melancholische Stille eisiger Kälte.

Aber der Frühling ist noch immer zurückgekehrt – ungeachtet der Heuchelei und Großspurigkeit der Menschheit und all der Bedrohungen, denen sie ausgesetzt ist. Auch wenn ich mir schon unzählige Male gesagt habe, so ist das eben, es bleibt uns nichts, klopft auch mein Herz jedesmal lauter angesichts dieser seit Menschengedenken beschworenen und alljährlich wiederkehrenden neuen Lebenskraft.

Ich holte also meinen zerschlissenen Atlas, der inzwischen so aussah, als hätte er einer Achtzigjährigen ihr Lebtag als immerwährender Kalender gedient. Für mich war dieses Buch mein kostbarstes Gut. Wie oft schon hatte es mich dazu gebracht, loszuziehen … auf die Suche nach dem Sinn des Lebens.

Ich hatte nicht die geringste Ahnung, wohin es diesmal gehen könnte. Die vielen Male zuvor habe ich immer das Schicksal entscheiden lassen und mich gefügt, wohin es die Würfel auch fallen ließ. Es galt, wo der Spielstein beim Riesenroulette zu liegen kam. Voller Hingabe und mit großer Geschwindigkeit ließ ich die Seiten meines Atlas zwischen Daumen und Zeigefinger hindurchsurren, bis die Bewegung von selbst auf einer noch recht sauberen Seite zum Stillstand kam – Tibet.

Ich geriet ins Grübeln. Ob das vielleicht eine magische Bedeutung hatte? Soviel ich wußte, lag dieses Gebiet mehr als sechstausend Meter über dem Meeresspiegel. Wenn es Gott also wirklich gab, dann hatte er bestimmt diese Gegend ausgewählt, um uns törichte Menschen aus der Nähe in Augenschein zu nehmen. Dort konnte er beobachten, wie wir sinnlos durchs Leben hetzen und sich über unsere Verrücktheiten wundern …

Nun, dann würde ich diese Pilgerfahrt also antreten. Bloß wie? Diesmal war es nicht so einfach wie seinerzeit mit Xi Yong, als wir China mit dem Rad durchquerten.

Zunächst mal wartete ich auf die Gunst der Stunde, um aufzubrechen, wobei ich kein Freß- oder Saufgelage mit allen möglichen Kumpels ausließ, ständig auf der Jagd nach erotischen Abenteuern. Nebenher wartete ich auf ein Wunder, auf eine wundersame Begegnung, denn ich suchte so jemanden wie Xi Yong. Was sich als eher schwierig herausstellte. Die Leute sind genauso einsam wie ihre Zehen: Einerseits brauchen sie sich gegenseitig, andererseits kümmern sie sich einen Dreck um einander. Aber das war mir schon lange klar: Um ein Talent wie Xi Yong zu finden, mußte man sich schon ins Reich der Außerirdischen aufmachen. Auf dieser Erde wäre es wahrscheinlich leichter gewesen, einen zweiten Lei Feng aufzutun …

Eines Tages, als ich gerade durch die Gegend schlenderte und dabei war, die allerhöchste und prachtvollste Straßenüberführung dieser Stadt zu überqueren, rief hinter mir jemand meinen Namen. Ich drehte mich um: Es war Gorilla! Um genauer zu sein: Es war vor allem diese vermaledeite Fernsehantenne, die mir seinerzeit abhanden gekommen war, als ich den Auftrag hatte, »schlechte Elemente zu beobachten«.

Trotz der Hitze trug Gorilla eine weite, fleckige Lederjacke. Und über der Schulter die riesige Fernsehantenne, als sei er der Fahnenträger auf dem Begräbnis eines nahen Angehörigen. Er war ganz außer Atem, schien wohl schon eine Weile damit unterwegs gewesen zu sein. Ich ging einmal um ihn herum und besah mir dieses riesige Teil genauer. Es war beinahe wie ein Wiedersehen mit einem guten alten Freund, als ich dort mit schwarzer Tinte den Schriftzug »Gebäude 904« entdeckte.

»Hei. Wie geht's?«

»Mir scheint, ich habe dieses Spielzeug schon mal irgendwo gesehen.«

»Ich verkaufe es für einen Freund«, sagte er leichthin.

Er war wie immer von dieser fiebrigen Nervosität, als hätte er nicht die Geduld für diese siebzig, achtzig Jahre von seiner Geburt bis zum Tod. Alles, was er tat, schien dazu angetan, das Tempo zu beschleunigen. Ich dagegen bin völlig stoisch. Gorilla vermittelt immer das Gefühl, mit dieser Welt noch eine Rechnung offen zu haben.

»Wenn du das Ding wirklich verkaufen willst, machst du dich der Hehlerei schuldig und kriegst gleich noch mal zwei Jahre.« Ich glaubte ihm sowieso kein Wort. Für meine Begriffe sah er viel mehr wie ein Dieb aus als irgendeiner seiner »Freunde«.

»Was? Was redest du da?«

»Ich rede davon, daß dieses Schätzchen hier geklaut ist.«

Nun fühlte er sich doch ertappt, nahm die Antenne herunter und schaute erst mich, dann diese lächerliche Silberpappel an. Ihm fiel nichts mehr ein.

Aber eigentlich war es ja nicht meine Absicht, einen Dieb zu überführen, ich wollte lediglich einen kleinen Scherz machen.

»Was hast du damit vor?«

»Dieses verfluchte Ding will niemand haben, ich bring's einfach zurück!«

»Klaust du öfter Fernsehantennen?«

»Wir werden doch als Diebe geboren. Nenn mir einen, der keiner ist!«

Wir redeten über dies und das und tauschten die letzten Neuigkeiten aus. Schließlich erzählte er, daß er hier in der Nähe wohne und wir genausogut bei ihm zu Hause weiterplaudern könnten, außerdem wolle er heute abend auf eine Party bei einem »Künstler« gehen, um dort was zu trinken. Ob ich Lust hätte mitzukommen? Und ob ich die hatte! Solange ich denken kann, habe ich ein geradezu schamloses Interesse, mich bei anderen durchzufuttern. Gorilla hatte doch recht: Wir waren alle Diebe! Du gehst irgendwohin, ißt und trinkst gut, und danach brauchst du noch nicht mal abzuwaschen. Was ist das anderes als Dieberei? Sein Freund war ein echter Künstler, was man daran erkannte, daß er von oben bis unten mit knallbunten Ölfarben vollgeschmiert war. Wenn man ihm auf der Straße begegnete, glaubte man, eine wandelnde Farbpalette zu sehen. Das Interessante ist, daß diese »Künstler« immer von einer ganzen Clique ehrloser Gesinnungsgenossen umgeben sind, die recht gut betucht zu sein scheinen. Ein Festgelage gibt das andere, wobei Gorilla den Theoretiker spielt, der schon mal mit diesen »Künstlern« über »Modernismus« diskutiert, als würde er von nichts mehr verstehen als davon.

»Es ist ganz schön anstrengend, aber bei dieser Hitze wäre man blöd, wenn man sich um diese Bierquelle brächte. Also heißt es durchhalten – im Leben ist schließlich nichts umsonst.«

Als Xi Yong und ich auf dem Berg G. seinerzeit den »Toten« und den »Vergewaltiger« mimten, waren wir auch ganz darauf erpicht, herauszufinden, was es mit dem Künstlerdasein auf sich hat. Es gibt keine einfachere Art, dem süßen Nichtstun zu frönen! Künstler trifft man überall und am laufenden Band. Und wenn irgendwo ein Blatt von einem Baum fällt, dann trifft es unter Garantie einen »Dichter« auf den Kopf, und wenn nicht, dann einen »Maler« oder zumindest einen »Regisseur« …

Unterwegs kamen wir an einer Metzgerei vorbei. Gorilla drückte mir seine dämliche Fernsehantenne in die Hand und ging hinein. Durch das Schaufenster bekam ich eine Kostprobe seiner Art einzukaufen. Als sich die Verkäuferin umdrehte, um Wechselgeld zu holen, schnappte er sich ein großes Stück Schweinefleisch von der Theke und ließ es unauffällig unter seinem Jackenärmel verschwinden. Allmählich begann ich zu verstehen, warum er eine so weite Lederjacke trug.

Der ganze Vorgang, die Auswahl des Fleischstücks aus dem riesigen Fleischberg, dauerte gerade mal zwei Sekunden. Ich war völlig von den Socken, während er so tat, als sei das das Normalste der Welt. Auch als wir bei ihm zu Hause ankamen, erwähnte er die Sache nicht weiter. Er zog das Stück unter dem Ärmel hervor, wog es in der

Hand, es hatte gute drei Pfund, um ein Vielfaches mehr als das Stückchen, das er gekauft hat.

Seine Wohnung war tatsächlich gerade um die Ecke. Man lief durch ein paar Hutongs, und schon war man da. Er wohnte in einem großen Gebäude mit einem Innenhof aus der späten Kaiserzeit. Vor hundert Jahren lebte darin vermutlich eine Familie, jetzt waren es schätzungsweise hundert. Auf die Mauern waren mehrere Kreise gepinselt, in deren Mitte – größer als ein Menschenkopf – das Zeichen »Abriß« gemalt war. »Wenn hier alles abgerissen wird, kriegen alle Leute ein Apartment«, bemerkte er, als wir den Innenhof erreichten. Aus den Dachfirsten der Hauptgebäude war noch etwas von dem imposanten Stil, dem Glanz und Reichtum vergangener Zeiten zu erkennen. Im Innenhof zerbrochene Backsteine und schimmernde Tonziegel. Häuser aus zerlöcherten Strohmatten. Wie verwelkte Blätter, die auf einem schmutzigen Tümpel dahintreiben. Offenbar wurden in diese Strohmatten vor zehn Jahren noch die Toten eingewickelt – heute verwendete man sie zum Hüttenbauen. Ein weiteres Beispiel dafür, daß die menschliche Geschichte unaufhörlich voranschreitet, und das nicht gerade langsam.

In Gorillas Unterkunft stapelten und türmten sich alle möglichen Bücher und Zeitschriften. Von Wittgenstein bis hin zur *Physiognomie der Totenkleidung* – wirklich alles, was man sich nur denken konnte. Ich fragte ihn, ob dieser Wittgenstein nicht ein ausländischer Wahrsager war, aber er meinte nur: »Laß uns über was anderes reden. Der ganze Kram muß nur herhalten, damit ich was zu saufen kriege.« Frei nach dem Motto: »Das Ausland im Dienst für China, das Altertum im Dienst für die Gegenwart.«

»Sieht ganz danach aus, als wärst du auch so ein verdammter Künstler.«

»Na ja, in der Hauptsache Dieb …«

Welche Bescheidenheit.

Wir saßen in seinem Zimmer und redeten über Gott und die Welt, rauchten zwei Päckchen Zigaretten leer, fischten die Kippen aus dem Aschenbecher und redeten uns den Mund fusselig, während sich zu unseren Füßen immer mehr leere Bierflaschen ansammelten. Noch ehe wir zu diesem »Maler« aufbrachen, waren wir komplett betrunken. Wir redeten drauflos, ohne daß einer dem anderen zuhörte, obwohl es den Anschein haben konnte, wir wüßten genau, worum es bei dem anderen gerade ging. Als ich aufs Klo wollte, flog ich über die leeren Bierflaschen. Gorilla ergötzte sich voller Schadenfreude an meinem Pech. Sein Lachen klang schrill und abgehackt wie der Pfiff eines Schiedsrichters.

»So ein Affe ...«

»Du hättest dich natürlich viel eleganter blamiert.«

Als wir wieder auf Frauen zu sprechen kamen, ließ er mich wissen, daß dieses Spielzeug zwischen seinen Beinen laufend auf »zwölf« stünde.

»Das ist ja richtig unangenehm«, erwiderte ich. »Das ist die Zwölf unseres Lebens, denn wenn es erst mal halb sieben schlägt, dann ist bald Schluß mit lustig.«

Die Zwölf unseres Lebens.

Es war kurz vor zwölf Uhr Mitternacht, als mir schlagartig die Party wieder einfiel. Ich fragte Gorilla, ob er hungrig sei.

»Was für eine Frage! War ich jemals nicht hungrig?!«

»Ist es nicht zu spät?«

»Spät? Nein. Heute ist ein Feiertag für uns. Außerdem ist da eh nur ein Pack von Nachteulen.«

Ich schätze, er kannte auch niemanden, der nachts schlief … So machten wir uns also auf den Weg zu seinem Freund. Gutgelaunt und frohgemut wie zwei kleine Kinder traten wir auf die Straße hinaus. Der sternenübersäte Nachthimmel verschmolz mit dem trüben Licht der Straßenlaternen, die die Straße beidseits säumten. Ein leichter Windstoß bewegte die tagsüber allzu stickige und dreckige Luft, man hatte das Gefühl, erst jetzt – um zwölf Uhr nachts – durchatmen zu können.

Gorillas Freund wohnte in einem dieser dichtbevölkerten Wohnsilos, wie es sie überall in der Stadt gibt. In aller Regel sind die Wohnungen dann von 1402 bis 1503 numeriert, gerade so, als wollte man verhindern, daß die Leute sich heimlich zu irgendwelchen Verschwörungen verabredeten. An einem solchen Ort jemanden Bestimmtes zu finden ist schlicht ein Ding der Unmöglichkeit. Aber wir hatten Glück. Gorillas außergewöhnliche Nase riecht Alkohol sogar noch in einem Umkreis von mehr als hundert Kilometern. Und so führte er mich zielsicher treppauf, bog um eine Ecke – dann ging es wieder treppauf und wieder um eine Ecke. Er stürmte in Windeseile voran, und ich folgte ihm. Auf seinem gebeugten Rücken hätte man bequem Maultaschen ausrollen können. Wir bewegten uns durch die schummrigen Gänge des Hochhauses wie ein einsames Segelschiff durch den Ozean.

Als wir endlich angekommen waren, stellten wir fest, daß wir keineswegs zu früh dranwaren. In der Wohnung drängten sich Männer und Frauen jeglichen Alters, auch ein paar Ausländer waren dabei. Alle waren in angeregte Unterhaltungen vertieft, und ich bemerkte schnell, daß es sich bei dieser kunterbunten Mischung, wie Gorilla es vorhergesehen hatte, tatsächlich um Nachteulen handelte. Ich war kaum zehn Minuten da, als ich in ein erstes Alkoholkoma fiel und in einer Art Bewußtseinsstrom vereinzelte Gesprächsfetzen einfing:

Erstens:

»X ist ein Scheißkerl!«

Das sagte ein Dichter, der gewöhnlich einen Ton anschlug, als wolle er jemanden zu lebenslänglicher Haft verdonnern; er tat dies in einem breiten Dialekt, wie er in einem sehr bedeutenden Hirseanbaugebiet unseres Landes gepflegt wird.

Unverkennbar galt er unter den Anwesenden als eine echte Kapazität.

Ein bekannter Kritiker, der auf den Namen »der Bucklige« hört, nahm ihn sich zur Brust: »Kennst du X?«

»Nee, diesen Scheißkerl hab ich nie kennengelernt.«

»Hast du wenigstens seine Sachen gelesen?«

»Nee, von diesem Scheißkerl hab ich nie was gelesen.«

Der Dichter mit dem Hirsedialekt war wohl ein bißchen zu sehr von sich eingenommen …

»Aha, und wie kannst du dann behaupten, er ist ein Scheißkerl?«

Zweitens:

Der »Bucklige«:

»Als ich damals in Amerika einen Gastvortrag gehalten habe …«

oder:

»Über diese Frage habe ich schon in Europa mit Professor XY gesprochen …«

Es machte diesen jungen Kerl schon ein bißchen verlegen, wenn der »Bucklige« ihn fragte, was denn dieses oder jenes in Englisch heiße. Immerhin konnte er so unter Beweis stellen, daß sein Englisch nicht das schlechteste war. Ausländische Namen oder Orte sprach er jedenfalls mit einem Akzent aus, den die Chinesen nicht verstanden. Ob die Ausländer ihn verstanden, sei dahingestellt. Es war ihm leicht anzumerken, daß er von den seit Jahrzehnten festgelegten Regeln der Umschrift nicht besonders viel hielt.

»Wer solche amtlichen Dinge unters Volk bringt, ist ein Scheißkerl ...«

Drittens:

»... ich werde niemals, nur um als ›Dissident‹ durchzugehen, öffentlich auf die Partei fluchen, denn erstens ist deshalb noch lange nicht sicher, ob einen die Ausländer kaufen, und zweitens bin ich als Feigling geboren, stell dir vor, was man da für Mumm bräuchte!«

Viertens:

»Van Gogh wurde zu Lebzeiten auch nicht anerkannt ...« Ein reizendes Mädchen hob gerade an, etwas zu sagen, als sie jäh von einem Glatzkopf unterbrochen wurde, der so recht noch nicht wußte, welcher Kunst er sich verschreiben sollte.

Erregt erwiderte er: »Van Gogh hat schließlich Anerkennung gefunden, weil er nichts anderes als van Gogh werden wollte. Aber du wirst auch in tausend Jahren, wenn Spinnen über Geschmack in der Kunst befinden, noch immer nicht anerkannt sein, weil du aus deren ästhetischer Sicht gar kein Maler bist, dir fehlt die Perspektive.«

Fünftens, sechstens, siebtens, achtens und alles weitere konnte ich nicht mehr genau vernehmen. Denn ich war von jeher kein Freund angeregter Unterhaltungen, sondern lieber damit beschäftigt, eifrig, still und leise vor mich hin zu saufen. Gorilla war das krasse Gegenteil: Er stürzte sich mitten ins Getümmel. Wenn es dieses Sternbild gäbe, so wäre er bestimmt ein Hund, weil er bei allem, was ihm in die Quere kam, einen Beißreflex zeigte und die ganzen Größen hier fertigmachte.

Zusammenfassend konnte ich feststellen, daß ich wohl in eine Art Klapsmühle geraten war.

Immerhin konnte ich jetzt besser nachvollziehen, warum der bedauernswerte Xi Yong ständig ein Röhrchen hochdosierter Schlaftabletten mit sich herumtrug. Wie sollte man normal bleiben, wenn man den ganzen Tag mit solchen Leuten zu tun hat? Undeutlich und einigermaßen verschwommen nahm ich wahr, daß auch ein paar von den Ausländern zwischenzeitlich ihr Maß überschritten hatten. Sie machten den Eindruck, als ob sie förmlich darauf brannten, in unserem Durcheinander mitzumischen. Aber offenbar ließ ihr Chinesisch doch etwas zu wünschen übrig, daneben hatten sie auch nicht den nötigen Schneid des »Buckligen«, Ausländisch zu parlieren. Dabei konnte man an ihren Augen ablesen, wie sehr es sie juckte. Die Künstler waren alle damit beschäftigt, in staatsmännischer Manier von einem zum anderen zu schreiten. Nun ja, hier machten sie die Bekanntschaft der Piscators Chinas, wenn nicht gar der Kafkas. Man kann die Frage nur wiederholen: Wo ließ sich in Zeiten wie diesen, einmal abgesehen von China, ein Piscator oder ein Kafka finden?

Berauscht zogen wir schließlich von dannen. Unterwegs brachen wir immer wieder in Gelächter aus, und ab und zu streifte uns der Blick eines Passanten. Als wir in die Nähe des Großen Platzes kamen, hielt Gorilla Ausschau nach einem Klo. Es war reine Bequemlichkeit, daß er schließlich taumelnden Schrittes ein Verkehrspostenhäuschen ansteuerte und, als weit und breit niemand in Sicht war, drauflos pinkelte. Er hatte nicht damit gerechnet, daß drinnen ein Polizist, den man von außen nicht sehen konnte, sein Nickerchen machte. Gorillas Blasendruck mußte einfach zu groß gewesen sein, denn er hatte das Verkehrshäuschen, das gerade mal einen Durchmesser von einem Meter hatte, just zweieinhalb mal pinkelnd umkreist, als das lang anhaltende fröhliche Plätschern den Polizisten aus seinem Schlaf hochschrekken ließ. Schlaftrunken kroch er aus seinem Häuschen heraus. Wortlos zog er ein Paar Handschellen aus seiner Gesäßtasche, und mit einem »Klick« hatte er Gorilla geschickt und ohne viel Federlesens am Straßengeländer festgemacht. Dieser Pechvogel konnte gerade noch rechtzeitig sein Spielzeug in der Hose verstauen; wenigstens in dieser Hinsicht hielt sich sein Sittenverstoß in Grenzen. Zu diesem Zeitpunkt war ich schon wieder halbwegs nüchtern, aber Gorilla war so besoffen, daß er der Länge nach zu Boden glitt. Wären da nicht die Handschellen gewesen, die ihn festgehalten hätten, wäre die Sache kaum so glimpflich verlaufen.

»Na, magst du denn die Polizei?« fragte der Polizist ruhig.

»Ich, die Polizei?! Ich, ich, ich ich … seit ich klein war, wollte ich nie etwas anderes als Polizist werden … ja wirklich, das stimmt. Das müssen Sie mir glauben! Das Gehalt ist zwar ein bißchen mickrig, aber wenn jemand einen Geldbeutel findet, dann bringt er ihn doch zur Polizei, oder?« Gorilla plapperte wirr durcheinander und nebelte alles mit seiner Bierfahne ein.

»So so, du magst die Polizei also?«

»♐□♒♍♋♎● …«

»Na gut, hör jetzt auf mit dem Quatsch, und hol dein Geld raus!« Es war offenkundig, daß auch der Polizist lediglich seinen Frieden und bald nach Hause in sein Bett wollte. Während er den Strafzettel hervorkramte, schaute er ungeduldig auf die Uhr.

Einhändig und gequält fummelte Gorilla dreißig Yuan aus seiner Tasche und gab sie dem Polizisten. Dieser stellte ihm einen Strafzettel aus, nahm den Schlüssel, öffnete die Handschellen und hieß uns verschwinden.

»Ich möchte euch hier nicht wieder sehen!« rief er uns nach.

»Ja, auf Nimmerwiedersehen!«

Als der Polizist verschwunden war, suchte sich Gorilla eine Stelle, um weiterzupinkeln: »Ich muß den letzten Kreis noch eben vollenden.«

Mürrisch murmelte er vor sich hin: »Egal, dann hab ich das Stück Fleisch heute eben umsonst geklaut … Denn was ich jemandem weggenommen habe, das nehmen andere mir wieder weg. Das ist eine Frage der Eigentumsverhältnisse, verstehst du?«

Ich verstand nichts.

Gorilla war nicht nur bescheiden, er konnte auch rechnen.

Xi Yong hatte offenbar ein Synonymwörterbuch mit nach Europa genommen. In jedem seiner Briefe tauchten zehn neue Varianten von Schimpfwörtern auf, mit denen er sein dortiges Leben beschrieb. Deutschland mußte ihm zufolge selbst unserem Qinghai und Tibet hinterherhinken. Dabei war in der *Volkszeitung* dauernd die Rede davon, daß »der Lebensstandard unseres Volkes dem von westlichen Ländern noch in vielem nachsteht ...«. Hatte man diesen »Lebensstandard« jedoch einmal erreicht, galt es, »sich dem negativen Gedankengut der verkommenen kapitalistischen Klasse entschieden entgegenzustemmen«. Da fragte man sich doch, was Xi Yong überhaupt noch wollte. Hatte er denn immer noch nicht begriffen, daß nirgends auf dieser Welt etwas übrigblieb? Endlich traf dann doch ein Brief ein, in dem es hieß, daß es ihm nun besserging. Denn er hatte nicht nur diese Halsabschneiderin von »Großtante« in die Wüste geschickt, sondern war darüber hinaus zu einem größeren Batzen Geld gekommen. Wie er dazu »gekommen« war, dazu gab es gegenwärtig noch keine genaueren Auskünfte. Dem Tonfall seines Briefes war zu entnehmen, daß es inzwischen vergleichsweise entspannt zuging. Es war auch die Rede von einem Freund mit dem Spitznamen »Stirblangsam«. Mit diesem Freund fuhr er derzeit in bester Laune kreuz und quer durch die Lande. Hinter ihnen lagen schon Frankreich, Deutschland, Holland, Dänemark, Schweden, Belgien, Luxemburg und so weiter. Vermutlich wurde seine Sucht nach einem »Vagabundenleben« endlich befriedigt.

Xi Yong schrieb immer öfter von diesem ominösen »Stirblangsam«. Immer mit dem Hinweis, wie ähnlich wir uns doch seien. Was mich an meine Schulzeit erinnerte. Damals verbrachte ich viel Zeit mit einem kleinen Kameraden, was die Lehrerin gar nicht gern sah. Bis sie ihm voller Abscheu ins Gesicht sagte: Gleich und gleich gesellt sich gern, so wie der Nachttopf zur Latrine.

Als ich klein war, haben meine Lehrer des öfteren solche Aussprüche über mich getan. Ich hatte mich richtig daran gewöhnt, und wenn ich heute daran denke, fühle ich mich beinahe geehrt.

Tja, die Leute bleiben sich eben gleich.

Eines Tages kam Xi Yongs Mutter völlig außer sich bei mir vorbei. Seit fast einem halben Jahr habe sie nichts mehr von Xi Yong gehört. Von der »Großtante« jedoch käme beinahe täglich ein Brief, in dem sie Xi Yong mit gefletschten Zähnen verfluchen würde, als sei sie mitten im Klassenkampf. Sie würde mit Xi Yong bald »bis zum Äußersten« gehen. Keine Ahnung, was die beiden aneinander auszusetzen hatten. Xi Yongs Mutter jedenfalls versuchte, mir die Würmer aus der Nase zu ziehen und irgendwelche Hintergründe in Erfahrung zu bringen. Aber erstens wußte ich auch nicht mehr als sie, und selbst wenn, würde sie von mir bestimmt nichts erfahren. Sollte ich etwa meinen Bruder verraten? Was auch immer diese »Großtante« für ein Spiel spielte, man fragte sich, warum sie sich nun an die Erziehungsberechtigten wandte. Vielleicht war sie vor ihrer Auswanderung Grundschuldirektorin gewesen …?

Xi Yong hatte bereits eine Bürgschaft für mich übernommen und alle sonstigen Formalitäten erledigt, er hatte einen bestimmten Betrag auf mein Konto überwiesen – und nun war's an mir. Zwei Tage, nachdem mir Xi Yong den ganzen Kram zugeschickt hatte, machte ich mich in aller Frühe auf den Weg zum Amt für öffentliche Sicherheit, um einen Paß zu beantragen. Es hieß, daß man zeitig dort sein sollte, also war ich um sechs Uhr morgens zur Stelle und damit natürlich viel zu spät. Es wimmelte bereits von Leuten: Männer, Frauen, Alte, Junge, Kleine, Große, Dicke, Dünne. An ihrem Gesichtsausdruck war zu erkennen, daß es sich um eine ganz besondere Sorte von Chinesen handelt. Das Amt machte offiziell erst um neun auf. Aber sie standen schon die ganze Nacht hier, egal wohin sie wollten – außer vielleicht denen, die nach Afghanistan wollten, das von den Russen gerade zerbombt und zerschossen wurde. Alle hingen gelangweilt herum und warteten. Diejenigen, die in Richtung Westen wollten, waren die Hochmütigen und Arroganten. Die anderen, die für die Richtung Pazifik oder Rotes Meer optierten, waren etwas bescheidener und fühlten sich irgendwie schuldig, wem gegenüber auch immer. Und die, die nach Hongkong, in die Mongolei, nach Indonesien oder Malaysia wollten, schienen wie die Lumpensammler vor der Befreiung vom Joch der Arbeit. Unter den Blicken der Passanten warfen aber auch sie sich in die Brust: Wie hätte man sonst erkennen sollen, daß auch sie etwas Besonderes waren.

Ich war ja schon einigermaßen herumgekommen, hatte während meiner Tour mit Xi Yong nicht wenige bizarre Dinge kennengelernt, darunter sogar Menschlichkeit oder ehrliche Nutten. Mich konnte nichts mehr so leicht erschüttern. Aber diese Truppe hier eröffnete einem noch einmal ganz neue Dimensionen. Zum Beispiel dieser fünfzig, sechzig Jahre alte Knacker, der nach Amerika wollte, um ein »Erbe« anzutreten. Wer da was von wem erben sollte, blieb unklar. Jedenfalls beantragte er einen Paß und trainierte gleichzeitig den »Zeitunterschied«. Seine Familie saß beim Frühstück, während er das Abendessen zu sich nahm, tief in der Nacht spazierte er durch die Straßen, nachmittags zwischen eins und zwei ging er schlafen, und abends um zehn stand er wieder auf. Dadurch versäumte die ganze Familie, vom Ältesten bis zum Jüngsten, die Lehre der Revolution. Der »Zeitunterschied« war nach einer gewissen Zeit noch immer nicht überwunden. Der Alte hatte inzwischen merklich abgenommen, aber sich immer noch nicht umgewöhnt. Und am Ende hat dann der Ami kein Visum ausgestellt. Mit der Begründung, daß der Alte Kader in der Propagandaabteilung der Kommunistischen Partei gewesen sei. Nun wollte er sich wieder zurückgewöhnen, aber seine Kinder und Kindeskinder drängten ihn, dabei zu bleiben. Da zeterte er: »Ihr werdet mich so auch nicht früher los!«

Als ich zum achten- oder zehntenmal zum Amt für öffentliche Sicherheit gerannt war, traf ich am Eingang ganz unerwartet mit jenem alten Freund aus der Stadt W. zusammen, mit dem ich vor vielen Jahren durch Qingdao gezogen war. Zum Glück war er auch wegen eines Auslandsvisums hier, ich hatte schon befürchtet, er wäre auf der Suche nach mir. Vor nicht allzulanger Zeit hatte er, der nur mit einer großgeblümten Unterhose bekleidet war, Xi Yong und mich zu Nudeln eingeladen. Ich fragte ihn nach seinen Plänen, und fast traf mich der Schlag. Er wollte auch nach Europa. Für zwei Feinde ist selbst die

Welt nicht groß genug. Als wir etwas ins Detail gingen und er erfuhr, daß ich noch keinen Paß hatte, er dagegen schon sein Visum beantragt hatte, entstand bei ihm fast so etwas wie sportlicher Eifer. Anscheinend hatte er die Unannehmlichkeiten unserer letzten Begegnung vergessen, er war voller Enthusiasmus und Energie. Vielleicht hatte auch die Hoffnung, nach Europa reisen zu können, seinem reichlich trostlosen Dasein neuen Lebensmut eingeflößt. Als Xi Yong und ich unterwegs gewesen waren, hatten wir ihn nur kurz gesehen und nicht kapiert, was mit ihm los war. Aber jetzt begriff ich, daß er sich – einmal abgesehen von der Tatsache, daß er immer verrückter wurde – in seinem Wesen innerhalb der letzten Jahre kein bißchen verändert hatte.

Meine Tage verbrachte ich in dieser Zeit damit, mit Gorilla durch die Gegend zu streifen. Er interessierte sich sehr für mein Vagabundenleben, das ich vor Jahren geführt hatte, folglich machte ich die beiden miteinander bekannt, und sie mochten sich auf Anhieb. Der Freund aus W. war in den letzten Jahren Qigong-Meister geworden, in der Stadt war er eine kleine Berühmtheit. Leider war unsere gemeinsame Zeit damals zu kurz gewesen, als daß mir dies hätte zu Ohren kommen können. Und als wir vor Jahren in Qingdao an der Küste gewesen waren, war diesem Freund, dem das Pech wirklich an den Stiefeln klebte, nicht im geringsten anzumerken gewesen, daß er solch eine ungewöhnliche Kunst beherrschte. Gorilla hatte für derlei Dinge schon immer großes Interesse gezeigt und vermutlich öfter darüber nachgedacht, wie solche transzendentalen Energien ihm beim Klauen behilflich sein könnten. Die beiden saßen also zusammen und ergingen sich unter Zuhilfenahme klassischer und moderner Fachliteratur zu diesem Thema. Während mein alter Freund so mit Gorilla plauderte, blickte er mich immer wieder abschätzig von der Seite an. Das hatte zum einen damit zu tun, daß ich nicht mal einen Paß, er aber schon ein Visum hatte, zum anderen damit, daß er mir eine Sache nachtrug, die schon Jahre zurücklag. Anfang der siebziger Jahre, ich war damals vierzehn oder fünfzehn Jahre alt und noch reichlich grün hinter den Ohren, hatte ich an der Küste in Qingdao seine Armbanduhr gegen siebzig Pfund Getreide eingetauscht. Man muß dazu anmerken, daß er diese Uhr von seinem Vater geschenkt bekommen hatte, kurz bevor dieser sich mit einem Strick das Leben nahm. Dieser Fehltritt hatte unserer Freundschaft stark geschadet, bis heute ließ sich das nicht wiedergutmachen.

Zu guter Letzt wurde mir mein Paß doch noch ausgestellt, gerade noch rechtzeitig, um nicht zu einem dieser ganz komplizierten Fälle zu werden. Was jetzt noch zu tun blieb, war, beim Auswärtigen Amt einen Nachweis vorzulegen, daß ich »noch nie straffällig« geworden war. Welch ein Glück, daß es kein Paradies gibt. Wenn man ein entsprechendes Führungszeugnis vorlegen müßte, um hineinzukommen, würde kein einziger Mensch dort hingelangen. Ich mußte also erst einmal zurück zum lokalen Bezirksamt. Die dort angesiedelte Polizeidienststelle war jedoch nicht dazu zu bewegen, mir ein Zeugnis auszustellen. Wer könne ihnen garantieren, daß ich nicht in Zukunft straffällig würde? Bei der Polizei arbeiten Menschen, die immer bereit sind, dich zu belehren, weil sie über alles Bescheid wissen, die – wenn ihnen danach ist – dir sogar sagen können, wann du deinen letzten Furz mit wieviel Dezibel gelassen hast. Aber kaum kommst du mit einem konkreten Anliegen zu ihnen, überfällt sie geistige Trägheit. Ich glaube, das ist wie mit den Frauen. Es gibt da ein Kommunikationsproblem. Es war nun an mir, zu erraten, was diesem Menschen, der in dieser Sache zuständig war, fehlte, was ihn daran hinderte, mir ein Zeugnis auszustellen. Doch es war nichts zu machen: Es sah ganz so aus, als wäre er ein Mann mit Prinzipien. Von unseren Millionen Parteimitgliedern waren wohl doch noch nicht alle verdorben.

Schließlich stellte ich mir selbst den Nachweis aus, daß ich noch nie straffällig geworden war, womit ich zum ersten- und zweitenmal in meinem Leben straffällig wurde, da ich ein Dokument fälschte und einen Meineid leistete. Was ist das für eine Welt, in der man sich erst strafbar machen muß, um zu beweisen, daß man noch nie straffällig geworden ist?

Jetzt hieß es abwarten. Das Ganze war das reinste Lotteriespiel, wie immer in solchen Fällen. Heute werfen sie dir vor, daß du zu dick bist, morgen bist du ihnen zu dünn. Niemand hat je verstanden, welche Kriterien ausschlaggebend sind, um ein Visum zu erhalten. Man hat fast das Gefühl, daß die Menschen dort, wo man hinwill, maschinell gefertigt werden. Ich packte meine Sachen zusammen, um mich nach Tibet aufzumachen. Vielleicht war es besser, wenn ich mich beeilte, denn wenn Tibet über Nacht unabhängig würde, bräuchte ich auch hier ein Visum und müßte die nächste Straftat begehen.

Die Chance, ausreisen zu können, war derzeit gleich null, und ich wußte nicht so recht, was ich mit mir anfangen sollte. Es mag ja sein, daß man besser zu Hause stirbt, weil einem so der Tod auf der Straße erspart bleibt – sei's drum. Nichts ist belebender, als unterwegs zu sein. Auch wenn du nichts als ein bißchen Muskelmasse und Fettgewebe bist, gibt dir das Unterwegssein doch das Gefühl, daß du lebst.

Gorilla hatte einen Freund, der fünf Jahre lang in Tibet gearbeitet hatte. Er machte mich mit ihm bekannt, und wir tauschten uns ein wenig aus. Als er mir gerade von den wunderlichen Sitten und Bräuchen der Tibeter erzählte, kam ein Mädchen vorbei. Sie hieß Han Yu und war auch hier, um Genaueres über dieses Land zu erfahren. Immer wenn man ihr eine Frage beantwortet hatte, verstummte sie. Gerade als ob sie mit dieser neuen Erkenntnis nun meditierend ihrer Erleuchtung harrte, saß sie ruhig und konzentriert in der Ecke. Aber ihre zurückhaltende Art verbarg etwas Draufgängerisches. Ein Blick genügte, und mein alter Jagdinstinkt war geweckt – ich beschloß auf der Stelle, mich mit ihr zusammenzutun. Und während ich versuchte, mit ihr ins Gespräch zu kommen, sagte ich mir immer wieder: Endlich ist die Gelegenheit da, du mußt sie beim Schopfe packen, so eine Chance bekommst du nicht alle Tage …

Ich stellte fest, daß diese Han Yu wirklich ein außergewöhnliches Mädchen war. Das wohl Bemerkenswerteste an ihr war, daß sie sich – und hier unterschied sie sich von all den anderen Mädchen, die ich bislang kennengelernt hatte – nichts aus Schönheit machte. Vielleicht lag es daran, daß sie selbst nicht besonders hübsch war. Sie schien sich überhaupt nur wenig Gedanken zu machen und war völlig unkompliziert. Wenn man ohne Nahrung hätte leben können, hätte sie nichts mehr zu sich genommen. Alles, was sie besaß, war zerschlissen oder kaputt. Jedes ihrer Kleidungsstücke, ihre Tasche, ihre Handschuhe, ihr Fahrrad, ihr Notizbuch, ihr Bleistift; selbst die Haarnadel, die sie auf dem Kopf trug, war völlig verbogen. Und irgendwie verlieh ihr das etwas Geheimnisvolles. Sie sah immer so aus, als hätte sie etwas ausgefressen, und wartete nur darauf, daß ihre Eltern sie abholten, um ihr eine gehörige Tracht Prügel zu verpassen.

Später fragte sie mich, warum ich so herumlungerte, vermutlich war ihr, als wir uns das erstemal begegneten, der Geruch meines Vagabundenlebens in ihre nicht allzu hübsche Nase gestiegen. Ich teilte ihr meine Ansichten über unsere bürokratische Welt mit, und wie mir von diesem Riesenstapel an Formularen vor Angst ganz schwindelig geworden war. Ich erzählte ihr auch, daß wir von der Geburt bis zu unserem Tod im Gefängnis dieser Formalitäten würden leben müssen, daß sich unser Leben im Grunde nur auf diesen Blättern abspielte und daß ich, um diesem Gefängnis zu entkommen, weder arbeiten noch studieren, noch heiraten, noch Kinder in die Welt setzen würde und auch keine Lotterielose kaufte oder elektrische Haushaltsgeräte reparierte. Wenn ich aber noch einmal die Wahl hätte, dann würde ich mich womöglich dafür entscheiden, nicht geboren zu werden und gar nicht erst den Boden dieser Welt zu betreten, in der uns nichts mehr bleibt. Ich bin mir absolut im klaren darüber, daß ich nicht einer dieser herausragenden Menschen bin, denen die Zukunft gehört. Mein Blut pulsiert nur langsam, es fließt sanft, stetig und ohne Eile dahin. Geradeso wie Regenwasser, das in einen dreckigen Gully rinnt, fließt es gemächlich zum Herzen, und wenn es dort angelangt ist, rinnt es in alle erdenklichen Richtungen weiter. Ich war ohne Erwartung, ohne Neid, ohne Mißgunst, und sollte mir noch so etwas wie ein Funken Hoffnung bleiben, dann wäre der mit dem Wunsch verbunden, man möge nicht, wo man geht und steht, auf diese Menschenmassen treffen – in den Bussen oder auf dem Gemüsemarkt, auf der öffentlichen Toilette in der Wangfujin, wo man immer anstehen muß und einem beim Pinkeln die stinkende gelbe Flüssigkeit, die sich in der Pißrinne staut, auf die Schuhe und Hosenbeine spritzt. Daß einem in den kleinen Gassen und Straßen der Anblick der Berge von Weißkohl erspart bleibt und nicht ständig überall neue Parkplätze und Müllabladeplätze entstehen. Vermutlich sind das auch schon alle meine Hoffnungen. Abgesehen von der, ab und zu einen Geldbeutel klauen zu können oder mir mal einen runterzuholen. Dafür brauchte ich wenigstens kein Formular auszufüllen.

Ständig hieß es, ich sollte mich »anpassen«, aber ich wußte nicht genau, an was. Sich anzupassen heißt immer, einen Teil von sich aufgeben, nur will ich in meinem Leben eigentlich nichts aufgeben. Und wenn das Tier in mir nicht so träge wäre, hätte es sich wahrscheinlich längst in einen Menschen verwandelt …

Bislang hat mich allerdings noch nie jemand als ambitionslosen Dummkopf beurteilt, ganz im Gegenteil, die Leute halten etwas von mir, denn ich bin nett, mache keinen Ärger, ich habe die Großzügigkeit von einem Hund, der zuschaut, wie die anderen Hunde des Rudels sich auf den Knochen stürzen, während ich unbeteiligt danebenstehe … In Wirklichkeit aber bin ich ein großer Schwindler. Sein und Schein klafften bei mir weit auseinander, aber das weiß nur ich allein … Für diese Selbsterkenntnis mußte ich allerdings viele Jahre durch die harte Schule des Lebens gehen.

Eine Zeitlang erzählte ich dieser ungewöhnlichen Han Yu täglich solch belangloses Zeug, als wüßte ich, was ich eigentlich verzapfe. Die bedauernswerte Han Yu versuchte, meinen wirren Gedanken zu folgen, und tat so, als ob sie mich verstünde. Wir hatten längst beschlossen, unsere Reise zusammen anzutreten, dennoch war es natürlich wichtig, entsprechende Vorbereitungen zu treffen. Mir war aufgefallen, daß in ihrem Wesen irgendein Geheimnis schlummerte, das ich nicht zu ergründen wußte. Sie konnte nicht darüber sprechen, aber es war spürbar da. Sie sagte zu mir, sie möge diese Art von Männern … die so aussehen, als wären sie auf ewiger Wanderschaft: mit Wanderstiefeln, Wanderrucksack und einem pflegeleichten Kurzhaarschnitt für die Reise. Sicher, diese Art von Aufmachung mochte geballte Lebenskraft ausstrahlen, aber mir stand sie nicht gut zu Gesicht. Ich konnte mich nicht daran gewöhnen, einen Rucksack zu tragen, der so groß war wie der Bauch eines Wasserbüffels, wenn ich wußte, daß ich nichts von dieser Reise zurückbringen würde. Han Yu beschäftigte noch eine ganz andere Sache, der ich zunächst keine besondere Bedeutung beimaß. Der Tag, an dem ich erfuhr, was es war, war zufällig derjenige, an dem diese wunderbare Sache zwischen uns passierte;

sie stand zwar in keinem Zusammenhang damit, aber das Rätsel löste sich trotzdem – sie schrieb Gedichte!

Nun gut, sollte sie doch. Mein Interesse für Kunst, beispielsweise für Literatur, beschränkte sich auf ein bißchen Rumblättern vor dem Einschlafen. Immer wenn meine Aufmerksamkeit nachläßt, weiß ich, es ist Zeit zum Schlafen. In dem Roman *Anklage der schrecklichen Vorkommnisse in der Kulturrevolution* beispielsweise gab es einen Mann, der so schwere Verletzungen erlitten hatte, daß er impotent geworden war und sich von da an mit einer splitternackten kleinen Nutte im Arm und mit der Lektüre des Marxschen Kapitals die Zeit vertrieb. Er setzte sich mit den Problemen der Arbeitskraft, des Wertes und Mehrwerts auseinander, in der Hoffnung, daß der Tag kommen würde, an dem sein Vaterland erkennen würde, welches Unrecht dem eigenen Sohn widerfahren war, und sich mit aller Kraft wieder für den Kommunismus einsetzen würde. Zu diesem Problem zog ich Gorilla zu Rate. Er hatte einschlägige Erfahrungen, denn was für das Nachbarskind Fernsehen war, war für ihn der Sex. Er hielt diese Geschichte für völlig unwahrscheinlich: In solchen Situationen sei man zu beschäftigt, um über die Zukunft des Kommunismus nachzudenken. Aber mit einem Anflug von Zweifel meinte er dann, daß es vielleicht möglich sei, den Lustgewinn dadurch noch zu steigern. Als ich ihm vorschlug, es doch auszuprobieren, erwiderte er: »Weißt du eigentlich, was das kostet, das *Kapital*?! Ich bin doch kein Parteimitglied, das es umsonst kriegt!«

Mein Lebtag hatte ich mir nicht träumen lassen, mal mit einer Dichterin zusammenzukommen. Als sie mir zum erstenmal einen ihrer Texte vorlas, wurde ich von einer spontanen Welle der Leidenschaft erfaßt. Danach bestand sie darauf, daß es die »Schönheit« und der »Lyrismus« ihrer Gedichte waren, die mich zu meinem unkontrollierten Gefühlsausbruch hinreißen ließen. Was mich daran erschreckte, war die Tatsache, daß sie es ernst meinte! Ihre Gedichte mochten ja eine gewisse Wirkung haben, aber was den »Ausbruch meiner Wollust« anging, so zweifle ich doch daran, daß er mit diesen Zeilen zusammenhing. Sollte ich dies eines Tages klären können, dann wird es diesen »Ausbruch« wohl niemals wieder geben können.

Wie dem auch sei. Sie stand vor mir, mit einem abgekauten Bleistift im Mund und einer bezaubernden Mischung aus Selbstbewußtsein und Verlegenheit. Sie sortierte die zerschlissenen Blätter in ihrer Hand und begann mit rauher und doch weicher Stimme zu lesen:

»nur aus dem siebten Stock
überblickst du die Unruhe der Straße
die Unruhe der Gedanken
erst jetzt verstehst du alles
wie der Vollmond …«

Sie kam herüber, setzte sich auf meinen Schoß und las weiter. Ihre Stimme wechselte zwischen kräftigem Singsang und Flüstern, sie las mit hochrotem Kopf, ihre Augen glühten vor Begeisterung, sie blühte geradezu auf. Ich öffnete einen Knopf an ihrem zerlumpten Baumwollhemd, dieses Mal ließ sie mich gewähren …

»Ja, wirklich, nur aus dem siebten Stock …«

Vorsichtig streifte ich ihre Unterwäsche ab, sie las dabei weiter, und nur ihre Stimme änderte sich ein wenig, sie surrte leise, so wie die Flügel einer Wespe …

»Wirklich, nur aus dem siebten Stock …«

Sie lag auf dem Bett, ihr Blick wirkte verloren. »Mich hat noch kein Mann angerührt.« Ich war etwas ratlos und wußte nicht genau, wie ich mich verhalten sollte. Sie schloß die Augen und sagte leise: »Komm.« Tränen traten aus ihren Augenwinkeln.

Es war eine mondlose Nacht. Ruhig lag sie in meinen Armen und strich mir sanft übers Haar. Mir war klar, daß sich das übliche Problem gerade in rasender Geschwindigkeit auf mich zubewegte.

»Liebst du mich?«

Ich hatte es befürchtet.

Bei dieser Frage sträubten sich mir die Haare. Denn egal, ob ich mit ja oder nein antwortete, in beiden Fällen würde ich mich in eine Sackgasse manövrieren. Als müßte ich das schmierige Leichentuch, das meine Seele bedeckte, zerreißen und mich ernsthaft mit ihr befassen. Dabei ist die Ärmste schon seit langem verrottet.

Ich stammelte hilflos herum.

»Vergiß es, sag einfach gar nichts. Ihr seid doch alle gleich.«

»Ich bin ein faules Ei, ein Waschlappen.« Das war das einzige Aufrichtige, das ich hervorbringen konnte.

»Dann bist du wohl nicht mehr zu retten?«

»Ganz genau. So ist es«, antwortete ich mit aller Entschlossenheit.

Ja wirklich! Wieviel Kraft haben die Leute schon aufgebracht, um mich zu retten, wie viele Methoden haben sie sich dafür ausgedacht, wieviel Geld haben sie dafür ausgegeben! Sie haben es mit der Zeitung versucht, mit dem Fernsehen, mit Verlagen, mit Lei Feng, dem idealen Kommunisten, mit den zwei Dritteln notleidender

Bevölkerung auf der Welt, dem noch immer nicht befreiten Taiwan, mit der Polizei, sogar mit der Armee, mit all dem haben sie es versucht! Und noch immer ist es ihnen nicht gelungen. Ich befürchte, daß ihre Methoden nicht sonderlich intelligent sind, auch wenn sie die besten Absichten haben. Auf jeden Fall sollten sie letztere besser kaschieren. Denn so wie alle wahren Schufte, wußte auch ich, daß ich verdammt noch mal nicht zu retten war. Deshalb, mein geliebtes kleines Mädchen, laß es, verschwende deine Energie an etwas Sinnvolleres.

Ein paar Tage später waren wir mit Gorilla auf ein Bier verabredet. Die Kneipe war voll, aber wir fanden noch einen freien Tisch. Die beiden trafen sich zum erstenmal, aber Gorilla schien nicht besonders begeistert von Han Yu, er sagte kein Wort, sondern starrte sie nur an. Wenn ich an die vielen Storys dachte, die sie sich über ihn schon anhören mußte!

Aber auch Han Yu brachte keinen Ton hervor, mit hochrotem Kopf und angespannt saß sie da.

Gut, daß ich ein bißchen Erfahrung habe …

Plötzlich fing Gorilla wie wild an zu quasseln, gestikulierte in alle Richtungen, so daß sein ganzer Oberkörper in Bewegung geriet, und überschwemmte mich mit seiner Redeflut … wie ein Gefesselter, der sich mit aller Kraft zu befreien sucht und der, sobald ihm das gelungen war, mit seinen großen Pranken alles zu Brei hauen würde.

Han Yu verhielt sich irgendwie seltsam. Ihr Verhalten war so exzentrisch wie ihre Gedichte, es war genauso wirr und inkohärent.

Gorilla drängte sich zum Tresen durch, um Bier zu holen. Als er gezahlt hatte, bediente er sich bei den Vorspeisen, die am gläsernen Tresen aufgetürmt waren. In jeder Hand einen Vorspeisenteller, zwängte er sich durch die Menschenmenge und rief dabei ganz selbstverständlich: »Vorsicht, heiß und fettig …«

Ich aß in aller Seelenruhe, immerhin war ich nur Mittäter. Han Yu allerdings rührte keinen Bissen an.

»Nun iß schon. Hier, bitte, bedien dich!« Gorilla spielte den generösen Gastgeber. Als er Han Yu vor meiner Nase schöne Augen machte, hielt ich trotzdem die Klappe und schluckte meinen Ärger hinunter.

Nach diesem Treffen sah ich Han Yu lange nicht mehr. Wie gewonnen, so zerronnen. Gorilla wirkte seitdem irgendwie verlegen, aber ich bin dem nicht weiter nachgegangen. Wie gesagt, mir war schon lange alles egal … Verletzende Dinge werden nur schlimmer, wenn man zuviel darüber spricht. Sollen die beiden doch machen, was sie wollen! Am besten wäre es, man hätte gar kein Herz mehr, dann wäre man für Verletzungen nicht mehr empfänglich. Manchmal, wenn ich auf meinem Bett liege, frage ich mich, ob ich eigentlich unglücklich bin. Aber die Antwort, die ich dann von mir selbst bekomme, ist dermaßen unverständlich, daß ich es inzwischen aufgegeben habe.

Nun gut, also dann eben allein auf nach Tibet. Und wieder war ich auf der Straße! Wie sehr vermißte ich meinen Leidensbruder Xi Yong ... Seit er in Europa war, war mir meine natürliche Begabung, möglichst wenig Mißtrauen zu erregen, zunehmend abhanden gekommen. Zwar hatte er mir seinen »kaiserlichen Passierschein« überlassen, der uns auf unserer Reise quer durch China von größtem Nutzen war, aber das Foto auf dem Ausweis glich mir so wenig, daß der Nutzen nun ziemlich eingeschränkt war. Ich glich einem Statisten, der es gewohnt war, an der Seite eines begabten Schauspielers zu spielen, und nun ging der Vorhang auf, und ich mußte plötzlich ganz allein spielen, ohne meinen mich stimulierenden Partner. Es war mit einemmal ein reichlich plattes, uninspiriertes Stück.

In Anbetracht dieser Tatsache beschloß ich, die Straße von Qinghai nach Tibet zu nehmen. Erstens konnte ich dabei Geld sparen, und zweitens hieß es, daß die Durchquerung der schneebedeckten Gebirge ein einmaliges Erlebnis sein soll. Erst mal ging ich ein Bier trinken, um darüber nachzudenken, wie ich an etwas Geld kam. Das war gar nicht blöd, denn alsbald lernte ich dort einen stiernackigen »Manager« kennen; wir haben uns sofort bestens verstanden. Ich erfuhr, daß er gerade Arbeiter für ein landwirtschaftliches Unternehmen irgendwo im Hinterland rekrutierte. Weil er derzeit so beschäftigt war, daß er nicht aus Peking wegkonnte, bat er mich, für ihn ein paar Mädchen aus Sichuan in eine kleine Stadt zu bringen, die an der Grenze zwischen Gansu und Qinghai liegt.

Ich brauchte sie dort bloß bis zum Bahnhof zu bringen, dort würden sie in Empfang genommen werden. Die Bezahlung war ziemlich interessant, mehr als tausend Yuan. Ich kannte diese Gegend und freute mich, auf die Weise noch mal hinzukommen, und außerdem lag sie auf meinem Weg nach Tibet. Ich verabredete mich also mit dem fetten »Manager« am Bahnhof. Er übergab mir vier Mädchen und erzählte unentwegt, daß die vier noch nichts von der Welt gesehen hätten, daß sie heute zum erstenmal einen Zug sähen und daß ich gut auf sie aufpassen solle. Dann gab er mir ein Bündel Geldscheine: »Hier, nimm. Dreihundert pro Fracht, macht zusammen tausendzweihundert Yuan.«

Ich hatte mich wohl verhört. Wieso rechnete der verdammt noch mal pro Frachtgut? Waren das etwa keine Arbeiterinnen? Der Zug fuhr gleich los, und ich hatte keine Zeit mehr, genauer darüber nachzudenken. Ich machte mich mit den Mädchen auf den Weg. Die Älteste war einundzwanzig und die jüngste erst fünfzehn. Zwar hat keine von ihnen je eine Schule besucht und Lesen oder Schreiben gelernt, aber drei von ihnen plauderten süß drauflos. Sie zirpten und zwitscherten wie ein Schwarm Vögel, es war ganz schön anstrengend. Nur eine von ihnen sagte die ganze Zeit kein Wort, aber ihre großen Augen wanderten unablässig hin und her. Sie schien völlig naiv und arglos. Nachdem der Zug eine Weile gefahren war, rief sie plötzlich: »Chinesischer Luder …!«

Ich kriegte einen Riesenschreck. Warum war ich aufeinmal ein »chinesisches Luder« geworden?

Sie versuchte, mir durch wilde Gesten etwas verständlich zu machen, und plötzlich fiel es mir wie Schuppen von den Augen. Sie war gar keine Chinesin und konnte nur dieses eine Wort »chinesischer Bruder« sagen, das aus ihrem Mund wie »chinesisches Luder« klang. Sie beruhigte sich gar nicht mehr, und es fehlte nicht viel, und sie hätte sich fast vor allen Leuten die Hose heruntergezogen. Erst da kapierte ich, daß sie auf die Toilette mußte, und brachte sie eilig zum Klo. Na so was, diesem verdammten Fettkloß von Geschäftsmann war es tatsächlich gelungen, auch noch eine »Freundin aus dem Ausland« aufzutun. Ich fragte die Mädchen aus Sichuan, die die Kleine überhaupt nicht kannten und sie am Bahnhof zum erstenmal zu Gesicht bekommen hatten. Als ich ihnen sagte, es sei eine Ausländerin, erschraken sie so, daß es ihnen die Sprache verschlug und sie sie fortan mit ganz anderen Augen betrachteten.

Ich dachte nach. Ich war doch wohl nicht einem Menschenhändler auf den Leim gegangen. Ich hatte ja in meinem Leben schon einiges angestellt, aber mit Mädchen hatte ich noch nie gehandelt. So wie ich mich für sie interessierte, konnte ich mir nur schwer vorstellen, sie wie Frachtgut hin und her zu schachern. Ich begann also, sie auszufragen.

In ihrer Naivität konnte keine von ihnen mir irgendeine sinnvolle Auskunft erteilen. Sie wußten weder, um welche Fabrik es sich handelte, noch, wohin es überhaupt gehen sollte. Das einzige, was sie wußten, war, daß es eine »ältere Schwester« gab, die angeblich aus demselben Dorf reich zurückgekehrt war und ihnen zu Arbeit verhelfen sollte. Diese Jahre der Reform und Öffnung würden gute Möglichkeiten für alle bieten, und Jinzhu und Yinbao hatten sich nun sogar einen Fernseher leisten können. Keiner im Dorf konnte lesen und schreiben, aber über Nacht hatten alle das Fernsehen entdeckt, und nun war keiner mehr von diesem kleinen Bildschirm wegzukriegen. Der schiefmündige Jinzhu und der einäugige Yinbao waren plötzlich die attraktivsten Partien im Dorf und begannen einen fairen Wettstreit: Der Fernseher von Jinzhu lief von morgens früh ab acht und der von Yinbao direkt rund um die Uhr. Die Mädchen kannten also alles aus dem Fernsehen: Flugzeuge, Züge, Liu Shaoqing, Madonna, barbusige Mannequins mit Windeln um den Hintern, Prinz Charles, den Platz des Himmlischen Friedens in Peking, die Wolkenkratzer von New York, das Meer in Frankreich, die Berge in der Schweiz, das Bier in Deutschland, den Big Ben in London, sie hatten einfach alles gesehen.

Die Mädchen saßen mit viereckigen Augen den ganzen Tag vor der Glotze und waren davon völlig absorbiert. Sie vergaßen darüber, die Schweine zu füttern und die Ställe zu öffnen, sie vergaßen, Feuerholz zu sammeln und Wasser zu holen, und gerade in diesem Moment sei diese »ältere Schwester« aufgetaucht bei ihrer Suche nach Arbeiterinnen. Die drei, nichts als Spinnereien im Kopf, ließen sofort ihre Jaucheeimer stehen und folgten der »großen Schwester«. In Peking wurden sie dem »Manager« übergeben. Dort gab es noch ein weiteres Mädchen, das nichts sagte, und sie hielten sie alle für eine Taubstumme. Das war diejenige, die der »Manager« mir dann übergeben hat. Als ich den Mädchen klarmachte, in welch ernsthafter Lage sie sich befanden, gerieten sie in Panik. So wie sie mir vorher mit Kichern und Giggeln zugesetzt hatten, nervten sie mich nun mit Jammern und Klagen. Nur die Freundin aus dem Ausland zeigte sich ungerührt. Wir verhörten sie gemeinsam. Schlußendlich hatten wir verstanden, daß sie aus Vietnam kam und überredet worden war, nach China zu gehen, um dort einen »chinesischen Bruder«, der »Manager« war, zu heiraten. Als wir sie fragten, wie sie hierhergekommen sei, da beugte sie ihren Oberkörper nach unten und sagte in ihrem gebrochenen Chinesisch: »Grenzkontrolle, Grenzkontrolle ...« Sie hatte also auch noch illegal die Grenze überschritten.

Mir war nun klar, daß ich an einen Mädchenhändler geraten war. Ich sollte sie in eine kärgliche Berggegend bringen, dort würden sie an einen Blinden oder Hinkefuß als Ehefrauen verkauft. Mit Sicherheit wäre es dann nicht so wie im Dorf. In der Gegend, in die wir gerade fuhren, konnte man nicht mal Fernsehen empfangen ...

Warum mußte gerade mir das wieder passieren?! Gibt es auf dieser Welt eigentlich noch so was wie Gerechtigkeit?

Ein Bahnpolizist lief im Wagen auf und ab. Weil drei der Mädchen in Tränen aufgelöst waren, musterte er mich bei jedem Vorbeikommen argwöhnisch. Ich war wie gelähmt, denn wie hätte ich mich ihm erklären sollen, immerhin hatte ich die tausendzweihundert Yuan eingesteckt! Ich war nun in die Sache verwickelt, und mit keiner Sprache der Welt hätte ich mich rechtfertigen können. Wie kann man auch einem Polizisten so was erklären? Es galt also, sich schnell etwas einfallen zu lassen, je schneller, um so besser. Und ich wußte auch schon, was: Diesem fettwanstigen »Manager« würde ich einen sauberen Strich durch die Rechnung machen.

Um der Angelegenheit mehr Ernsthaftigkeit und Überzeugungskraft zu verleihen, räusperte ich mich wie eine bedeutende Persönlichkeit, die sich gerade anschickt, eine Rede zu halten: »Ich bitte um Aufmerksamkeit ... Hört erst mal auf zu weinen, und hört mir zu. Ich, also äh, ich habe hier ein bißchen Geld, und ich gebe jeder von euch, äh, also jeder ... einhundert Yuan. Das ist genug für eine Fahrkarte nach Hause. Ich selbst kann euch jetzt nämlich leider nicht weiterhelfen, denn ich habe zu tun ...« In diesem Moment hielt der Zug an, ich schaute aus dem Fenster, wir waren in Xi'an angekommen. Es schien, als gäbe es auf dieser Welt doch ab und zu ein bißchen Gerechtigkeit, und der Herrgott hatte mir verdammt auch einmal unter die Arme gegriffen!

Hastig verteilte ich das Geld an die Mädchen, und mit einem Satz war ich draußen. Ich ging ans Zugfenster, klopfte an die Scheibe, zeigte auf den Bahnpolizisten und rief den Mädchen zu: »Wendet euch an ihn! An ihn müßt ihr euch wenden!« Ich bin zwar nicht besonders clever, aber Ärger andern aufzuschultern, wenn sich die Gelegenheit dazu bietet, das kriege ich gerade noch hin. Und außerdem war er ja Polizist, es war seine Pflicht! Hinzu kommt, daß ich in meinem Leben bisher nur selten das Vergnügen hatte, einem Polizisten Ärger aufzuhalsen. Der Bahnpolizist wußte nicht, wie ihm geschah, und reagierte nicht. Als ihm aber dämmerte, was hier ablief, schien er doch kurz zu zögern, ob er nicht aussteigen und mich festnehmen sollte. Wer hätte gedacht, daß mir diese Mädchen mit Tränen in den Augen zum Abschied winken. Gerade so, als könnten sie sich kaum von mir trennen. Eilig tummelte ich mich unter die Menschenmenge, die in Richtung Ausgang strebte. Nichts wie weg hier. Ich wischte mir den kalten Schweiß von der Stirn – das war gerade noch mal gutgegangen.

Mit immer noch schlotternden Knien erreichte ich mit dem Geld des Menschenhändlers die Stadt Xi'an.

Das Geld eines Menschenhändlers auszugeben bringt

einen in ein Dilemma, andererseits hatte ich damit ja auch eine gute Tat vollbracht. Ich konnte nicht mit Klarheit sagen, welche Rolle ich eigentlich in diesem Possenstück spielte. Es dauerte mir einfach zu lange, erst die rechtlichen Fragen zu klären, bevor ich das Geld ausgab. Schließlich war ich ein armer Schlucker! Und die wollen auch was essen, das Essen steht an allererster Stelle, und das ist bestimmt auch die goldene Regel im Paradies. Die profanen Weltgesetze konnten auch später geklärt werden!

Wenn ich nachrechnete, stellte ich fest, daß ich zwanzig Jahre lang nicht mehr hier war. Ich will jetzt nicht davon reden, daß hier alles anders aussah, daß man hier nichts wiedererkannte außer die von Schlaglöchern übersäten und vom Regen aufgeweichten holprigen Straßen. Womöglich hatten die Leute, als sie jene modernen Wolkenkratzer errichteten, in ihrem Innersten gedacht: Sobald ich da hineingehe, setzt die Modernisierung ein, dann sollen die Pferdeäpfel und der Schweinemist doch auf der Straße liegen bleiben. Und auf den Straßen wird nicht mehr gesoffen, nicht geknobelt oder Mah-Jongg gespielt, ja wirklich! Es gab nur ein paar Leute, die sich, wie ich, den ganzen Tag auf der Straße herumtrieben. Ich zermarterte mir das Hirn darüber, wo ich für zehn oder vierzehn Tage umsonst wohnen konnte. Zwar war es nicht gerade wenig, was ich von dem Menschenhändler an Geld bekommen hatte, aber um hier in einem Hotel zu wohnen, reichte es höchstens für drei Tage – außerdem war ich es nicht gewohnt, in so erstklassigen Unterkünften zu logieren. Schließlich fielen mir die Studenten ein, denn ich wußte, daß sie eine Spezies für sich sind. Im ganzen Land, in jeder Gegend kommt es immer wieder vor, daß sie vom Familienoberhaupt gezwungen werden, in den Fluß zu springen oder sich zu erhängen, wenn sie die Zulassungsprüfungen zur Universität nicht bestehen. Die Noblesse dieser Spezies erinnerte an alte Zeiten. Das alles interessierte mich natürlich einen Scheißdreck, denn was ich an ihnen mochte, war ihr jugendlicher Elan, ihre Lebenserfahrung, ihre Stubengelehrsamkeit und riesigen Hoffnungen, die sie in ihr Leben setzten. Insofern konnte ich mich einfach in das Studentenwohnheim hineinschummeln und mir dort ein paar Mahlzeiten erschleichen.

Einen ganzen Tag lang hatte ich mich in dieser bedeutendsten Lehranstalt im Nordwesten Chinas herumgetrieben und war niemandem begegnet, der zu mir paßte. Erst am späten Abend fiel mein Blick auf einen Typen, in dessen Gesicht Kummer und Gram geschrieben waren, ich musterte ihn etwas eingehender. Ich kannte ihn, es war dieser große, hagere Regisseur, den Xi Yong und ich damals unterwegs getroffen hatten. Schade, daß Xi Yong nicht dabei war, also war es mir allein überlassen, mit ihm in Erinnerungen an damals zu schwelgen, als wir auf dem kleinen Berg diese »Vergewaltigung« spielten. Er war hier zur Weiterbildung in die »Schriftstellerklasse« eingeschrieben, um seine »literarischen Kenntnisse zu vertiefen«.

Ich muß wohl erst einmal erklären, was eine »Schriftstellerklasse« ist. Es gab davon so viele, wie es Millionen von Menschen gibt, deshalb war dieses Fleckchen Erde auch geradezu mit »Künstlern« übersät – so wie nach einem Regen überall giftige Pilze aus dem Boden sprießen. Diese Generation der späten Siebziger und frühen Achtziger hatten nicht einmal die Grundschule besucht, deshalb ließ man ihr nun etwas Kultur angedeihen. Aber in der großen Welle der Warenwirtschaft im Zuge von Öffnung und Reform hatte jeder Berufszweig seine unterschiedlichen Fähigkeiten gezeigt, selbst die Soldaten beteiligten sich rege am Schwarzmarktgeschäft, und wenn man einmal an den »Manager« denkt, auf den ich gestoßen war, dann konnte man sehen, wohin das geführt hatte ...

Aber die Alten und Gebrüder jeder Universität starren nur mit nervösem Blick geradeaus. Geld verdienen hieß vom Weg abkommen. Wenn beispielsweise in einer Familie eine Tochter nicht unter die Haube kam, dann konnte man sie in der Verzweiflung auch einfach verkaufen, so wie ein Lächeln, oder man hatte plötzlich den Geistesblitz, ein Zeugnis oder Diplom zu kaufen. Das war zwar eine erschreckend teure Angelegenheit, es kostete zwischen dreitausend und fünftausend Yuan, aber aus jedem Winkel tauchten unablässig hoffnungsvolle junge Mädchen und Jungen auf, die sich zwischen den zwanzigjährigen Studenten herumtrieben wie Blutpudding in einer Gemüsesuppe. Und wenn man diese Suppe auftischte, dann war es eben Suppe. Gemüse und Fleisch ließen sich nur nicht mehr unterscheiden.

Verglichen mit damals hatte sich der Regisseur nicht allzusehr verändert, noch immer waren Kummer und Gram in sein Gesicht geschrieben. Weil er nicht gerade darauf erpicht war, mit anderen »Schriftstellern« im Studentenwohnheim zusammenzuwohnen, hatte er sich in der Nähe der Universität ein kleines bäuerliches Zimmer gemietet, wo er noch ein anderes Geschäft aufzog. Wenn er gerade nichts zu tun und Zeit hatte, dann kam er an die Universität, um sich die Langeweile zu vertreiben und mir in die Hände zu fallen.

Man konnte schon von weitem sehen, daß er längst nicht mehr den reichen Typen rauskehrte *(he who has wealth speaks louder).* Ich mußte an seine unerträgliche Arroganz denken, als er mit seinem ganzen Troß auf dem Berg G. war, um diesen Film zu drehen, und unwillkürlich entfuhr mir in Anbetracht dieser menschlichen Abgründe ein tiefer Seufzer. Klar, dieses Mal bat er mich nicht, eine Vergewaltigungs- oder Sterbeszene zu spielen, und zeigte insgesamt das allergeringste Interesse an mir. Ich hatte keine andere Möglichkeit, als mich an seine Fersen zu heften und mich nicht mehr abschütteln zu lassen. Zum Schluß regelte er, daß ich in seinem kleinen Zimmer wohnen konnte, denn erstens waren wir ja soviel wie Brüder im Geiste, und zum zweiten hatten wir ja auch beide »Kunst« gemacht!

Die Kummerfalten im Gesicht des Regisseurs gingen auf ein Mädchen zurück, mit dem er sechs Jahre lang zusammen gewesen war und das ihn nun wegen eines anderen verlassen hatte. In diesem Punkt waren wir ja ein bißchen wie Leidensgenossen, nur war ich nicht so vor Kummer zerfressen wie er. Er erzählte mir, daß er so sehr in dieses Mädchen verliebt war, daß er es nicht mit ihr hatte treiben können. Offenbar war dieses Mädchen die Geduld in Person gewesen, sechs Jahre lang! Es war hoffnungslos gewesen, er hatte sie nicht befriedigen können, weshalb sie sich dauernd und allerorts an fremder Kost gütlich getan hatte. Jetzt war sie schließlich weggegangen, »du mußt dir vorstellen, sechs Jahre lang, und ich habe es nie mit ihr gemacht. Jetzt hüpft sie mit einem anderen ins Bett. Wie soll ich das nur aushalten!«

»Die hüpft nur mit einem anderen ins Bett, weil du es sechs Jahre lang nicht mit ihr getrieben hast!«

Das war wohl zu direkt, denn auf einmal machte er keinen Mucks mehr, und erst nach einer kleinen Ewigkeit fand er die Sprache wieder. Er rollte seine depressiven Augen und fragte mich perplex: »Meinst du?« Siehst du, man durfte sie nicht verallgemeinern, denn unter den Künstlern gab es auch bedauernswerte Geschöpfe.

So zog ich also kreuz und quer in dieser altertümlichen Stadt umher. Gleichzeitig wartete ich auf eine Mitfahrgelegenheit nach Golmud. Fast jeden Tag spielte sich das gleiche ab. Wenn ich an den Imbißbuden vorbeikam, wo man im Kessel das Ziegenfleisch mit einer Lupe suchen mußte, wüteten in meinem Inneren ideologische Kämpfe. Und nie konnte ich widerstehen, zurückzugehen und schließlich doch zwei Schalen zu essen. Unser großer Führer Mao Zedong hat uns gelehrt: »Wer arbeitet, der nehme feste Nahrung zu sich, wer sich ausruht, der nehme wäßrige Nahrung zu sich.« Aber er hat nicht davon gesprochen, was man essen soll, wenn man weder arbeitet noch sich ausruht. Das Problem war, daß ich nie wußte, ob ich arbeitete oder mich ausruhte. Wenn ich keine Mitfahrgelegenheit nach Golmud finden würde, dann würde mir nichts anderes übrigbleiben, als das Geld des Menschenhändlers zu nehmen und es in einen der Kessel mit kochendem Ziegenfleisch zu werfen, die es hier überall gibt.

Ach! Xi'an! Meine heißgeliebte Stadt! Du meine Stadt im Dunst der Ziegenfleischsuppe!

Eines Tages sprach mich in der Nähe eines großen Platzes ein Mädchen an: »He, du da! Komm mal her!«

»Was ist denn?« Ich blieb stehen.

Sie saß auf einem kleinen Klappstuhl, vor sich einen Haufen Schusterwerkzeug, dazu einen Holzkasten mit zwei Tragriemen, gefüllt mit Lederresten, Schuhspannern, Nägeln und dergleichen.

»Komm mal!« rief sie und schaute mich bedeutungsvoll an, als habe sie mir ein Geheimnis mitzuteilen.

Als ich näher kam, zeigte sie auf meine Füße: »Schau dir mal deine Schuhe an, die sind doch fast hin. Zieh sie aus, ich reparier sie dir.«

So eine Verführerin! Ich hatte nicht die Absicht, mir die Schuhe reparieren zu lassen, aber große Lust, mich mit ihr zu unterhalten. So setzte ich mich auf den für die Kunden vorgesehenen Schemel. Das Mädel war wirklich hübsch, nur ihre Hände waren von der Arbeit ganz rauh. An fast allen Fingern klebte Pflaster, das schwarz wie Isolierband war.

»Was kostet es?« fragte ich leichthin und lächelte sie an, ohne mir viel dabei zu denken. Genau das aber machte das Mädchen offenbar mißtrauisch, und sie stufte mich sofort als Unhold ein.

»Wenn du deine Schuhe geflickt haben willst, dann flick ich sie, aber sonst kannst du dich verziehen. Wofür hältst du mich denn?« Ihre hübschen Augen wurden ganz rund, wie sie mich so anstarrte. Sie sah aus, als ließe sie nicht mit sich spaßen.

»Eins sag ich dir, ich bin schon in ganz China herumgekommen, aber es ist noch keinem gelungen, mich zu verkohlen. Na, schau dir das mal an …«

Sie fuchtelte mit einer Ahle herum, fast so dick wie ein Knüppel. Jedenfalls dick genug, um damit Stiefel für Nilpferde zu machen. An der Spitze dieses Instruments aus kalt glänzendem Stahl war ein Haken. Mit dem hätte sie mir meine hungrig knurrenden Därme aus dem Bauch ziehen können.

»Ich hab doch nur nach dem Preis gefragt«, sagte ich panisch, »tu das Ding da weg, wenn ich das sehe, krieg ich Herzrhythmusstörungen.«

»Zieh die Schuhe aus, dann schau ich mal.«

Sie schlug einen so gebieterischen Ton an, daß ich ihr meine durchgelatschten Treter aushändigte. Sie untersuchte sie gründlich, klopfte ein paarmal auf die Sohle und meinte dann: »Fünf Yuan.«

»Okay, wenn du meinst«, sagte ich verängstigt. Sie traktierte nun meine Schuhe, die wirklich keine Reparatur mehr wert waren, und fing an, sich mit mir über dieses und jenes zu unterhalten. Ihr Ton wurde freundlicher, wahrscheinlich, weil wir doch noch ins Geschäft gekommen waren.

Sie erzählte, daß sie aus Jiangsu kam, nicht weit von der Küste. Dort gebe es nicht genug Land für die zahlreiche Bevölkerung, und deswegen würden viele Mädchen irgendeine Fertigkeit erlernen und damit in ganz China herumziehen.

»… was die machen, ist denen egal, Hauptsache, sie verdienen was, und dann bringen sie einen Haufen Geld nach Hause.« Dann fügte sie noch geringschätzig hinzu: »Manche bringen auch alle möglichen Krankheiten nach

Hause. Hm!« Es war einiger Stolz herauszuhören, Stolz darauf, daß sie nicht zu diesen verachtenswerten Geschöpfen gehörte.

»Ich ziehe auch im ganzen Land herum, nur ein Handwerk habe ich nicht gelernt.«

»Wovon ernährst du dich dann?«

Richtig, wovon ernährte ich mich überhaupt? Diese Frage machte mich ganz niedergeschlagen. Ich war nicht mehr der Jüngste, wie sollte ich bloß die zweite Hälfte dieses Lebens bestreiten?

»Macht nichts, lern ein Handwerk, das schaffst du in einem Jahr oder so, und dann verdienst du eine Menge Geld!« Sie versuchte, mich zu trösten, als sie meinen Stimmungswandel bemerkte.

Und ich fing an zu lernen, und zwar auf der Stelle. Während sie meine kaputten Schuhe besohlte, quatschte ich nach ihrem Vorbild jeden Passanten an, der vorbeikam.

Nach einer Weile kam plötzlich mein Gastgeber vorbei, der Regisseur mit dem kummervollen Gesicht. Er blieb entgeistert stehen, als er mich sah, wie ich da am Straßenrand saß und herumkrakeelte.

»Was treibst du denn hier?«

»Ich? Ich lern ein Handwerk, damit ich meine Brötchen verdienen kann.«

»Sehr witzig«, meinte er kühl und ging weiter.

Der Schuhflickerin war das Universitätslogo auf der Brust des Regisseurs nicht entgangen, und die Situation nahm eine günstige Wendung für mich. »Ach, arbeitest du in der Universität?« fragte sie mich mit bewunderndem Unterton. Bildung hatte es diesem Mädel angetan, das konnte man sehen.

»Nein, nein«, erklärte ich schnell, »überleg mal, an einer Universität gibt's doch nicht solche Typen wie mich. Mein Freund, der ist … der ist so 'ne Art halber Regisseur.«

Wieso ein »halber« Regisseur, fragte sie, und ich erklärte ihr, was es mit Schreibkursen auf sich hat. Ich war noch nicht fertig, da rief sie begeistert: »Was, einen Schriftsteller kennst du auch noch?« Nein, er sei kein Schriftsteller, sondern Regisseur. Regisseur, das sei auch toll, meinte sie. Sie ging nämlich fürs Leben gern ins Kino. Liu Xiaoqing und so weiter, sie kannte die Namen aller Stars.

»Sag ihm, wenn er seine Schuhe geflickt haben will, kriegt er das umsonst.« Kein Wunder, daß sich die Leute so darum reißen, Künstler zu werden. Auf die Weise kommt man an alles dran, selbst an neue Schuhsohlen.

Gutmütig, wie ich bin, stellte ich das Mädchen ein paar Tage später tatsächlich dem Regisseur vor. Das Mädchen brachte vor lauter Ehrfurcht kein einziges Wort heraus, sondern lächelte ihn nur blöde an. Er dagegen war nicht auf den Mund gefallen, sondern machte mich fertig: Ob ich denn völlig durchgedreht sei, seine Zeit sei schließlich kostbar. Ich hörte mir das erst geduldig an, weil ich auf das Quartier bei ihm angewiesen war. Doch als er meinte, ich würde »den letzten Abschaum von der Straße anschleppen«, da zielte ich mit der Faust auf seine Nase und wartete noch ein paar Sekunden, bis ihm aus einem seiner Nasenlöcher (ich weiß nicht mehr, welches es war) das Blut über den Mund rann. Dann griff ich mir meinen zerfledderten Beutel und zog ab.

Tags darauf erzählte ich meiner Schuhflickerin, der Regisseur habe gesagt, sie sei sehr gut und solle Filmschauspielerin werden und so weiter. Ich habe dermaßen dick aufgetragen, daß sie strahlte vor Glück. Angesichts unserer gemeinsamen Beziehung zu dem Regisseur gab sie mir nun einen Tip, der mir weiterhelfen sollte. Ein »Vetter« von ihr war nach der Entlassung aus der Armee Fernfahrer auf der Qinghai-Tibet-Route geworden und war gerade hier in Xi'an. Sie wollte mich zu ihm bringen, und vielleicht würde er mich umsonst nach Tibet mitnehmen.

Der »Vetter« war klein, mager und wortkarg, aber freundlich. Er schien mit dem Leben zufrieden zu sein, wenn man das aus seinem ständig die Schneidezähne entblößenden Grinsen schließen durfte. Gleichzeitig verliehen ihm seine Rattenaugen etwas Verwegenes, man traute ihm irgendwie jede Schlechtigkeit zu. Immerhin willigte er ohne Wenn und Aber ein, mich nach Lhasa zu bringen.

Noch in der Nacht brachen wir auf. Ich saß im Führerhaus neben dem »Vetter«, der die Zähne nicht auseinanderkriegte. Er hatte Probleme mit seinem rumänischen Laster – die Marke endete irgendwie auf ...ci – und fuhr ständig Vollgas. Ob nun diese fremdländischen proletarischen Brüder keine Lastwagen bauen konnten oder ob unsere Straße des Sozialismus allzu holperig geraten war, jedenfalls schwankte das alte Gefährt hin und her, als ob es gerade aus der Kneipe käme. Immerhin gab es eine hintere Sitzbank, auf der ich mich hinlegen konnte, und meine Innereien erwiesen sich Gott sei Dank als robust genug, daß sie mir trotz des Gerüttels nicht aus dem Körper traten.

So schlief ich gleich ein paar Stunden durch und wachte erst im Morgengrauen kurz vor Pingliang auf. Das ist der Ort, wo der berühmte General Zhuge Liang den Sima Yi allein mit dem Schwenken seines Hühnerfederfächers in die Flucht geschlagen haben soll.

Ich schaute hinaus. In der Ferne sah man die hintereinander gestaffelten Lößberge in deprimierend düsteren

Farben. Der Sandwind machte alles geheimnisvoll und unergründlich. Er hatte einen Schwarm grauer Wildtauben aus dem Gleichgewicht gebracht, sie taumelten am dämmrigen Morgenhimmel auf und nieder. Kalter Wind blies durch die Fensterritzen und verschaffte mir nach meinen dumpfen Träumen einen klaren Kopf.

»Na, aufgewacht?« fragte der »Vetter« beiläufig. Das war sein Morgengruß.

Er war jetzt in Plauderlaune, nachdem er die ganze Nacht durchgefahren war. Erst redeten wir übers Schlafen. Er meinte, er könne nicht in den Tag hineinschlafen, weil er seit dem Militär das Frühaufstehen gewohnt sei. Ich meinte, das sei doch sicher gar nicht so schlecht beim Militär, wenn nicht gerade Krieg oder so ein Blödsinn angesagt ist. Mich habe das Soldatenleben schon immer interessiert. Ich stellte mir ein paar Millionen durchtrainierte Zwanzigjährige vor, die in Ermangelung von anderweitigen Konflikten Schach spielen oder einen heben. Das kann doch nicht so übel sein.

Aber der »Vetter« klärte mich auf, daß dann Ziegel hin und her getragen würden, heute da hinüber auf den Stapel, am nächsten Tag das Ganze wieder zurück. Damit jeder so richtig fertig war und gar keine Gelegenheit hatte, sich nach einer Frau zu sehnen.

Schade, für mich wird's in diesem Leben wohl nichts mehr mit der Armee. Ich bin schon über die Altersgrenze!

Er erzählte mir, er habe es mit seinen drei Jahren Armee gut getroffen, immerhin konnte er den Führerschein machen. Er fuhr zwar nur zwischen der Kompanie, die weit hinten in einem Tal stationiert war, und dem Regiment hin und her, so an die fünfundzwanzig bis dreißig

Kilometer. Aber wenn er Glück hatte, traf er unterwegs auch mal auf die eine oder andere junge Frau, und wenn nicht gerade der Kompaniechef dabei war, dann konnte er die eine oder die andere schon mal mitnehmen.

Arm waren die dran, die jahrelang jeden Tag Wache schieben mußten. Die sahen bis zu ihrer Entlassung nichts als eine einzige Brücke, über die nicht einmal ein Auto fuhr. Irgendwo in einer Schlucht. Wenn es hoch kam, sahen sie einmal im Jahr eine hübsche Soldatin, die ihnen die Impfspritze verabreichte, und die hatte einen Mundschutz um …

Ich tat so, als ob ich dem »Vetter« andächtig zuhörte, aber sein Geplapper hatte mich auf meine eigenen Gedanken gebracht. Ich träumte ja schon seit Jahren davon, einmal Befehle erteilen zu können. Es würde auf der ganzen Welt keinen klügeren Befehlshaber geben als mich. Ein niedriger Offiziersgrad hätte meinen Ehrgeiz nicht befriedigt. Mein erster, klügster und weltweit zu verkündender Befehl würde lauten: Niemand unter sechzig darf Soldat werden und niemand über vierzig eine leitende Position im Staat einnehmen. Über sechzig war man sowieso schon dem Tode nah, da bedeutete es nichts, in den Krieg zu ziehen. Aber daß über Sechzigjährige die Zwanzigjährigen in den Tod schickten, das war doch etwas komisch.

Während unseres Gesprächs hatten wir schon die berühmte Eisenbrücke über den Gelben Fluß überquert und näherten uns einer weiteren bedeutenden Stadt Südwestchinas. Wir waren noch nicht hungrig und ließen sie links liegen.

Bald danach ging's hinauf in die Berge. Auf der einen Straßenseite der Berg, auf der anderen der Abgrund. Zwar

war alles nicht sehr hoch, aber wegen der ewigen Kurven war mir doch ziemlich mulmig. Was die Leute hier »yuan« nannten, waren eigentlich keine richtigen Berge, sondern große, öde Lößformationen von ungleicher Höhe. Kilometerweit sah man hier keinen Baum. Ab und zu wuchsen Disteln neben der Straße und reckten ihre trockenen gelben Zweige in wilden, bedrohlichen Posen von sich. Dann wieder sah man Säcke schleppende Bauern auf der Straße, die den Arm hoben, um mitgenommen zu werden. Manche setzten ihren Sack schnell ab, wenn sie den Lastwagen in der Ferne sahen, und holten eine Schachtel Zigaretten heraus, die sie den Fahrzeugen entgegenhielten, mit der anderen Hand grüßten sie militärisch. Manche legten die linke Hand zum traditionellen Gruß gewölbt über die rechte und verbeugten sich. Der »Vetter« preschte unbekümmert mit Vollgas an ihnen vorbei. Im Rückspiegel konnte er beobachten, wie sie mit den Füßen stampften und fluchten. Das war er gewohnt, es ließ ihn völlig ungerührt.

Das Verkehrswesen sei hier höchst unterentwickelt, meinte er, den Einheimischen bliebe keine andere Möglichkeit, als es per Anhalter zu versuchen. Deswegen konnte man die Wirtschaft hier nicht »vitalisieren«, dazu wäre ja ein Wirtschaftsaustausch nötig. Aber ohne Straßen konnten höchstens die Zhangs ihre Sorghumhirse gegen die Kolbenhirse der Lis eintauschen. Bestenfalls konnte noch die »feine Jungfer der Zhangs, lalala« aus jenem bekannten Lied den »feinen Burschen der Lis, lalala« »vitalisieren«. Beim »Großen Sprung nach vorn« soll man hier die gerade Verstorbenen aufgegessen haben, solang sie noch frisch waren ... Natürlich war hier der »Große Sprung« längst vorbei, und keiner verhungerte mehr. Inzwischen konnte man sich satt essen und sogar noch die Schweine füttern.

Mir kam in den Sinn, wie es in Guangdong gewesen war, als ich mich mit Xi Yong dort herumgetrieben hatte. Wenn man sich dann den krassen Unterschied zu hier ansah, fiel es schwer zu sagen, welches das wahre China war und wo wirklich die Nachfahren des Gelben Kaisers lebten.

Während wir so plauderten, tauchten wieder Anhalter am Straßenrand auf. Jetzt stoppte der »Vetter«, zog die Handbremse und schaute durchs Führerhausfenster nach hinten. Diesmal waren es zwei Frauen, die eine alt, die andere jung. »Dieser Gevatter Chauffeur ist wirklich ein guter Mensch!« sagte die Alte ein um das andere Mal, während die junge Frau sie hinter sich her zum Lastwagen zog.

Sie war etwas über zwanzig, trug ein buntkariertes Kopftuch und sah sehr hübsch aus – abgesehen von ihren Wangen, die von der Sonneneinstrahlung auf der Hochebene ungesund violett verfärbt waren. Wenn sie den Mund aufmachte, hörte man den angenehmen hohen Tonfall der Frauen dieser Region. Leider sagte sie nicht viel. Die beiden saßen auf der Vorderbank, die Alte in der Mitte. Sie tat dem Fahrer ständig schön mit ihrem »der Gevatter Chauffeur ist wirklich ein guter Mensch«. Die Junge sagte nichts, hielt nur verschämt die Hand vor den Mund und kicherte. Sie waren auf dem Weg zu einem dreißig Kilometer entfernten berühmten Tempel, um ein Räucheropfer darzubringen. Der Sohn der Alten war beim Heilkräutersammeln in den Bergen abgestürzt, und seine Hüftverletzung wollte nicht heilen. Jetzt war sie mit ihrer Schwiegertochter unterwegs, um den Buddha um Hilfe anzuflehen.

Der »Vetter«, der auf der ganzen Fahrt einen lustlosen Eindruck gemacht hatte, saß jetzt aufrecht da und wirkte irgendwie kribbelig. Etwas beschäftigte ihn, und er qualmte eine Zigarette nach der anderen. Die Alte hörte gar nicht mehr auf zu husten.

Hinter den drei Köpfen beobachtete ich, wie sich die Landstraße Serpentine um Serpentine zwischen den Tafelbergen aus Löß hinauf und hinunter wand. Etwas Besonderes gab der Blick nicht her, und so döste ich weiter.

Doch es dauerte nicht lang, da gab der Lastwagen einen gewaltigen Knall von sich und kam direkt neben dem Abgrund zum Stehen. Ein Hinterrad war nur einen Fuß von der Kante entfernt und drohte abzurutschen. Der Motor tuckerte noch und versetzte den ganzen Lastwagen in ein rhythmisches Zittern. Ich zitterte ebenfalls, allerdings vor Panik.

Es stellte sich die Frage, wie es um die Fahrkunst des »Vetters« stand. Denn wenn es so weiterging, dann würde ich noch weit vor Lhasa als Opfer seiner Kunst am Straßenrand liegenbleiben. In meinem kurzen Leben hatten Wind und Wetter mich schon gehörig gebeutelt, aber immerhin war ich noch nie auf der Strecke geblieben. Es wäre schon unfair, wenn sie mich ausgerechnet hier verbuddeln müßten. Obwohl sich eine Leiche hier natürlich bestens konservierte, wo oft jahrelang kein Tropfen Wasser fiel. Aber was zum Teufel sollte ich als gut erhaltene Leiche?

Der »Vetter« fummelte hier herum und da herum und winkte dann mich und die junge Frau aus dem Führerhaus: »Mist, wir haben eine Panne. Raus, raus, wir müssen Steine holen!« Wir zitterten am ganzen Körper und wollten gerade aus dem Wagen springen, um unser Leben zu retten, als der »Vetter« zu der Alten sagte, sie dürfe nicht aussteigen, sondern müsse den Zündschlüssel immer in einer bestimmten Stellung halten (er nahm ihre Hände und zeigte es ihr). Die Alte war vor Schreck grün im Gesicht und schaute ihn mit aufgerissenen Augen an, als wollte sie sagen: Ihr Scheißkerle haut ab und überlaßt mich altes Gerippe hier meinem Schicksal! Der »Vetter« beeilte sich zu erklären: »Nein, nein, der Lastwagen ist noch in Ordnung, aber der Motor darf nicht ausgehen, sonst können wir nicht mehr weiter!« Jetzt hatte die Alte kapiert. Sie hielt den Zündschlüssel, als wäre er mit einer brennenden Zündschnur verbunden.

Wir verschwanden hinter einem Berghang, um Steine zu suchen. Der »Vetter« schaute sich ständig um, als wollte er sichergehen, daß mit der Alten alles in Ordnung war. Ich kam ins Grübeln: Wie bauten denn diese Rumänen ihre Lastautos, daß man Steine brauchte, um eine Panne zu beheben?

Der »Vetter« zupfte mich am Ärmel: »Such dir einen Platz, und rauch gemütlich eine Zigarette, ich ruf dich dann!« Er ging und zog die junge Frau hinter sich her. Endlich fiel bei mir der Groschen. Wir waren doch wirklich ein intelligentes Volk, um den Fortschritt unserer Nation brauchte man sich keine Sorgen zu machen. Ich bewunderte den »Vetter« für seine Gerissenheit und Schläue. Ein wahrer Meister des Ränkespiels!

Ich lehnte am Hang, paffte und überlegte mir, daß der Fortbestand der Gesellschaft doch voll und ganz dem ungestümen Fortpflanzungswillen und der Vitalität von Menschen wie dem »Vetter« zu verdanken war. Nach einer Weile hörte ich ihn rufen: »He, bist du fertig?« Mit dieser Frage stellte er die Dinge so auf den Kopf, daß mir fast schwindlig wurde...

Jetzt kam auch die junge Frau stumm und mit gesenktem Blick herüber. Der »Vetter« folgte ihr vergnügt, er wirkte nun viel gelöster. Als wir die Straße wieder erreichten, konzentrierte sich die Alte immer noch mit dem größten Ernst auf ihren Zündschlüssel. Sie war erleichtert, als sie uns sah, und sprach aus der Tiefe ihres Gemüts: »Schon erstaunlich, was so ein kleines Ding bewirken kann!«

»Ganz recht«, pflichtete ihr der »Vetter« bei, »er ist nicht groß, der Bursche, aber er kann Großes leisten. Okay, laßt uns weiterfahren!«

Ein paar Kilometer weiter erreichten wir eine Ortschaft, und die Frauen wollten aussteigen. Der »Vetter« hielt an, und die junge Frau strebte davon, ohne sich auch nur einmal umzusehen. Aus dem Fenster gelehnt, bedankte sich der »Vetter« noch recht herzlich bei der Alten, die in einem fort murmelte: »Der Gevatter Chauffeur ist wirklich ein guter Mensch ...«

Ein guter Mensch, fürwahr. Es gab auf dieser Welt ja so viel mehr gute Menschen als schlechte ...

Nach ein paar Tagen Geschaukel passierten wir Golmud, dann rüttelten uns die Pässe des Kunlungebirges durch, einige Tage später schon der Tanggulapaß, und schließlich erreichten wir Tibet. Unser Laster hatte jetzt das gut 5000 Meter hohe Plateau erklommen. Die relativen Höhenunterschiede waren hier nicht mehr groß, man sah nur eine lange Kette schwindelerregender Gipfel. Schneegestöber wechselte abrupt mit dichtem Nebel. In der Ferne kamen Dutzende von Gletschern kreuz und quer von den Bergen herunter, himmelhohe Eistürme standen sich majestätisch gegenüber. Es war jetzt Ende Mai, aber die Gesetzmäßigkeiten der Jahreszeiten waren hier außer Kraft gesetzt. Mal stürmte es, mal wälzten sich schwarze Wolken über den Himmel. Wind und Schnee wechselten so schnell, als würden jeden Tag alle vier Jahreszeiten im Eilschritt durchlaufen. Ein plötzlicher Hagel ließ dem »Vetter« Hören und Sehen vergehen. Er mußte den Lastwagen zum Stehen bringen, und wir unterhielten uns bei einer Zigarette im Schutz des Führerhauses.

Der »Vetter« fuhr ständig diese Route und hatte viele der uralten Legenden mitbekommen. Das Tanggulagebirge war ursprünglich ein Kalb, erzählte er. Der Jadekaiser hatte es hierhergeschickt, es sollte alles Gras wegfressen und die Gegend in eine unfruchtbare Steinwüste verwandeln. Doch das Kalb fand heraus, daß das Land keine Schuld trug und daß gute Menschen es bewohnten. So ließ es aus seinen Nüstern klare Quellen fließen, die die Weide bewässerten. In seinem Zorn verwandelte der Jadekaiser das Kalb in einen Felsen, doch es leistete weiter hartnäckigen Widerstand. Es ließ aus seinen Achseln und Klauen Quellen entspringen, die sich zu murmelnden Bächen vereinigten und den Ursprung des Gelben Flusses und des Jangtse bildeten. So wurde das Tanggulagebirge zur Mutter der beiden längsten Ströme Chinas.

Der Sturm legte sich. Wir kamen immer höher und überwanden einen weiteren Gebirgskamm. Jetzt öffnete sich der Blick auf das Schneegebirge. So majestätisch die Szenerie war, ich konnte sie nicht so richtig genießen, denn ich war … ich war nicht krank, aber ich hatte plötzlich unerträgliche Schmerzen, und zwar an einer Stelle, die ich mich zu nennen geniere. Ich wickelte mich in den stinkenden alten Schaffellmantel des »Vetters«, krümmte mich auf dem Rücksitz und stöhnte wie ein Häuflein Elend. Der »Vetter« wollte mir erst weismachen, das sei die Höhenkrankheit, wunderte sich aber dann selbst: »Von der Höhenkrankheit kriegt man ja eigentlich Kopfweh, das so nach vier, fünf Tagen vorbeigeht. Aber da, wo's dir weh tut … das ist nicht normal.«

Es heißt, Tibet sei ein heiliges Land, das man nicht beschmutzen dürfe. Vielleicht handelte es sich also um so etwas wie Vergeltung, vielleicht hatte die junge Frau bei ihren Kotaus Buddha ihr Leid geklagt, und dann hatte Buddha was durcheinandergebracht. Es sah ganz so aus, als ob im Jenseits die Untersuchungen genauso schlampig betrieben würden wie auf Erden. Überall der gleiche Bürokratenklüngel. Doch dann fiel mir ein, daß Buddha es geschafft hatte, sich selbst an ein Tigerbaby zu verfüttern. So ertrug ich die Qualen eben stellvertretend für den

»Vetter«. Wir kurvten noch einen Tag durch die Berge, dann erreichten wir flacheres Gelände und passierten einige tibetische Siedlungen. Endlich erreichten wir Amdo, die erste Station nach dem Plan meiner Tibetreise. Ich machte mit dem »Vetter« aus, daß er mich in einigen Tagen in Lhasa wieder aufnehmen würde, und wir trennten uns. Danach waren meine Schmerzen wie weggeblasen. Es spielte für Buddha anscheinend doch eine Rolle, in wessen Gesellschaft man sich aufhielt.

Im Vergleich zu den kleinen Siedlungszentren der Tibeter, die aus ein paar Zelten neben der Straße und einer Herde von Rindern und Ziegen bestanden, war Amdo schon eine richtige Stadt. Hier treffen die Qinghai-Tibet-Straße und die Tibetstraße zusammen und führen dann einträchtig weiter nach Lhasa. Amdo ist auch Verkehrsknotenpunkt und Güterumschlagplatz für das nordtibetische Grasland. An der Straße, die von Amdo in südlicher Richtung nach Lhasa führt, wird die Besiedlung immer dichter. Nordwestlich von Amdo dehnt sich die berühmte nordtibetische Hochebene mit ihren menschenleeren 600 000 Quadratkilometern aus.

Ich legte hier eine Erholungspause ein. Ich hatte noch keine Ahnung, welche Richtung ich als nächstes einschlagen sollte. Also verkroch ich mich erst mal in eines der kleinen Gasthäuser an der Straße, wo das Essen billig war, und schäkerte mit der aus Sichuan stammenden jungen Wirtin. Hier kamen nicht viele Gäste, die Wirtin und ihre zwei Gehilfinnen vertrieben sich die Zeit mit Kartenspielen. Außerdem gab es noch einen jungen Koch, der mir böse Blicke zuwarf, sobald er mich sah.

Die junge Wirtin hatte in ihren gut zehn Jahren in Tibet gelernt, aus jeder Situation das Beste zu machen. Auf meine Frage hin, ob ich ein paar Tage dort übernachten könnte, beriet sie sich erst mal mit den anderen beiden. Dann fragte sie mich, ob ich Briefe schreiben könne. Sie wollten, daß ich für jede von ihnen einen Familienbrief abfaßte, weil sie selbst kaum mehr Schriftzeichen beherrschten, als sie für die Speisekarte brauchten. Die beste Schulbildung hatte noch die kleine Wirtin mit ihren drei Jahren Grundschule. Es war ziemlich anstrengend, denn obwohl sie nichts Interessantes zu erzählen hatten, war für sie die Sache sehr wichtig. Es mußte auf jeden Fall mindestens ein Briefbogen voll werden, je länger, desto besser. Das Verfassen dieser Briefe war eine feierliche Angelegenheit für sie. Ich zermarterte mir das Gehirn, um genügend Inhalt zusammenzukriegen.

Ich fragte, wie die Feldfrüchte gediehen, ob die Schweine schön fett würden, ob die Mandarinenernte schon erledigt sei. Dann reicherte ich das Ganze noch etwas an, indem ich aus dem Gedächtnis den Aufsatz des Vorsitzenden Mao über den kanadischen Arzt Norman Bethune zitierte: »XYZ stammte aus dem Kreis Guangyuan in der Provinz Sichuan. Ohne die Schwierigkeiten eines Weges von Tausenden Meilen zu scheuen, kam XYZ nach Amdo, um für das tibetische Volk Essen zuzubereiten … XYZ war ein edler Mensch mit klarem Charakter und hohen moralischen Qualitäten, ein von niedrigen Interessen freier Mensch …«

Während ich schrieb, umringten sie mich, als ginge es um eine Kulthandlung. Einen ganzen Tag lang quälten sie mich mit ihren drei Briefen. Abends steckten sie mich dann in eine Kammer, die mit vergammeltem Rindfleisch und einem Berg von Schaffellen angefüllt war. Schon als ich da hineinkam, gab ich meinen Plan auf, die junge Wirtin ins Bett zu kriegen. Nicht, daß sie nicht hübsch gewesen wäre. Aber die Blutlache unter meiner Pritsche hatte eine solche Ausdünstung, daß ich die ganze Nacht nicht mehr aufhören konnte zu kotzen. Das ganze Unglück meines Lebens kotzte ich mir aus dem Leib.

Am nächsten Morgen kam der Bursche, der mich immer so schräg angesehen hatte, und stotterte, ich solle doch auch für ihn einen Brief schreiben. Einen Liebesbrief an seine Verlobte im fernen Sichuan. Da brauchte ich nicht lange nachzudenken ... Kafka an Felice ... »Mir geht es gut. Acht verschiedene Frauen haben mir bereits sechzehn Kinder geschenkt, darunter drei blinde, sieben stumme und sechs taube. Sie sind alle noch häßlicher geraten als ich. Sieh zu, daß Du schleunigst unter die Haube kommst! Such Dir einen Mann wie James Bond. Warte nicht auf mich! Ich werde wohl nicht mehr lebend zurückkommen! ...«

Danach verabschiedete ich mich schleunigst. Es war besser, nicht den Antwortbrief abzuwarten.

Ich machte mich auf, um entlang der Tibetstraße nach Norden zu wandern. Mein Ziel war das gut hundert Kilometer entfernte Shuanghu-Gebiet, das ich nach meinem Plan in zwei Tagen erreichen konnte. Lang hatte ich schon von dieser Region geträumt, in der riesige Herden von Wildtieren umherziehen. Doch die kleine Wirtin und ihre Mädchen prophezeiten mir allen Ernstes, daß ich auf dem Weg dorthin mein Leben lassen würde. Zu Fuß wollte ich gehen? Ha! Auf dieser Route seien schon so viele umgekommen. Davon hatten sie nicht bloß gehört, sie hatten es mit eigenen Augen gesehen. Erst letztes Jahr war so ein ausländischer Teufel tot auf einem Fahrzeug der Armeestation zurückgebracht worden. Dem reichte das blonde Haar bis zum Hintern, um seine erfrorenen Füße hatte er Lappen gewickelt, die sie aussehen ließen wie Hefeteigklöße, und sein Bart war so lang wie der Yakschweif, den man an die tibetischen Theatermasken klebt. Mit einer Hand umklammerte er noch eine Gitarre mit gesprungenen Saiten. In seinem zerschlissenen, schmutzigen Rucksack fand man nur eine englischsprachige Chinakarte und eine Dose geschälter Tomaten. Man wußte nicht einmal, was für ein Landsmann er war. In Lhasa soll er gesehen worden sein, nachdem er angeblich zu Fuß von Nepal herübergewandert war. Er sang und spielte jeden Tag für Almosen am Parkhor-Ringweg. Die Leute hatten sich an ihn gewöhnt, und so konnte sich niemand einen Reim darauf machen, wieso er auf der nordtibetischen Hochebene zu Tode gekommen war.

»So ein Klappergestell wie du, du gehst doch schon nach zwei Tagen drauf. Und dich holen sie nicht mal mit dem Auto zurück. Bist ja schließlich kein Ausländer. Wenn du stirbst, dann stirbst du halt. Und kein Lastwagenfahrer wird sich die Mühe machen, dich einzugraben. Als Futter für die wilden Hunde endest du!«

»Jetzt mal langsam, Mädels. Glaubt ihr, ich schreib hier bis ans Ende meiner Tage bescheuerte Briefe für euch?« Jetzt fingen die Damen auch noch zu heulen an. Ich hatte ihre töchterlichen Gefühle verletzt. Die Briefe gingen ja stets an den »lieben Papa« oder die »liebe Mama«. Ich tat wütend, und gleichzeitig war mein Herz so bang wie das eines Kätzchens.

Was zum Teufel wollte ich dort oben? Die Mädchen gaben mir zum erstenmal das Gefühl, daß jemand auf meiner Seite stand, daß es jemandem nicht egal war, ob ich lebte oder starb. Daß mal jemand nicht nur aus der Distanz überflüssige Kommentare abgab. Die Erfahrungen der vergangenen Jahre hatten mich jeder echten Gefühlsbezeugung entwöhnt. Angesichts echter Gefühle war ich hilflos, besonders, wenn sie so direkt auf mich zukamen. Kein Wunder, daß meine Scham in Zorn umgeschlagen war.

Am Tag meines Aufbruchs war es unerträglich heiß. Ich ließ mich wieder von einem Lastwagen mitnehmen. Aber schon nach kurzer Zeit meinte der Fahrer, wir seien angekommen.

»Wo denn angekommen?«

»Wolltest du nicht nach Shuanghu? Geh nur immer geradeaus weiter! Ich muß jetzt hier abbiegen.«

Ich fühlte mich ausgesetzt. Ich sah mich um und entdeckte immerhin ein paar Menschen. Ob die auch nach Shuanghu gingen, wer weiß. Ich schloß mich ihnen einfach an. Ich wanderte nach Westen, auf einer Straße, die mal aus Beton, mal aus Schlamm und mal aus gar nichts bestand. Als Mittel gegen die Langeweile rezitierte ich aus Walt Whitmans *Staub über der Landstraße*:

»Der Schwarze mit seinem Wollkopf, der Verbrecher,
der Ungebildete, Sieche, keinem
wird der Zugang verwehrt,
Kindswehen, die Hast nach dem Arzt, Bettlers
Trott, Trinkers Getorkel, der lachende Handwerkertrupp,

Der jugendliche Durchbrenner, des Reichen
Karosse, der Geck, das entlaufende Liebespaar,
Der Markthändler frühmorgens, der Leichenwagen,
der Möbeltransport in die Stadt, die
Rückkehr aus der Stadt,
Sie ziehen vorbei, auch ich ziehe vorbei, für
keinen ist hier verbotener Weg,
Keiner, der nicht willkommen, keiner, der mir nicht
lieb sein soll.«*

Es war schon Mittag, als ich merkte, daß keine Fahrzeuge mehr zu sehen waren. Ringsum herrschte Totenstille. Kristallklare Luft und helles Sonnenlicht, doch keine Spur von Leben. Kein Baum, kein Vogel, nicht das geringste Geräusch. Die tödliche Ruhe ließ einen glauben, man sei entweder im Himmel oder in der Hölle. Es war die Stille der Unendlichkeit – »kein Gipfel ist steiler als der der Unendlichkeit«. Es ist ja wohl so, daß weder im Himmel noch in der Hölle recht viel Betrieb ist. Die Menschen kommen ungern dorthin. Sonst würde sich nicht noch der dahinsiechende Greis auf dem Sterbebett ans Leben klammern.

War ich überhaupt noch auf meiner Straße? Ich schaute, auf welchen Boden meine Füße traten. Es war verdammt schwer zu sagen …

Diese Leere jagte mir eine Angst ein, die mir bis ins Mark ging. Ich hatte den Verdacht, daß ich in die Irre

* Aus: Walt Whitman, *Grashalme*. Aus dem Amerikanischen von Hans Reisiger. Copyright © der deutschen Übersetzung 1985 Diogenes Verlag AG Zürich, Abdruck mit freundlicher Genehmigung des Diogenes Verlags.

gelaufen war, daß all die Fußgänger, die ich zu Anfang gesehen hatte, nur eine sorgsam arrangierte Falle waren. Und Walt Whitman gehörte auch dazu. Sie hatten mich auf die Straße des Todes gelockt und dann allein meinem Schicksal überlassen. »Der Weg ist das Leben«, diese abstrakte Gedichtzeile stand mir mit einemmal in grausamer Gegenständlichkeit vor Augen. Ich musterte meine Umgebung. »Von der Weite des Universums bis zu meinen Füßen bin ich mein eigener Herr.« Das paßte jetzt, leider, nur zu gut.

So wanderte ich einen ganzen Tag lang. Die Weidestützpunkte an der Straße, in denen ich nach Auskunft der jungen Wirtin hätte übernachten können, waren nie aufgetaucht. Trotzdem wollte ich daraus noch nicht den Schluß ziehen, daß ich mich verlaufen hatte. Vielleicht waren die Herden weitergezogen, ohne die Wirtin darüber zu informieren? Ich entschied mich, nicht von meiner Richtung abzuweichen und keine Pause zu machen. Als ob ich, solange ich nur weiterging, gleich in welche Richtung, dem Leben entgegenginge. Der geringste Stillstand jedoch konnte Stillstand für die Ewigkeit bedeuten und würde zur Totenstille im wahrsten Sinne des Wortes.

Stockfinster war es jetzt, und ich bekam panische Angst. Ich erkannte mit einemmal, daß Tod und Leben eine Sache der eigenen Entscheidung waren. Einer Entscheidung, die so einfach war wie die, ein Paar Socken zu kaufen. Wenn ich jetzt sterben wollte, dann brauchte ich mich nur hinzulegen. Auf dieser Hochebene war der Tod tatsächlich etwas Psychisches und hatte mit Krankheit und körperlichem Verfall nicht das geringste zu tun. Ich verstand jetzt, wie die Leute aus den Mythen der Hochebene starben. Ihr Tod erschien seltsam, kam jedoch auf die oben geschilderte höchst wahrhaftige Weise zustande: Sie sagten einfach zu sich »ich sterbe jetzt«, und dann starben sie. Und hinterher kamen die Leute erst mit ihren unsinnigen Erklärungen, wie »er war krank«, »er ist erfroren«, »er ist verhungert« oder »er hat sich verirrt«.

Plötzlich merkte ich, daß ich in einen Kuhfladen getreten war. Außer mir vor Freude legte ich mich auf den Boden und schnupperte an ihm. Er war noch ganz frisch, es mußte hier also Menschen geben, zumindest waren welche vorbeigezogen. Ich war mir jetzt sicher, daß ich mich am nächsten Tag wieder zurechtfinden würde. Auch mit dem Wetter hatte ich Glück, die Temperatur fiel zwar in der Nacht, aber es war auszuhalten. Der Himmel war mit Sternen übersät, die zum Greifen nah schienen.

Ich war in den vergangenen Jahren wirklich viel unterwegs gewesen, aber nur hier bekam man ein Gefühl für die Beschaffenheit der Luft. Sie ist so durchsichtig hier, so anders als im Kernland Chinas, wo kein Mensch sagen kann, aus was sie besteht, höchstens, daß sie trüb ist wie altes Badewasser. Und diese Unmengen von reiner Luft waren nur für mich da, niemand machte sie mir streitig. Das tröstete mich und gab mir die nötige innere Gelassenheit, mich mit dem Tod auseinanderzusetzen. Aber auch, um mich mit mir selbst auseinanderzusetzen. Denn all die letzten Jahre hatte ich »zwischen Traum und Trunkenheit, Tod und Leben« verbracht, war von einem Ort zum anderen gehastet, und nie hatte ich dazu die Gelegenheit gehabt. Es wäre mir auch nicht gelungen, weil da immer jemand war, der störte. Als ich meinen Schlafsack ausbreitete und hineinschlüpfte, fiel mir eine Episode aus dem *Zhuangzi* ein:

»Zhuangzi lag im Sterben, und seine Jünger wollten ihn prächtig bestatten.

Zhuangzi sprach: ›Himmel und Erde sind mein Sarg, Sonne und Mond leuchten mir als Totenlampen, die Sterne sind meine Perlen und Edelsteine, und die ganze Schöpfung gibt mir das Trauergeleite. So habe ich doch ein prächtiges Begräbnis! Was wollt ihr da noch hinzufügen?‹

Die Jünger sprachen: ›Wir fürchten, die Krähen und Weihen möchten den Meister fressen.‹

Zhuangzi sprach: ›Unbeerdigt diene ich Krähen und Weihen zur Nahrung, beerdigt den Würmern und Ameisen. Den einen es nehmen, um es den andern zu geben: warum so parteiisch sein?‹«

Egal wie Zhuangzi zu sterben beabsichtigte, er hatte immerhin noch seine »Jünger«, denen er Anweisungen geben konnte. Und ich? Ich würde hier mutterseelenallein in finsterer Nacht sterben. Keine Krähe, keine Weihe, keinen Wurm und keine Ameise würde das interessieren. Die gab es hier nämlich nicht, und ich war auch kein Weiser oder so was, wie Zhuangzi. Allerdings hatte Zhuangzis Leiche auch nicht unbedingt blank in der Landschaft gelegen. Wie hätte er sonst seinen Sarg verlassen und sein Weib in Verkleidung auf die Probe stellen können, wie eine Überlieferung berichtet? Obwohl es ihm eigentlich egal sein konnte, mit wem seine Frau nach seinem Tod ins Bett stieg. Ich wollte also erst mal nicht sterben, dazu würde es noch jede Menge Gelegenheiten geben – mehr als mir lieb sein mochten. Ich konnte es getrost auf später verschieben … Ich beschloß also: Nein, ich sterbe nicht!

Die ganze Nacht ging mir wirres Zeug durch den Kopf, ich konnte nicht schlafen. Am Morgen dann, wie als Reaktion auf meinen Entschluß, nicht zu sterben, hörte ich in meinem Dämmerzustand Stimmen. Ich riß die Augen auf und sah zunächst nur leuchtende Farben. Zwei Tibeterinnen standen in bunten Kleidern vor mir, redeten, lachten und zeigten mit dem Finger auf mich. Das konnte ich nur träumen. Ich versuchte, mich aufzurichten, bis ich merkte, daß ich noch im Schlafsack steckte. Aus dem Gelächter der Frauen schloß ich, daß ich doch nicht träumte. Als ich den Reißverschluß öffnete und aufstand, wichen die beiden unwillkürlich ein paar Schritte zurück. Eine von ihnen war noch sehr jung und sprach ein wenig Chinesisch mit starkem Sichuan-Akzent. Ich brachte kein Wort hervor. Vor Glück fing ich an, hemmungslos loszuheulen, es gab kein Halten mehr. Ganz plötzlich erkannte ich, daß ich zart und zerbrechlich war wie ein Porzellanfigürchen und panische Angst vor der Einsamkeit und dem Tod hatte.

Die beiden waren so überrascht, daß sie augenblicklich verstummten. Sie fragten sich wohl, was sie da für ein bizarres Begrüßungsritual erlebten, und bekamen selbst feuchte Augen. Sie bedeuteten mir, ihnen zu folgen. Die Jüngere zeigte immer wieder in dieselbe Richtung und sagte es dabei. Es hörte sich an wie »Herberge, Herberge«. Wahrscheinlich wollte sie wissen, warum ich nicht in der Herberge übernachtet hatte, aber ich war nicht fähig zu antworten. Wie ihr Gefangener trottete ich willenlos hinterher. Nach der Überquerung eines Hügels standen wir plötzlich vor einem Nomadenzelt. Ich war gestern also nur wenige hundert Meter von ihnen entfernt gewesen, und es stellte sich außerdem heraus, daß ich schon weit über zehn Kilometer vom Weg nach Shuanghu abgekommen war.

In solchen Fällen spricht man häufig von einem Wunder, doch was ein Wunder wirklich war, hatte ich erst heute begriffen. Ich mußte an all die Pilger denken, die mir auf meiner Reise begegnet waren, die eine Prostration nach der anderen vollziehen. Nach jeweils drei Schritten legen sie sich flach auf den Boden und berühren ihn mit der Stirn, und so wandern sie von Orten, die zum Teil Hunderte von Kilometern entfernt sind, bis nach Lhasa. Sie umhüllen ihre Ellenbogen und Knie mit Blech, um ihre Gelenke zu schützen, und so verrät ein metallisches Klappern ihr Kommen schon von weitem.

Ich begann, an übernatürliche Kräfte zu glauben. Wenn man es in einem nächsten Leben einmal gut haben wollte, dann reichte die Pein, die das Leben ohnehin schon bereithielt, bei weitem nicht aus. Man mußte sich zusätzliche Qualen verschaffen. Eine künftige Existenz war ebenso schwer zu erreichen wie alle anderen guten Dinge. Da gab ich mich lieber mit meinem aktuellen Leben zufrieden.

Die zwei jungen Frauen musterten mich. Mittlerweile hatte ich mich an ihren Blick gewöhnt. Der Blick der hanchinesischen Bäuerinnen hat meist etwas Stumpfes, Fatalistisches. Doch diese beiden sahen mich mit ihren schwarzglänzenden Pupillen ohne jede Scheu an. Sie wirkten lebhaft und freudig überrascht, als wäre ein unerwartetes Glück in ihr Leben getreten. Vom geographischen Standpunkt aus war das durchaus verständlich – sie lebten ja viel näher am Himmel als wir.

Unter fröhlichem Lachen führten sie mich zu ihrem Zelt, das mit ein paar dicken Stricken am Boden befestigt war. Davor türmten sich getrocknete Kuhfladen, die als Brennmaterial dienten. Als wir das Zelt betraten, sah ich, daß der Boden innen etwa einen halben Meter abgesenkt war. Die Einrichtung war spartanisch, doch mit jedem Gegenstand hatte es etwas Besonderes auf sich, jeder hatte seine eigene Individualität. Es gab kein einziges modernes Haushaltsutensil, selbst der Teekessel aus Messing war von Hand gearbeitet. Das Zelt war von innen mit okkerfarbenem Baumwollstoff bespannt, auf dem ein großes weißes Swastikazeichen prangte.

Es war schön warm hier drin, und ich beruhigte mich zunehmend. Die eine Frau kochte uns einen Yakbuttertee, die andere, jüngere, fragte mich in ihrem Sichuan-Chinesisch und mit wilden Gesten aus, was ich denn hier mache. Ich erklärte ihr, daß ich durch die Lande zog, um möglichst viel von der Welt zu sehen.

Was ich denn sehen wolle?

Als ob ich das selbst wüßte!

Sie lachte und fragte mich weiter, was mein nächstes Ziel sei. Shuanghu, sagte ich. Ich sei bereits im Shuanghu-Gebiet, bedeutete sie mir mit Händen und Füßen, es gebe zwar hier und dort noch ein paar einsame Häuser, aber sonst sehe alles genauso aus wie hier.

Während wir redeten, hörten wir plötzlich ein lautes Getöse, das immer näher zu kommen schien. Ich schaute nach draußen. Eine gewaltige Staubwolke wälzte sich auf uns zu. Erst aus der Nähe erkannte ich, daß es sich um eine riesige Herde von Kulaneseln handelte, die nur wenige hundert Meter vom Zelt entfernt vorbeigaloppierten. Ein paar Tiere hielten inne, lugten sekundenlang zu uns herüber, um dann wieder mit wildem Tempo ihren Artgenossen zu folgen. Ich staunte nicht schlecht.

Die allzu schwierige Verständigung mit mir ließ die Frauen schwatzend und lachend zu ihren Arbeiten zurückkehren. Nach dem Genuß mehrerer Schalen Yakbuttertee und goldbraun frittierter Heuschrecken überkam mich die Müdigkeit.

Ich war kaum eingeschlafen, als die Ältere der beiden in einem spitzen Sopran zu singen begann. Plötzlich brach sie ab, deutete auf die Jüngere und rief, zu mir gewandt: »Ajala, ajala.« Bei der kleinen Wirtin aus Sichuan hatte ich ein paar Brocken Tibetisch aufgeschnappt, so wußte ich, daß »ajala« »Geliebter« bedeutete. Unwillkürlich sah ich die jüngere Frau an. Mit einemmal fand ich sie sehr schön.

Sie trug ein grünes, handgenähtes Unterkleid, darüber eine bis zu den Füßen reichende Tunika aus naturbelassenem Lammfell, die sie sich nur lose übergehängt hatte, was ihrem Gang etwas Schwankendes gab. Selbst hier im Zelt trug sie noch ihr großes rotes Kopftuch, unter dessen Verknotung eine lange Halskette aus roten und grünen Schmucksteinen zum Vorschein kam. Vorn an der Tunika hingen ein tibetisches Feuerzeug und ein kleines Messer. Sie trug einen Haarkranz, in den verschiedenfarbiger Schmuck eingeflochten war. Eine eindrucksvolle und reizende Erscheinung. Auf die Worte ihrer Gefährtin hin wandte sie sich mir zu und lachte mich an. Ich konnte nicht beurteilen, wieviel Ernst sich hinter diesem Lachen verbarg. Doch wie hätte sie meine »ajala« werden können, wo ich doch bald schon wieder aufbrechen mußte.

Was noch dagegen sprach, war, daß ich mir vor ihr so häßlich und abgewrackt vorkam.

Nach einer Nacht des Schreckens holten mich an diesem sicheren, behaglichen Ort nun die körperlichen und seelischen Strapazen der letzten Tage ein. Ich wußte nicht, wie lange ich geschlafen hatte, als mich die Frauen wachrüttelten. Vor mir stand ein Tibeter in einer typisch hanchinesischen Tracht. Die junge Frau sagte, er sei von der »Herberge«. Der Mann unterbrach sie lächelnd und stellte sich in einwandfreiem Chinesisch als »Jiacuo« vor. Die »Herberge«, erklärte er mir, sei die Straßenmeisterei von Zhamucuo, sie hätten ein kleines Haus und einen Trupp von drei Leuten, die alle aus der Gegend seien. Ihre Aufgabe bestünde darin, die einzige Straße zu unterhalten, die sie manchmal selbst nicht mehr fänden. Die Leute, die über diese Straße durchs Land reisten, würden alle im Haus der Straßenmeisterei übernachten, so sei es mit der Zeit zu der Bezeichnung »Herberge« gekommen. Sogar der später tot aufgefundene Ausländer habe dort tagelang gewohnt! Das sei wirklich ein guter Mensch gewesen, nicht so ein Mistkerl wie die anderen, die pausenlos Fotos machten und dann nie wieder was von sich hören ließen. Sie hätten vorher noch kein einziges Foto von sich zu Gesicht bekommen, der aber habe die Fotos noch am selben Abend entwickelt. Mit der Taschenlampe habe er sie angeleuchtet, die Fotos dann in Wasser gelegt, und dann seien ihre Gesichter plötzlich auf den Bildern zum Vorschein gekommen. Schade nur, daß die Fotos so klein gewesen seien und nicht in Farbe. Aber ein guter Mensch sei dieser Ausländer gewesen, jetzt sei er leider tot, dabei hätte Jiacuo so gern noch ein paar Gläser mit ihm getrunken. Ob ich denn auch fotografiere? Als ich verneinte, war er sehr verwundert. Alle kämen hier sonst nur zum Fotografieren her. Zumindest die Leute, die er getroffen habe. Ich erklärte ihm, daß mich die Fotografie nicht interessierte. Weder fände ich andere schöner als mich, noch fände ich mich selbst schöner als andere. Und großartige Landschaften und dergleichen hätte ich zur Genüge gesehen, die seien fest in meinem Gedächtnis gespeichert. Warum und für wen hätte ich sie noch fotografieren sollen?

Nach unserer kurzen Unterhaltung brachte mich Jiacuo zur »Herberge«. Er war mit zwei Pferden gekommen, die er bei einem Bauern für zwei Yuan pro Tag gemietet hatte. Ich nahm Abschied von den beiden Frauen. Jiacuo hatte mir erzählt, daß sie von weither gekommen waren, um hier nach Salz zu graben. Ich wollte mich unbedingt bei ihnen erkenntlich zeigen, schließlich waren sie meine Lebensretterinnen. Nur meinetwegen war die eine von ihnen drei Stunden geritten, um Jiacuo herzuholen. Ich nahm das wenige Geld, das ich noch hatte, und hielt es der jungen Frau hin. Doch die wurde ganz rot und schreckte zurück, als hätte ich Sprengstoff in der Hand.

Jiacuo hauste allein in der Straßenmeisterei, deren Boden von zahllosen leeren Bierflaschen bedeckt war. Das reinste Leergutdepot. Die beiden anderen Männer waren den größten Teil des Jahres nicht da. Drei Arbeitskräfte waren hier nicht vonnöten, also löste man sich ab. Ich blieb ein paar Tage und begleitete Jiacuo, dabei becherten wir unentwegt. Es war eine angenehme Zeit, doch irgendwann mußte ich weiter. Jiacuo organisierte eine Mitfahrgelegenheit für mich und nahm traurig Abschied. Nach gut einem Tag Fahrt erreichte ich schließlich Lhasa.

Lhasa bot ein völlig anderes Bild: eine Stadt, die im gleißenden Sonnenlicht so seelenruhig dalag, als träumte sie. Hätte ich es nicht am eigenen Leib erfahren, ich hätte nie gewußt, was wirkliche Seelenruhe bedeutet. Erst meine Reise ins sorglos-selbstgenügsame Tibet ließ sie mich finden.

Am Parkhor-Platz saßen überall Menschen in kleinen Gruppen in der Sonne und unterhielten sich, ohne jemals laut zu werden. Auch ein paar Ausländer hatten sich daruntergemischt und blinzelten in die Sonne. Ganze Bündel Räucherwerk warf man in einen riesigen gemauerten Ofen in der Mitte des Platzes, und um die mit vielen bunten Gebetsfahnen geschmückten Masten kräuselten sich blaue Rauchschwaden und stiegen langsam in die Höhe, hin zu den Seelen im Jenseits. Vor dem Portal des Jokhang-Tempels vollführten die Pilger nahezu synchron ihre Prostrationen. Zuerst falteten sie die Hände über der Stirn und vor Gesicht und Brust, verharrten eine Weile, um dann, einem bestimmten Rhythmus gehorchend, auf die Knie zu fallen und den Boden mit dem Scheitel zu berühren. Dann legten sie sich flach hin und streckten im wahrsten Sinne des Wortes alle viere von sich. Zwischen ihnen saßen regungslos ein paar Hunde und taten so, als sei das die natürlichste Sache der Welt.

Frei nach dem Motto: »Tu in Rom, was die Römer tun« umrundete ich erst den Jokhang-Tempel im Uhrzeigersinn, legte mich dann unter die hohe »Prinzessinnen-Weide«, die die chinesische Prinzessin Wen Cheng anläßlich ihrer Vermählung mit Srongtsen Gampo eigenhändig gepflanzt haben soll. Dort guckte ich so lange den Pilgern bei ihren Prostrationen zu, daß mich selbst die Lust überkam, es einmal zu versuchen. Leider fiel mir nicht ein, um was ich bitten sollte in meinem Gebet. Doch ich erfuhr, daß es nicht schadete, auch ohne ein konkretes Anliegen die Prostrationen zu vollführen. Man konnte es ebenso als eine Art Lockerungsübung betreiben. Es sah fast so aus, als ob hier niemand irgendwas Konkretes erflehte, ganz im Gegensatz zu den beiden Anhalterinnen. Ich versuchte mein Glück und erregte ungewollt ziemliches Aufsehen. Die Leute kicherten, sogar die Hunde waren plötzlich hellwach und musterten mich alles andere als freundlich, der Blickrichtung der Menschen folgend. Vielleicht rochen sie, daß ich kein aufrichtiger Pilger war. Vor Hunden hatte ich immer schon große Angst, also beugte ich mich ganz tief hinunter und betete im stillen: »Bitte nicht beißen, bitte nicht beißen, ich bin doch kaum größer als ihr …«

Ich glaube, man hätte in diesem Augenblick mit Fug und Recht behaupten können, daß meine beflissenen Prostrationen allein den Hunden galten. Der Tradition gemäß müssen es mindestens neun sein. Ich aber fing schon nach dreien an zu keuchen und bekam Schwindelgefühle. Eine alte tibetische Dame neben mir überkam angesichts meiner kläglichen Bemühungen ein salvatorischer Impuls. Sie reichte mir gütig lächelnd ein großes Kissen, mit dem ich schließlich doch noch auf neun Prostrationen kam, was auch die Hunde wieder in ihren alten Gleichmut verfallen ließ …

Das Wetter war sensationell. Diese Stadt war dem Himmel so nah, daß man die Wolken greifen konnte. Die Sonne ging gleich über dem eigenen Scheitel auf, und wenn man den Blick hob, sah man ein Blau, wie es nirgendwo anders zu sehen ist. Die Goldbeschläge am Dach des Jokhang-Tempels gleißten in der Sonne und blendeten die Augen. Das Blau war so transparent und unwirklich, daß man Halluzinationen bekam.

Ein paar Tage hatte ich schon in Lhasa verbracht, als sich mir ein kleiner Hund anschloß. Er hängte sich an mich, als hätten wir in einem früheren Leben schon einmal miteinander zu tun gehabt, und wollte von mir adoptiert werden. Meine tibetischen Freunde meinten, wenn ich nach Tibet gekommen sei, um Hunde zu adoptieren, dann wäre ich am richtigen Ort. Zehn oder zwanzig am Tag, das sei gar kein Problem. Ich beließ es bei dem einen. Täglich wanderte ich in seiner Begleitung zum Eingang des Jokhang-Tempels, sonnte mich und wartete auf den »Vetter«. Tage vergingen, und kein »Vetter« war in Sicht, dafür gab es Unruhen in der Stadt. Ich habe seit jeher Angst vor jeglicher Art von Gewalt, deswegen tauchte ich bei einem tibetischen Freund unter und ging nicht mehr vor die Tür. Täglich brachte er mir die neuesten Nachrichten von der Straße. Daß Polizeiautos umgestürzt worden seien, daß Soldaten in der Stadt seien und daß sogar eine Ausgangssperre drohe. Jetzt saß ich wahrhaft in der Falle. Ich fürchtete, sie würden den »Vetter« nicht mehr nach Tibet hereinlassen, und sah meine Europareise in weite Ferne rücken. Xi Yong saß sicher schon auf glühenden Kohlen.

So ging ich eines Abends doch auf die Straße, um die Lage zu erkunden. Ängstlich, wie ich war, traute ich mich nicht weit von der Wohnung weg und kehrte in der nächstbesten Kneipe ein. Doch nur, um das gleich wieder zu bereuen. Noch nie in meinem Leben bin ich wohl zu einem so falschen Zeitpunkt an einem so falschen Ort gelandet. Es ist wie verhext, ich bin nämlich tatsächlich noch nie in meinem Leben zur rechten Zeit am rechten Ort gewesen. Nein, ich setzte mich für jemanden ein und wurde vermöbelt, ich verspielte beim Roulette meine gesamte Reisekasse, und landete ich endlich mal beim Film, wurde ich sofort von einem »japanischen Teufel« abgestochen. »Wenn der Karren zum Berg kommt, öffnet sich immer ein Weg«, heißt es, aber mein Karren fiel regelmäßig in die Schlucht …

In der kleinen Pinte hielt sich eine Gruppe hünenhafter Khampa-Männer auf. Um ihren Kopf hatten sie blutrote Todeskämpfer-Binden gewickelt, an ihrer Seite prangten die gut einen Fuß langen tibetischen Schwerter, bei deren Anblick man schlottrige Knie bekommt, und alle waren so betrunken, daß sie sich kaum mehr aufrecht halten konnten. Als ich das Lokal betrat, herrschte plötzlich absolute Stille im Raum. Normalerweise bin ich ein Freund von Stille, aber hier … So still muß es in grauer Vorzeit gewesen sein, wenn Menschen zum Opferaltar geführt wurden. Meine neun Prostrationen waren ganz offensichtlich für die Katz gewesen.

Wer den Kopf verliert, verliert auch sein Leben. Ich gab mich also cool und bestellte zitternd und stammelnd etwas zu trinken. Mein Auftritt mußte an diese Westernschurken erinnern, die im Saloon grundsätzlich auf die Burschen treffen, die noch ein Hühnchen mit ihnen zu rupfen haben. Sofort kam ein Tibeter quer durch den Raum auf mich zu und rempelte mich um. Ich stand auf, als ob nichts passiert sei, und grinste betreten.

»Paß mal auf, Chinese!« sagte er in gebrochenem Chinesisch. Er stierte mich an, und seine Fahne schlug mir entgegen. »Hier gibt's nichts umsonst!«

»Ich will nichts umsonst, tibetischer Bruder. Ich bezahle doch, ich bezahle ganz bestimmt!«

»So geht das nicht. Du mußt sagen …«

Er dachte angestrengt nach. Ob das Denken nicht seine Stärke war oder sein Chinesisch oder ob es der Alkohol war: er brauchte jedenfalls eine halbe Ewigkeit.

»Sag: ›Die Chinesen sind alle Halunken!‹«

Ich war grundsätzlich einverstanden mit ihm, vielleicht war meine Einschätzung sogar noch radikaler. Davon abgesehen war ich ja selbst ein Halunke. Ich konnte es also problemlos behaupten. Doch meine Reaktion war ihm offensichtlich zu langsam, er legte schon seine Hand an den Schwertgriff. Ich beeilte mich, mit zitternder Stimme zu versichern: »Genau, sie sind alle Halunken, ohne Ausnahme.«

Obwohl diese eine einfache Sentenz alle restlichen »tibetischen Brüder« im Saal erfreute, schien dieser eine aber noch immer nicht von mir ablassen zu wollen.

»Sag: ›Es lebe das freie Tibet!‹«

Mir fiel ein, daß mir mal jemand geraten hatte, keine

einzige Überlebenschance ungenutzt zu lassen. Und wie auch immer, es hing sowieso nicht von mir ab, ob Tibet unabhängig würde. Ich sprach es ihm also nach und dachte, daß die Sache nun vom Tisch sei. Doch der Bursche hatte anscheinend noch lange nicht genug. Es war, als würde er all seine Kraft bündeln, um mich hier und jetzt abzuschlachten.

Ich wartete ab, was er sich Neues einfallen ließe, da kam ein Ruf aus der Ecke: »Sag: ›Zehntausend Jahre lebe der Dalai Lama!‹«

Kein Problem für mich. Ich wünschte jedem Menschen zehntausend Lebensjahre, das wäre eine grandiose wissenschaftliche Errungenschaft. War dieser Wunsch nicht so alt wie die Menschheit selbst?

Doch leider kam ein zweiter Ruf aus der Ecke: »Er soll sagen: ›Nieder mit der Partei!‹«

So ein abgefeimter Mistkerl! Bestimmt war er so ein verfluchter Klassenfeind. Aber das machte ich nicht mehr mit, jetzt ging's ans Grundsätzliche. Ich bin wahrlich kein Held, aber das ging zu weit.

»Mein tibetischer Bruder, mit so was soll man nicht scherzen. Wenn du darauf bestehst, will ich es gerne sagen, aber dann kannst du mich auch gleich umbringen, dran glauben muß ich sowieso früher oder später. Aber ich könnte ›Nieder mit meinem Vater!‹ sagen. Wie wär's damit?« Damit brachte ich sie alle zum Lachen. Verdammt, irgendwie hatten sie doch Humor. Sie entschieden, mich laufen zu lassen. Von meiner großen Schale Hochlandgerstenbier hatte ich noch nicht mal genippt, aber das Zeug war mir ohnehin zu sauer. Ich drehte mich um und verließ das Lokal. Draußen begann ich zu rennen. Wenn ich dieser Bande noch mal in die Hände fiele, konnte ich mein

Testament machen. Gut, daß mir das Mädchen aus Jiangsu die Schuhe repariert hatte – wer weiß, ob ich sonst so schnell hätte laufen können.

Ein paar Tage später kam der »Vetter« schließlich und holte mich ab. Mitten in der Nacht, aber genau zur rechten Zeit. Ich sagte dieser Stadt, die von allen Städten der Erde dem Himmel am nächsten ist, adieu, schulterte meinen schmierigen Rucksack, nahm mein Hündchen auf den Arm und machte mich in tiefster Dunkelheit auf den Weg nach Hause.

Dritter Teil

Irgendwie hatte ich immer mehr das Gefühl, daß jeder mir an den Kragen wollte. Wie man es drehte und wendete, hier hatte ich nichts mehr verloren. Ich packte meine Siebensachen, um bei Xi Yong Zuflucht zu suchen.

Was Europa betrifft: Abgesehen davon, daß ich noch nicht dort gewesen war, wußte ich nicht, was daran so anders sein sollte. Wie ich die Sache auf der Basis meiner Lebenserfahrung einschätzte, würde auch dort bestimmt nicht viel für mich übrigbleiben. Sich auf seine bisherigen Erfahrungen im Leben zu stützen ist durchaus von Nutzen, wenn man dabei an folgenden treffenden Spruch des alten Goethe denkt: »Wenn ich an die Deutschen denke, verfalle ich in Melancholie, so achtbar jeder einzelne von ihnen ist, so miserabel sind sie als ganzes Volk.« Oder so ähnlich.

Dieser Ausspruch trifft nicht nur auf die Deutschen zu, das ist eine Wahrheit, die für die ganze Menschheit gilt. Nirgends ist es einen Deut besser, und als Chinese kann ich das besonders gut nachvollziehen …

Ich besorgte mir ein billiges Ticket und flog von Peking nach Frankfurt. Frankfurt ist eine große Stadt und bekannt nicht nur als Finanz- und Handelszentrum, sondern auch als Verkehrsknotenpunkt.

Kaum stieg ich aus dem Flugzeug, verwirrte mich folgendes: Es wimmelte hier von blonden, blauäugigen Eingeborenen. Als ich am Eingang des Flughafens Ausschau hielt, kam Xi Yong mit seinem stets gleichen schleppenden Gang daher, mit seiner feierlichen Miene, die er noch mit ins Grab nehmen wird. Er hatte einen Ausländer dabei, der fließend Chinesisch sprach.

Er war Schweizer, promovierter Sinologe, hieß Manders, mit chinesischen Silben »Man-dianr si« [»Stirb langsam«] geschrieben. Stirblangsam, Träger eines Namens wie Donnerhall, war lang und hager, kleidete sich leger und trug eine Goldrandbrille mit kleinen, runden Gläsern. Seine lebhaften schwarzen Pupillen sandten Blicke aus, die man ebensogut als verschlagen wie als schalkhaft einordnen konnte. Das Augenpaar dieses Herrn Stirblangsam sagte mir sofort, daß China nicht das einzige Erzeugerland schräger und halbverrückter Typen war. Die gab es anscheinend auch »Made in Switzerland« und »Made All Over the World«.

Auch wenn Xi Yong noch nicht dazu gekommen war, all meine Schandtaten zu erzählen, hatte Stirblangsam doch schon das eine oder andere über mich erfahren. Unter anderem, daß ich ständig pleite war und daß ich manisch Romane schrieb. Deswegen wollte er unbedingt, daß ich ihm eine Erzählung korrigierte, die er auf chinesisch verfaßt hatte. Der Titel lautete *Ich und der Schweinskopf*.

Als er noch am Pekinger Spracheninstitut studierte, hatte er beim Radfahren auf der Dongdan einen Chinesen gesehen, der einen bluttriefenden Schweinskopf auf seinen Gepäckträger geklemmt hatte. Die Augen waren weit geöffnet und blickten starr ins Leere, ganz als ob die Schweineseele wegen ihres allzu frühen Todes keine Ruhe fände. Manders brachte zu dieser Zeit dem Thema Geisterbeschwörung im Orient großes wissenschaftliches Interesse entgegen. Damals waren Chinas große Persönlichkeiten gerade mal zehn Jahre tot, ihre Seelen konnten sich also noch nicht allzuweit entfernt haben. Aber Manders mußte sich ausgerechnet auf diesen Schweinskopf kaprizieren. Er nahm sofort Blickkontakt mit ihm auf und fuhr dem anderen Radfahrer bis in die Vorstadt hinterher. Als der Mann in Fengtai sein Rad in einen Hof schob, bemerkte er, daß ihm ein fremdländischer Teufel folgte, und er fragte ihn, was er wolle. Manders, dem das Chinesische damals noch nicht so flüssig von den Lippen ging, deutete auf den Schweinskopf und stotterte: »... die Augen, die Augen!« Der Chinese wunderte sich erst, kam dann aber zu dem Schluß, der Ausländer müsse für Schweineaugen eben eine besondere Verwendung haben. Er holte ein Messer aus dem Haus, schälte die Augen aus dem Kopf und überreichte sie Manders in einer Plastiktüte, als Geste der Gastfreundschaft, für die die chinesische Nation so berühmt ist. Worauf Manders die Flucht ergriff.

Seitdem ging ihm dieses Schwein nicht mehr aus dem Kopf.

Während mir Stirblangsam seine Schweinskopfstory erzählte, steuerte er den Wagen mit beängstigender Geschwindigkeit. Er saß korrekt und aufrecht neben mir, allerdings sah er nicht nach vorn auf die Straße, sondern musterte mich mit schrägem, abschätzigem Blick. Mir wurde ganz bange. Womit nur hatte ich mir so viel Verachtung verdient, kaum daß ich aus dem Flugzeug gestiegen war? Später wurde mir klar, daß er einfach nur stark schielte. Er konnte vor einem stehen und reden wie ein Wasserfall, ohne daß man sich sicher war, ob man der Angesprochene war.

»Red ihn bloß nicht mit dem Doktortitel an«, meinte Xi Yong, »das kann er nicht ausstehen.«

»Und das nicht einmal aus Bescheidenheit«, warf Stirblangsam ein.

In der Folge nannte ich ihn einfach »Stirblangsam«, und er schien damit zufrieden.

Stirblangsam reckte seinen langen, schlanken Hals beim Sprechen wie eine Schildkröte nach vorne und benutzte mit Vorliebe die Satzpartikel des Chinesischen, dazu jede Menge deplazierter Redewendungen. Das schien ihm ein besonderes Anliegen zu sein. Unsere schöne Sprache bekam in seinem Munde einen schalkhaften Reichtum. Jedem seiner Antwortsätze in chinesischer Sprache schickte er ein »zhen de?«, »wirklich?«, voraus. Dabei traf einen sein durch die Brillengläser dringender Blick links oben am Scheitel und wanderte dann weiter in ein vages Jenseits, als wollte er in seiner Ratlosigkeit den Beistand einer Gottheit erflehen.

Xi Yong und ich hatten uns zwei Jahre lang nicht gesehen. Im ersten Augenblick hatten wir uns nichts Rechtes zu sagen, erzählten uns nur ein paar schwachsinnige Witze und lachten verkrampft. Wir standen uns gegenüber wie zwei Idioten. Stirblangsam dagegen bombardierte mich mit Fragen aller Art. Xi Yong grinste mich derweil dämlich an, und doch fand ich in der schmerzlichen Ernsthaftigkeit seines Gesichts jenes Gefühl der Freundschaft wieder, wie es nur zwischen so alten Kumpels wie uns entstehen kann.

Nachdem wir uns in Stirblangsams schrottreifes Auto hineingequetscht hatten, fand Xi Yong dann doch seine Sprache wieder. Er fragte mich aus, was in Peking eigentlich los gewesen sei, und das, wo ich gerade erst den Fuß auf fremdländischen Boden gesetzt hatte. Also eine ziemliche Fallhöhe für meine Psyche. Außerdem war ich nicht schlau daraus geworden, warum die einen von einer »Demokratiebewegung« geredet hatten, die anderen von einem »konterrevolutionärem Aufruhr«. Für mich war von allem etwas dabei. Beide Begriffe klangen in meinen Ohren zu schwer, zu ernst, zu pathetisch. Und alles war entweder dem einen oder dem anderen Begriff zugeschlagen und zu einem Eintopf verkocht worden.

Xi Yong brummelte vor sich hin, daß es am schlimmsten wohl die Leute getroffen habe, die umgekommen sind, ohne zu wissen, warum. Sie hätten vielleicht ursprünglich gewußt, was sie wollten, es aber nicht eingefordert. Von denen, die eingefordert hatten, seien dagegen alle noch am Leben.

Beim Abendessen wollte auch Stirblangsam noch seine Meinung zu diesem Thema kundtun, doch Xi Yong fuchtelte mit seinem Brötchen herum und schnitt ihm das Wort ab: »Sieh mal, das Leben in seiner bunten Vielfalt läßt uns ständig neue Erfahrungen machen, und diesmal sollten wir Einsicht in folgende unumstößliche Wahrheit gewinnen: Solange man nicht weiß, wer gestorben ist, sollte man nicht vorschnell heulen.«

Danach sahen wir in Xi Yongs kleinem Zimmer fern. Die Amerikaner hatten den Präsidenten von Panama, Noriega, gefangengenommen. Der einst berühmte Präsident ließ nun traurig den Kopf hängen, blinkende Metallketten hingen an ihm wie an einem ungehorsamen Zirkusbären. Er hielt Holzschilder mit den Aufschriften »Frontalansicht«, »Profil«, »Größe« und »Gewicht« in den Händen und wurde von baumlangen Kerlen in Zivil vor der Kamera hin und her gedreht. Ich hatte kurz davor in China die mit Hanfstricken gefesselten, blutig geschlagenen »Gewaltverbrecher« im Fernsehen gesehen, jetzt sah ich auch im ausländischen Fernsehen einen mit Eisenketten gefesselten »Gewaltverbrecher« – kein Wunder, daß mir der kalte Schweiß herunterlief, kein Wunder, daß das einem Feigling wie mir einen tödlichen Schrecken einjagte … Die einen benutzten Hanfstricke, die anderen Eisenketten, die einen trugen Uniform, die anderen Zivilkleidung, und dann beschimpfte noch die eine Seite die andere …

Wo sollte man noch hin auf dieser beschissenen Welt, um diesen blutigen Spielchen zu entkommen?

Am Morgen darauf bekam ich auf Xi Yongs Empfehlung hin das erste europäische Frühstück meines Lebens. Als er verkündete, er ginge jetzt Brötchen kaufen, lächelte er so verschmitzt, als warteten irgendwelche geheimen Wonnen auf ihn.

Eine Zeitlang hatte Xi Yong über eine größere Geldsumme verfügt. So viel Geld hätte er in seinem ganzen Leben noch nicht besessen, erzählte er mir, zigtausend in fremdländischer Währung. Kein Wunder, daß jeder ins Ausland wollte, wenn das Geldverdienen hier so einfach war. Auch ich war nun entschlossen, die Ärmel hochzukrempeln und richtig anzupacken. Geld mußte her, und zwar ausreichend, um dann eine hübsche Frau zu heiraten. Ich träumte nun schon mehr als zwanzig Jahre davon, daß eine ebenso reiche wie schöne Frau zu mir sagt: »Komm, laß uns heiraten!« Aber leider passierte das nicht! Es kam nicht einmal eine, die sagte: »Komm, laß uns bei Null anfangen und glücklich werden!« Einmal trug ich einem Mädchen meine Absichten vor, aber sie fragte nur zurück: »Schämst du dich nicht, dich als gestandener Mann von einer Frau aushalten zu lassen?«

Nein, ich hätte mich keineswegs geschämt, ich wußte nicht einmal mehr, was Scham war. Und außerdem, wie war das mit der Gleichberechtigung? Warum mußte immer der Mann das Geld nach Hause bringen?

Im Gespräch mit Xi Yong erfuhr ich dann aber, daß auch das ausländische Geld durchaus nicht so einfach zu verdienen ist. Er fragte mich, ob ich wisse, warum die Augen der Ausländer so groß seien und so komische Färbungen hätten. Ich wußte es nicht. »Das kommt davon, weil sie immer aufs Geld starren«, meinte Xi Yong und wirkte dabei sehr philosophisch. Etwas später fügte er noch mit größter Ernsthaftigkeit hinzu: »Mein Geld war sauber.

Ich habe weder an der ›Demokratie‹ verdient noch einen auf Flüchtling gemacht; ich habe es unter größten Ängsten und mit allen erdenklichen Mühen gestohlen. Das war harte Arbeit.«

Ich mußte daran denken, was mir vor Jahren eine Malerin anvertraut hatte: »Bevor ich meine verdammten Bilder verkaufe, verkaufe ich lieber meinen Körper.«

Xi Yong hatte nach seiner Ankunft in Europa zusammen mit ein paar chinesischen Studenten im Restaurant seiner »Großtante« gejobbt. Die »Großtante« hatte Xi Yong sechs Mark pro Stunde gezahlt und mit süffisanter Miene angemerkt, daß er das nur seiner Verwandtschaft mit ihr zu verdanken habe. Den Studenten gab sie nur drei Mark.

Xi Yong arbeitete jeden Tag, bis ihm schwarz vor Augen wurde, und lernte kaum Deutsch. Alles, was er radebrechen konnte, war der Inhalt der Speisekarte. Dazu kamen noch ein paar Ausdrücke, die für Xi Yong so wichtig waren, daß er sie sofort beherrschen wollte, wie: »Darf ich Sie zu einem Drink einladen?«, »Darf ich Sie zum Tanzen auffordern?«, »Darf ich Sie nach Hause bringen?« Aber leider fand er keine Gelegenheit zur praktischen Anwendung. Tanzen konnte er nicht, Geld für Drinks hatte er sowieso nicht, und fürs Nachhausebringen wäre ein Auto vonnöten gewesen. Doch das Hauptproblem bestand darin, daß Xi Yong keine Ahnung hatte, wann und wo er diese Sprüche hätte anbringen sollen.

Für die Studenten, die mit ihm im Restaurant jobbten, war Xi Yong der Vizeboß, sie vertrauten ihm nichts an. Er selbst hatte sein Leben lang nach der Pfeife anderer getanzt und war nun zum erstenmal der Kapo, der ein paar Auslandsstudenten herumkommandierte. Das war doch was.

Mit der Zeit entdeckte er, was für ein eintöniges und inhaltsleeres Leben seine »Großtante« führte. Sie kannte die Besitzerinnen aller Chinarestaurants in ganz Europa, und das größte Vergnügen ihres Lebens war das allabendliche Mah-Jongg-Spiel mit ihren Kolleginnen. So kultivierte sie, obwohl es sie ins Ausland verschlagen hatte, das Beste, was China hervorgebracht hat.

Sie, die jeden Tag Zehntausende aufs Spiel setzte, verschwendete jedoch nie die Essensreste ihrer Gäste. Xi Yong mußte alles in einen großen Suppenkessel kippen, dessen Inhalt den Gästen dann unter dem Namen »Suppe der hundert Kostbarkeiten« wieder angeboten wurde. Sie hielt Xi Yong auch noch dazu an, diese Suppe bei der Aufnahme der Bestellungen wärmstens zu empfehlen ... Ihre Gäste akzeptierten diese Suppe so ergeben und beglückt wie die Sinologieprofessoren die chinesische Kultur.

Die »Großtante« besaß einen Geheimsafe, zu dem sie heimlich hinzuschleichen pflegte, wie eine Ratte in die nächtliche Speisekammer. Nur wenn Xi Yong sie dabei sah, störte sie das nicht. Schließlich hatte sie ja Xi Yongs Europareise finanziert, und hier ernährte sie ihn ebenfalls. Hinzu kam noch die wenn auch entfernte Verwandtschaft. Sie glaubte an die trügerische Regel, daß man die Hand nicht beißt, die einen füttert. So meinte sie, von Xi Yong nichts befürchten zu müssen.

Eigentlich war es so, daß Xi Yong nur seine Kasse etwas aufbessern wollte, und mit seiner »Großtante« kam er zunächst ganz gut aus. Doch als sie einmal vor seinen Augen einen in die Tausende gehenden Betrag aus dem Safe nahm, um bei der Wirtin eines anderen Chinarestaurants Mah-Jongg zu spielen, und zufällig an diesem Tag nur wenige Gäste im Lokal waren, da nutzte Xi Yong die

Gelegenheit und gab den chinesischen Studenten einen aus, um sein Image bei ihnen etwas zu verbessern. Denn so eine Außenseiterrolle war er nicht gewohnt.

Normalerweise machte sich Xi Yong nicht viel aus seinen Landsleuten hier. Aber das Problem war komplexer, denn es spielten schmerzvolle Erfahrungen mit. In seiner ersten Zeit in Deutschland hätte er bei vielen Kleinigkeiten Hilfe gebraucht, beim Telefonieren, Einkaufen und so fort. Doch die »Großtante« verfolgte aus bestimmten Erwägungen heraus eine Verdummungspolitik und gab ihm keinen einzigen Tip. Xi Yong bestürmte also jeden Landsmann, den er zu fassen kriegte, mit Fragen, doch er erhielt – wider Erwarten – nur sehr spärliche Antworten. Vielleicht lag es daran, daß in der Heimat die zwischenmenschlichen Beziehungen zu eng waren – man hockte so nah aufeinander, daß man den Fußschweiß des anderen riechen konnte. Nun hatte man endlich geräumigere, weniger dicht besiedelte Gefilde erreicht und wollte seinen Fußschweiß für sich behalten. Auf der anderen Seite aber klumpten diese Leute, die sich vorher nie gekannt hatten, in der fremden Umgebung sofort zusammen wie Biomasse in einem Komposthaufen. Ständig beobachtete jeder jeden, gönnte ihm das Schwarze unter den Nägeln nicht, aus der übelsten Phantasie entsprungene Gerüchte und Verdächtigungen schwebten wie giftige Schwaden zwischen den Landsleuten. Wir alle irrten in diesem Giftnebel umher und suchten verzweifelt nach einem ehrenhaften Ausgang. Nie hörte man auch nur ein gutes Wort über jemanden, der gerade nicht da war. Die gängigste Verunglimpfung lautete: Der und der kommt garantiert vom KGB. Am Ende waren dann ausnahmslos alle vom

KGB. In China würde sich ein solches Gerücht wahrscheinlich so anhören: Der und der ist nicht vom KGB. Sie wirken doch alle wie aufrechte, ehrenwerte Leute. Wer hätte gedacht, daß sie solche Naturtalente sind, daß sie für die doch sehr spezielle Tätigkeit des Agenten keinerlei Ausbildung brauchen?

Wenn einer eine Stelle fand und Geld verdiente, dann kannte nach höchstens drei Tagen jeder alle Details. Hier bewies sich voll und ganz die ameisenstarke Lebenskraft unseres Volkes. Hier liegt unsere weltbekannte Stärke.

Damals kannte Xi Yong Stirblangsam noch nicht. Angesichts der völlig fremden Lebensumstände war er erst einmal ratlos und hoffte, daß jemand für ihn eine Strategie entwickelte. Es gab da einen chinesischen Doktoranden der Mathematik, »der Mathematiker« war auch sein Spitzname. Xi Yong unternahm alles mögliche, um an diesen Mann heranzukommen, der nur arbeitete, aß und kein Wort zuviel sagte. Doch der Mathematiker wich Xi Yong aus, so gut er konnte. Xi Yong, für den es eine Frage des Überlebens war, scheute keine Demütigung und verfolgte ihn weiter mit überschäumender Herzlichkeit. Was der andere von ihm dachte, konnte ihm egal sein. Der Mathematiker blieb schweigsam wie ein Grab, und genau das reizte Xi Yongs Neugier. Denn mit Sicherheit kannte er den genialen, durchschlagenden Trick, wie man der chaotischen Nebelsuppe dieses Lebens entrinnen konnte. Der Mathematiker erzählte nie etwas über sich selbst. Er war wie eine Grille, die still dasitzt und ihren ersten Kampf abwartet. Doch an jenem Abend während des Essens, vom Alkohol bereits etwas enthemmt, machte er endlich den Mund auf und gab Ratschläge. Xi Yong erfuhr, daß es einen gesetzlichen Mindestlohn von zwölf

Mark pro Stunde gab. Die »Großtante« nutzte also die Situation der Studenten aus, die die Sprachprüfung noch nicht geschafft hatten und nicht an die Uni konnten, aber irgendwie ihren Lebensunterhalt bestreiten mußten. Sie bereicherte sich auf deren Kosten. Xi Yong wußte nun, daß er für seine Plackerei von früh bis spät nur die Hälfte des Mindestlohns bekam. Doch er war fern der Heimat, die Einsamkeit setzte seiner Psyche zu, und er hatte noch nicht die Zeit gehabt, sich physisch, psychisch und philosophisch umzustellen und den Mechanismus des »Umgangs von Chinesen im Ausland mit Chinesen im Ausland« für sich zu entdecken. So blieb ihm fürs erste nichts übrig, als alles zu schlucken. Es war ihm jedoch schleierhaft, wieso der Mathematiker in einem Chinarestaurant gelandet war, wo er für drei Mark die Stunde jobben mußte. Denn als Doktorand hätte er eigentlich ein dickes Stipendium haben müssen. Seit wann mußte man sich als Doktorand um seinen Lebensunterhalt kümmern? Noch dazu wenn man, wie dieser, fließend Englisch, Französisch und Deutsch sprach.

So aßen, tranken und plauderten sie, als unvermutet die »Großtante« hereinplatzte. Sie hatte an diesem Tag kein gutes Händchen gehabt, nach ein paar Runden hatte sie ihre Tausender schon verspielt und wollte nun wieder Geld holen. Sie war gleich so außer sich, daß sie Xi Yong vor versammelter Mannschaft fertigmachte, Xi Yong dagegen riß sich zusammen, weil er wußte, daß er ohne Sprachkenntnisse außerhalb des Restaurants keine Chance hatte. Doch er schwor sich, bei passender Gelegenheit Rache zu nehmen.

Xi Yongs Rachegelüste waren so heftig, daß ihm das Essen nicht mehr schmeckte. Eigentlich war er nie ein nachtragender Mensch gewesen, doch fern der Heimat, abgebrannt und einsam wie er war, fühlte er sich, als sei er gerade erst aus dem Mutterleib geschlüpft – und das als gut Dreißigjähriger. Jeden Tag fürchtete er, er würde den Abend nicht mehr erleben, er wußte nie, was im nächsten Augenblick passieren würde. Er geriet an den Rand der Erschöpfung.

Und er begann, sich nach einer Frau zu sehnen. Hier liegt eine meiner Gemeinsamkeiten mit Xi Yong, einer unserer Berührungspunkte, der uns über viele Jahre zusammengeschweißt hat. Wenn wir mit unserem Latein am Ende waren, dann suchten wir Trost bei den Frauen, so als wüßten die immer welchen zu spenden. Wir wollten nicht darüber nachdenken, wo denn eine Frau suchen würde, wenn sie mit ihrem Latein am Ende war. Wir dachten, hat man erst mal eine Frau, dann ist die Welt wieder in Ordnung. Hält man einen schönen Arsch in den Händen, dann kann man alle Sorgen, alle Schwächen darauf abladen. Und die ganze Welt wäre nur noch Zärtlichkeit … Ah! Nur einmal vögeln, und dann ist alles wieder gut! Doch kaum steigt man aus dem Bett, fängt alles wieder von vorn an, man mag sich weder mit dem Erfrieren noch mit dem Verhungern abfinden und hat doch nicht den Mut, sich umzubringen. Ich gebe zu, daß wir in diesem Punkt echte Schweine sind, doch wenn ich ganz bescheiden in die Runde blicke, dann erholt sich mein Selbstgefühl wieder, denn die Leute in meiner Umgebung sind auch nicht besser. Darin lag wohl auch der tiefere Grund für das bizarre Verhalten meiner Landsleute, die sich beeilten, Abstand voneinander zu gewinnen, und sich aus der Furcht heraus, sie würden sich mit ihrem Gestank oder anderem gegenseitig anstecken, tunlichst aus dem Weg gingen. Wenn sie mit Ausländern zusammen waren, sah alles ganz anders aus. Dann war plötzlich jeder Einheimische ein Erzengel, der sie aus diesem Meer des Leidens befreien konnte. Dann wurde die Kunst des Einschmeichelns und der Arschkriecherei auf die Spitze getrieben. Am lustigsten sei es, erzählte mir Xi Yong, wenn Landsleute innerhalb von zwei separaten Gruppen von Ausländern aufeinandertreffen. Man grüßt sich unter keinen Umständen, jeder fühlt sich in seiner Entourage als etwas Besseres, und der andere soll bloß nicht auf die Idee kommen, da eindringen zu wollen. Man wirft sich allenfalls ein paar böse Blicke zu. Vielleicht sind wir aber auch nicht so schlecht. Wenn es wirklich so etwas wie das Jüngste Gericht gibt, dann kommen wir wahrscheinlich in den Kessel mit siedendem Öl, und die anderen landen im Höllenfeuer. Da schließe ich jede Wette ab.

Keine Kalorie im Bauch, keinen Pfennig in der Tasche, dazu die ständigen Kränkungen durch die »Großtante« und das von früh bis spät nicht nachlassende Verlangen nach einer Frau, nicht zu vergessen auch die hohe Onanierfrequenz – das alles zusammen bescherte Xi Yong Gesichtsblässe, Magerkeit und eine stark angegriffene Psyche. Um ein Haar wäre noch seine seit Jahren geheilte Schlaflosigkeit wieder ausgebrochen. Wie sollte er dieses Leben nur ertragen? Kein Wunder, daß sich in ihm der Groll gegen die »Großtante« bis zum Kragen staute! Seine Lage mußte sich ändern.

Schließlich bekam er seine Chance. Eines Tages ging der Mathematiker von sich aus auf Xi Yong zu und sagte, er könne ihm zu einer großen Geldsumme verhelfen, und das auf garantiert unproblematische Weise. Danach würde er Xi Yong an einen sicheren Ort bringen, wo er in Ruhe leben konnte. Seine Bedingung war ein Erfolgshonorar von dreißig Prozent. Danach würden sie sich nie wieder begegnen. Der Mathematiker zog alle Register. Er fragte Xi Yong mit durchdringendem Blick, ob er den Mut dazu habe, so wie ein Kompaniechef den Gefreiten fragt, ob er den Mut dazu habe, unter Lebensgefahr nach vorn zu stürmen, über ein Minenfeld zu laufen oder einen Bunker zu sprengen. Xi Yong hatte den Mut, er hatte ihn definitiv. Den Mut, reich zu werden, hatte er bereits, seit er keine Muttermilch mehr trank. Aber es war immer ein frommer Wunsch geblieben, zumal das Reichwerden nichts mit dem Sprengen von Bunkern zu tun hat, höchstens von Geldschränken. Unter der umsichtigen Anleitung durch den Mathematiker brach Xi Yong schließlich den Geldschrank der »Großtante« auf, raffte das Geld zusammen und suchte das Weite. In dem gähnend leeren Schrank hinterließ er einen nach dem Diktat des Mathematikers geschriebenen Brief etwa folgenden Inhalts: Er, Xi Yong, würde sie mit Vergnügen begleiten, wenn sie sich entschließen würde, zur Polizei zu gehen. Es verhielt sich nämlich so, daß die Steuerhinterziehungen der »Großtante« in den letzten Jahrzehnten für gut und gern zehn Jahre Gefängnis ausreichten.

Die »Großtante« fiel an Ort und Stelle in Ohnmacht, und Xi Yong flüchtete in die Stadt, in der er jetzt lebte, mit einem Geldbetrag, der gut und gern für einige Jahre ausreichen würde. Ich verstand mit einemmal, warum die »Großtante« so haßerfüllte Briefe nach Hause geschrieben hatte.

Was ist nur los mit dieser Welt? Warum läßt sie gerade diejenigen zu Dieben werden, zu denen diese Rolle am wenigsten paßt? Finstere Gestalten gibt es doch in Hülle und Fülle.

Am selben Abend erzählte mir Xi Yong noch in aller Ausführlichkeit die Geschichte des Mannes, der sein Leben in Europa verändert hatte: die des Mathematikers.

Der Mathematiker, der bereits seit acht Jahren an seiner Doktorarbeit saß, hatte zu jenen Kindern in den entlegenen ländlichen Gebieten gehört, die schon im jugendlichen Alter auf sich aufmerksam machten. Sein außerordentliches mathematisches Talent war schon sehr früh aufgefallen. Die Voraussetzungen waren ideal, denn seine Mutter war Buchhalterin in einer Produktionsbrigade, und so hatte er nur ein einziges Spielzeug gehabt: den Abakus. Seine Bildungskarriere war ein einziger Siegeszug gewesen: von der Dorfschule in die Kreisstadt, dann in die Provinzhauptstadt und schließlich nach Peking an die Universität.

Seine Eltern, einfache Leute vom Land, setzten große Hoffnungen in ihn. Seit der Name ihres Sohnes dann und wann in der Zeitung stand, sagte die Mutter des Mathematikers immer wieder: »Unser Söhnchen, das hat schon auf dem Ofenbett mit dem Abakus gespielt. Mit drei konnte er schon von eins bis hundert zählen, und nicht einmal aus Bonbons hat er sich was gemacht!« Er interessierte sich ausschließlich für die Mathematik; für die Wechselfälle des Lebens und die Umbrüche seiner Zeit zeigte er kein Interesse. Eigentlich hatte er für überhaupt nichts anderes Interesse, wie ein Hund, der auf einem Mohrrübenhaufen seinen Knochen kaut. Ihre bäuerliche Klugheit sagte den Eltern, daß auf nichts in der Welt Verlaß ist.

Ihrem Sohn legten sie nah, er könne alles, was nicht mit Mathematik zu tun hatte, vernachlässigen. Sie schufen für ihn die besten Voraussetzungen, die eine Bauernfamilie bieten kann. Das Leben auf dem Land ist sehr einfach, und so traf es sich gut, daß der Mathematiker »sich nicht einmal was aus Bonbons machte«. Der Mathematiker enttäuschte die Hoffnungen seiner Eltern nicht. Selbst auf der Universität brachte er es fertig, bei allen Vorlesungen, die nichts mit Mathematik zu tun hatten, mit dem Kopf auf dem Pult einzuschlafen.

Tragischerweise begegnete er dann auf dem Campus einem Mädchen, das zwar extrem kurzsichtig war und den Mund voll kariöser Zähne hatte, dem es aber nichtsdestotrotz gelang, mit Hilfe eines primitiven Haarschmucks alle Hoffnungen jener Eltern zu zerstören. Es war eine billige rote Plastikklammer in Form eines Schmetterlings. Der Mathematiker, seinerseits völlig verpickelt, wurde immer blasser und hatte bald blaugrüne Ringe unter den Augen, und auch mit all den komplizierten Formeln, die er beherrschte, gelang es ihm doch nicht, zu berechnen, wie viele tausend rote Schmetterlinge ihm eigentlich Tag und Nacht vor den Augen herumtanzten.

Eine Geschichte aus dem *Decamerone* beschreibt auf sehr plastische Weise die Art der Enttäuschung, die seine Eltern empfunden haben müssen: Ein Mann empfand äußersten Widerwillen gegen jene Sache zwischen Männern und Frauen und beschloß, seinen Sohn niemals mit solch unreinen Dingen in Berührung kommen zu lassen. Er baute ein Haus und schloß seinen Sohn darin ein, so daß dieser keinen Kontakt mit der Außenwelt hatte. Als er schließlich herangewachsen war, nahm sein Vater ihn mit in die Stadt. Der Sohn erkundigte sich, was dies sei und was das, und der Vater erklärte ihm alles. Doch fragte er sich betrübt, warum sein Sohn nichts von alldem haben wollte. Endlich kam ihnen eine Schar Mädchen entgegen, und der Vater befürchtete schon das Schlimmste. Tatsächlich war der Sohn nicht mehr von der Stelle zu bewegen und fragte: »Was ist das, Papa?«

»Das sind Gänse. Komm, laß uns gehen!«

Der Sohn starrte auf die »Gänse« und ging keinen Schritt weiter. Als der Vater ihn drängte, sagte er schließlich: »Papa, können wir eine mit nach Hause nehmen?«

Jedenfalls war es von da an, als wäre dem Mathematiker sein Verstand abhanden gekommen. Mit den Leistungen im Studium ging es rapide bergab, im Kopf hatte er nur noch wirres Zeug, und nachts fand er keinen Schlaf. So ging es drei lange Jahre. Irgendwie schaffte er doch seinen Studienabschluß. Die Eltern befanden, daß das Mädchen mit den kariösen Zähnen immerhin eine Städterin sei, und so ließen sie ihm seinen Willen. Sie verkauften die Baumwollernte eines gut einen Hektar großen Feldes, um ihm diese Frau ins Haus zu holen, und hofften, daß er auf diese Weise wieder zu sich käme. Was für eine Frau er da nun hatte, spielte ja keine Rolle. Frau ist Frau.

Nun heiratete der Mathematiker also seine Kariesfrau, nur um bereits vor Ablauf der Flitterwochen jegliches Interesse an ihr zu verlieren. Doch dieses Mädchen wurde den weiblichen Tugenden in höchstem Maße gerecht, war sie doch ein halbes Jahr nach der Hochzeit schon im sechsten Monat schwanger. Wenn der Mathematiker den dicken Bauch der Kariesfrau nur sah, standen ihm die Schweißperlen auf der Stirn.

Mit der Zeit schlug sein Gefühl in Haß um, und er dachte sich hundert Mordszenarien aus, konnte aber deren Erfolgskoeffizienten nicht berechnen. Zum erstenmal passierte es ihm, daß er sein Wissen nicht anwenden konnte. Zum Teufel mit diesem Juwel in der Krone der Naturwissenschaften, das nicht einmal dazu taugte, jemanden loszuwerden. Er begriff, daß man noch andere Dinge lernen mußte, um jemanden um die Ecke zu bringen, und ließ die Sache auf sich beruhen. Doch wo sollte er hin? Also blieb er und wandte sich wieder der Mathematik zu, womit auch der Herzenswunsch seiner Eltern in Erfüllung ging.

Doch ein Unglück kommt selten allein. Ein paar Monate später schenkte ihm die Kariesfrau einen Sohn mit einer Hasenscharte. Nun vergrub sich der Mathematiker Tag und Nacht in seine Arbeit, bis ihm schließlich ein paar nicht unerhebliche Entdeckungen gelangen und er vom Staat zum Aufbaustudium nach Europa geschickt wurde.

In Europa überkam den Mathematiker bald eine lähmende Einsamkeit. In der Einsamkeit tendiert der Mensch ja zu transzendenter Vergeistigung. So wanderte der Mathematiker, der in seinem Zustand auch mehr und mehr die Sprache verlor, jeden Tag mit einer transzendent vergeistigten Miene in die Universität und zog allseitige Bewunderung auf sich. China war schließlich die Heimat des Konfuzius, wie sonst war es möglich, daß dort jeder wie Konfuzius aussah?

Schon ein halbes Jahr später war er ein leidenschaftlicher Bridgespieler. Ich wage zu behaupten, daß nur der, der den Mathematiker mit den Karten in der Hand gesehen hat, versteht, welche Bedeutung dem Wort »leidenschaftlich« hier zukommt. Eigentlich spielen beim Bridge ja vier Personen mit einem Satz Karten, der Mathematiker aber spielte allein mit vier Sätzen. Ich weiß nicht, welchen Eventualitäten er vorbeugen wollte, jedenfalls hatte er grundsätzlich vier Kartensätze bei sich. Bei einer Fahrradfahrt konnte er sich spontan unter einen Baum setzen, die Karten ausbreiten und mit seinen Studien beginnen. Er vergaß darüber Essen und Trinken und entschwand in höhere Sphären, bis er wegen der hereinbrechenden Dunkelheit nichts mehr erkennen konnte. Einmal soll ein Windstoß ein paar Karten in die nahe Donau geweht haben. Sofort sprang er ihnen nach, holte sie aus dem Fluß und meinte bedauernd, noch bevor er die Wassertropfen abgeschüttelt hatte: »Schade, gerade wollte ich die Ansage von Gegner 1 erraten.«

Der Mathematiker bekam ein üppiges Stipendium, ums Essen und Trinken hätte er sich nicht zu sorgen brauchen, wenn er zeitlich dazu gekommen wäre. Von der Mathematik ganz zu schweigen. Sogar auf der Straße suchte er nach Partnern für das Spiel. Bei jedem Zusammentreffen mit Bekannten mündete der Small talk nach ein paar Sätzen unweigerlich in die Frage: »Spielst du Bridge?«

Alles andere verbummelte er, den größten Teil des Jahres ließ er sich nicht in der Uni sehen. Selbst sein Professor wußte nicht mehr, wo er war, worauf ihm schließlich sein Stipendium gestrichen wurde. Damit hatte er nicht gerechnet. Jetzt war sein Lebensunterhalt gefährdet. Bei Gesprächen mit der Universitätsführung ließ er sich zu respektlosen Äußerungen hinreißen, mit denen er schnell ins Abseits geriet. Darauf schmiß er alles hin und ging.

In Sachen Bridge jedoch lief es gut. Der Mathematiker reiste nach Paris, Berlin, Genf, Amsterdam und Wien, überquerte sogar den Ärmelkanal und erreichte London, wurde Mitglied in gut einem Dutzend Bridgeclubs und zählte Fabrikdirektoren, Kapitäne, Professoren und Banker im Ruhestand zu seinen Bridgepartnern. Eben Menschen, die ausreichend Muße dafür hatten. Doch erst als er in Stockholm seine letzte Krone ausgegeben hatte, merkte er, daß das Bridgespielen zwar Spaß macht, daß man aber trotzdem noch von etwas leben muß. Düsteren Blickes wanderte er durch die Straßen, um sich eine Verdienstmöglichkeit zu suchen, und lief zuletzt einer Gruppe von Arabern in die Arme. Er brauchte nicht viel zu sagen, da waren die Araber schon bereit, ihm zu Geld zu verhelfen. Er mußte nur nachmittags am Kai auf einen Mann warten, den er mittels eines Kodeworts identifizieren und dann in irgendeine Straße zu irgendeiner Hausnummer bringen sollte.

Als sich der Mathematiker nach dem Mittagessen auf den Weg machte, war noch reichlich Zeit, der Himmel war blau, eine Meeresbrise fächelte sein Gesicht, und es überkam ihn die Lust auf seine Karten. So spielte er auf seinem Weg unterwegs ein paar Partien durch und vergaß darüber ganz seinen Auftrag. Abends um sieben hastete er in Richtung Kai, die Losung paßte genau; wie immer war es so was wie »der Himmelskönig bedeckt den Erdtiger – die Schatzpagode drückt den Flußdämon nieder«, nur daß zwei Polizisten in Zivil auf ihn warteten. Die Araber waren Drogendealer, und der Mann, den er abholen sollte, war verhaftet worden, kaum daß er seinen Fuß auf das Festland gesetzt hatte. Schon nach fünf Minuten hatte er alles gestanden, unter anderem, daß ein Asiate dort auf ihn warten würde. Daraufhin wurde der Mathematiker ins Polizeipräsidium komplimentiert. Die Polizisten wunderten sich nicht schlecht, denn obwohl in diesem Land nicht wenige Chinesen lebten, war doch noch nie einer straffällig geworden. Diese Chinesen waren so sehr mit dem Geldverdienen beschäftigt, daß sie für Verbrechen gar keine Zeit hatten.

Nach langem Hin und Her sah man ein, daß die Geschichte nur einen Schluß zuließ. Der Mathematiker hatte Geld gebraucht, um weiter Bridge spielen zu können. Die Polizei entdeckte dabei, daß das Honorar, das die Araber für ihn vorgesehen hatten, etwa mit den Tarifen des Chinarestaurants der »Großtante« vergleichbar war. Es war nur ein Zehntel dessen, was man in solchen Fällen eigentlich erhalten sollte. Die Polizisten konnten sich einige unwillige Seufzer über das eigene Volk nicht verkneifen: Schaut euch die Chinesen an, die machen alles und stellen keine hohen Ansprüche. Kein Wunder, daß bei denen keiner verhungert, obwohl sie über eine Milliarde Leute haben.

Nach schwedischem Gesetz sind die Angehörigen eines straffällig Gewordenen innerhalb einer Woche zu benachrichtigen. Als die Kariesfrau über die chinesische Botschaft von der Sache erfuhr, da fielen ihr dunkle Verliese ein, Polizisten, Vorschriften, Handschellen, Schläge, tagsüber Mangel an Maisfladen, nachts endlose Verhöre – und das bei der zarten physischen Konstitution ihres Mathematikers. Schmerzerfüllt brach sie in Tränen aus, und ihre Augen schwollen derart an, daß sie ihre Brille nicht mehr aufsetzen konnte. Diese verdammten Kapitalisten, dachte sie. Frisch und munter geht mein Mathematiker ins Ausland, und in nur ein paar Jahren machen die einen Rauschgifthändler aus ihm. Sie suchte die Schuld bei sich, weil sie nicht an seiner Seite gewesen war, und lief unzählige Male zur schwedischen Botschaft, um sich nach ihm zu erkundigen. Sie hatte Glück im Unglück, denn die Botschaft erteilte ihr jetzt aus rechtlichen Gründen endlich das Visum, auf das sie seit drei Jahren gewartet hatte.

Im Gefängnis war der Mathematiker unterdessen zu der Erkenntnis gelangt, daß es hier auszuhalten war. Die Zelle war geräumig, die Mahlzeiten passabel, er brauchte sich nicht jeden Tag um seine Verpflegung zu sorgen, nicht einmal das Geschirr mußte er abspülen. Nach dem Essen trafen sich die Häftlinge in einem großen Aufenthaltsraum, wo sie Kaffee trinken, fernsehen, Billard spielen, plaudern, telefonieren und sich jede Woche sogar einen Film ihrer Wahl ansehen durften. Der Mathematiker trank zwar keinen Kaffee, sah auch nicht fern, spielte weder Billard noch plauderte er, er telefonierte nicht oder sah sich irgendwelche Filme an, aber verglichen mit dem Leben draußen war das hier das Paradies! Er fragte sich, ob er hier eigentlich jemals wieder raus wollte.

Ein paar Bridgepartner wären natürlich nicht schlecht gewesen.

Er suchte also ein paar einigermaßen vielversprechende Mithäftlinge aus und startete einen Bridgekurs. Die Gefängnisleitung sah das nicht ungern, weil die Leute so nicht auf dumme Gedanken kamen. Von da an hatte der Mathematiker in der Haft eine sorgenfreie und lustige Zeit.

Zur gleichen Zeit eilte die Kariesfrau mit ihrem hasenschartigen Sohn nach Europa, stellte ihren Koffer ab und erschien alsbald im Gefängnis. Der Mathematiker befand sich mit seinen Mitspielern gerade mitten in einer Partie, als ihn die Wärter informierten, es sei Besuch für ihn da. Er sagte zu seinen Partnern: »Kurze Pause, bin sofort zurück.« Im Gehen blickte er noch nach unten und ließ sein Blatt nervös zwischen den Fingern hin und her wandern. Erst im Besucherraum schaute er auf und fiel fast in Ohnmacht, als er seine Frau erblickte: »Verdammt noch mal, was machst du denn hier? Ich bin gerade mitten in einer Partie!«

Nach ein paar Monaten sollte der Mathematiker entlassen werden, doch er wehrte sich mit Händen und Füßen. Hier hatte er zu essen, hier konnte er Bridge spielen, mehr verlangte er nicht vom Leben! Erst als die Gefängnisleitung drauf und dran war, ihn in eine Nervenklinik zu verlegen, fügte er sich widerwillig in die Entlassungsformalitäten.

Danach ergriffen ihn beim Anblick seiner Kariesfrau und seines Hasenschartensohns tiefe Gefühle, sein Gewissen verschaffte sich plötzlich Geltung, und er beschloß, wieder ein guter Mensch zu werden. Allerdings war er schon zu lange von der Uni weg und durfte sich nicht mehr immatrikulieren, und ohne Immatrikulationsbescheinigung kam er an keine Jobs heran. Hinzu kam noch, daß ihn wegen seiner kurzen, aber unleugbaren kriminellen Vergangenheit niemand haben wollte.

Die Erfahrungen jener Monate hatten den Mathematiker gelehrt, daß das Leben nichts anderes war als eine Grube, in der die Scheiße hier etwas tiefer und dort etwas weniger tief stand. Am Rand der Grube drängten sich die Leute und hatten entweder Glück oder Pech. Zwar stank es überall bis zum Himmel, doch wehe dem, der ausrutschte, den beschuldigten gleich alle, er stinke am meisten, nur um selbst im Vergleich etwas sauberer dazustehen.

So kam es, daß sich der Mathematiker fürs erste bei der »Großtante« als Spüler verdingte und Xi Yongs Arbeitskollege wurde.

Nachdem sich Xi Yong mit seinem Geld in die kleine Stadt geflüchtet hatte, vermittelte ihm der Mathematiker ein kleines Zimmer für vierhundert Mark im Monat. Vermietet wurde es von einem kinderlosen alten Ehepaar. Die Frau war meist allein zu Hause, der Alte war an die Sechzig und Vorarbeiter in einer Fabrik. Er schob Schicht und verbrachte die schichtfreie Zeit seit zwanzig Jahren in derselben Kneipe. Jeder Besuch dort dauerte Stunden, er redete dann mit den anderen alten Herren über Politik, Ausländer und Lotto, oder sie sangen zusammen. An den Wochenenden war er meist bis zur Besinnungslosigkeit betrunken. Eigentlich redete er gern, doch zwischen ihm und Xi Yong stand die Sprachbarriere. Schon Xi Yongs Name war der reinste Zungenbrecher, eine Zumutung.

Als Xi Yong seine Hände sah, wußte er, woran er mit ihm war. Auf den riesigen Pranken des Alten traten die blauen Adern hervor, die Finger waren knotig und steif von jahrzehntelanger körperlicher Arbeit. Sie erinnerten Xi Yong an seinen Vater, der damals als »rechts« und »parteifeindlich« zur Umerziehung in der Fabrik hatte arbeiten müssen.

Die Alte blickte immer nur mürrisch drein, als käme sie mit den immer wiederkehrenden Grausamkeiten des Lebens nicht zu Rande, und grinste ab und zu hämisch, woraus Xi Yong anfangs auf einen Mangel an Freundlichkeit und Güte schloß. Aber zu jedem Festtag stellte sie ihm Blumen aus ihrem Garten oder selbstgebackenen Kuchen auf den Tisch.

Zweimal im Jahr fuhr das alte Ehepaar in Urlaub. Sie redeten nicht viel miteinander, lebten aber in einem über viele Jahre gewachsenen Verhältnis des stummen Vertrauens. Seit Xi Yong bei ihnen wohnte, begann sich der alte Mann für China zu interessieren, schmiedete Pläne und fragte Xi Yong über die Lebensverhältnisse dort aus.

Einmal zeichnete er mit ungelenker Hand einen rätselhaften Gegenstand aufs Papier und fragte Xi Yong, was das chinesische Wort dafür sei. Xi Yong grübelte lange, kam aber nicht darauf, bis der Alte ungeduldig zu gestikulieren anfing und Xi Yong herausfand, daß ein Drache gemeint war. Von da an nannte er Xi Yong »long«, »Drache«. Er zog diese Silbe so in die Länge, daß sie sich wie »ling«, »Null«, anhörte, und dieser Name gefiel Xi Yong, weil er ja immer schon der Meinung war, daß er gut dreißig Jahre für nichts gelebt hatte.

»Long, weißt du, dieser Mao, der Mao …«

Mit einer gewaltigen Alkoholfahne reckte er eines Tages vor Xi Yong den Daumen hoch und urteilte kurz und bündig: »Guter Mann!«

Xi Yong nickte zustimmend.

»Churchill, guter Mann!« Xi Yong hatte nichts einzuwenden.

»De Gaulle, Stalin, gute Männer!« Xi Yong wußte nicht, worauf er hinauswollte, und nickte abermals.

»Roosevelt, Hitler, gute Männer!«

Xi Yong erschrak. Er sah den alten Mann an, und bevor ihm etwas einfiel, tat der weiter seine Meinung kund: »Heute … alles Waschlappen! Alle Scheiße!«

Xi Yong amüsierte sich. Der Alte hatte ein resolut zum Punkt kommendes Geschichtsverständnis. Ein Weltkrieg, der die Werteskala der ganzen Menschheit verändert hatte, reduzierte sich für ihn darauf, welchen »guten Mann« er hervorgebracht hat. Todfeinde, die mit Zigtausenden von Soldaten gegeneinander gekämpft hatten, fanden sich bei ihm in derselben Kategorie wieder. Jeder einzelne von diesen Männern hätte ihn für diese Aufzählung zum Tode verurteilt. Einen Menschen zu töten war für sie noch einfacher gewesen, als eine Zwiebel aus einem regennassen Feld zu ziehen.

Nicht lange nach seiner Ankunft merkte Xi Yong, daß seine kleine Stadt fast eine Art Aufmarschplatz für »Demokratiekämpfer« und alle Arten von »Exilanten« aus China geworden war. Diese Menschen waren für die Demokratie im eigenen Land unermüdlich im Ausland unterwegs. Weil es in der kleinen Stadt eine fast tausend Jahre alte Universität gab, reisten jede Menge »Kämpfer« hier durch, um Vorträge zu halten und an Konferenzen teilzunehmen. Es war ein ständiges Kommen und Gehen. Es hieß, daß diese Leute sich oft über die Vorzüge ihrer jeweiligen Gastländer in die Haare gerieten, so, wie sich gestrandete Fische darüber streiten, wer näher am Wasser liegt. Die amerikanischen Chinesen verachteten die kanadischen, und die englischen, deutschen und französischen sahen auf die holländischen und belgischen herab. Eigentlich ist so ein Unfug kaum zu glauben, aber Xi Yong hat es mit eigenen Augen gesehen. Eines mußte man aber anerkennen: Die »Kämpfer« und die »Exilanten« waren eine Klasse für sich, sie waren die einzigen Chinesen, die keine Sprachprüfung bestehen mußten und ohne alle Formalitäten im Ausland leben durften. Und sie lebten dort nicht schlecht.

Wie es der Zufall wollte, lief Xi Yong zu allem Überfuß hier auch noch dem buckligen »Kritiker« in die Arme. Man sollte nicht unterschlagen, daß es dem Buckligen in der Zwischenzeit ziemlich dreckig ergangen war. Er war ja nicht mehr der Jüngste, und als er ins Ausland kam, war er hier zunächst einmal ein unbeschriebenes Blatt. Außerdem erkennen ja nur die gescheiten Leute des Kaisers neue Kleider, wer möchte also schon als Trottel gelten? So bildete für den Buckligen eine Gruppe von Professoren die einzige Zuflucht.

Er suchte immer noch, entsprechend dem Stil, mit dem in China Wissenschaft betrieben wird, nach Gelegenheiten dazwischenzureden, wenn andere etwas sagten. Doch hier ging sein Stern nicht wirklich auf. Mit den paar unzusammenhängenden Wortfetzen, wie sie von ihm kamen, konnte er auf Dauer nur seine mangelnde Kinderstube unter Beweis stellen. Hier war es nicht mehr so einfach, seine Überlegenheit zu demonstrieren. Mit fünfundvierzig ins Ausland zu gehen, um es der Welt noch mal zu zeigen, ist beileibe nicht einfach! Aber in China wurde schließlich geschossen! Leute, die am 2. Juni ausreisten, konnten doch mit Schußwunden vom Abend des 4. Juni hier ankommen. Das war eine Gelegenheit, die man nutzen mußte! Wenn man jetzt nicht ging, wann dann?

Was Xi Yong verblüffte, war die Tatsache, daß der Bucklige jeden Tag Kontakt mit Berühmtheiten und Gelehrten hatte. Daß er in die Literatur- und Künstlerkreise aufgenommen wurde, hatte er wohl der revolutionären Bewegung von 1976 zu verdanken.

Vor dieser Revolution gab es ja in ganz China nur acht Modellopern und drei Filme zu sehen, deren Texte jeder Chinese jedes Alters, vom höchsten Norden bis in den tiefsten Süden, auswendig aufsagen konnte. An einem einzigen Tag im Oktober hatte sich das geändert, und der Bucklige hatte diese Gelegenheit beim Schopf gepackt. Wie viele andere zu dieser Zeit hatte er eine Geschichte geschrieben über den »mutigen Kampf der Bediensteten an der Müllverwertungsfront gegen die Viererbande«. Dort war die Rede von der Liebe zwischen einem »hübschen Mädchen« und einem »stattlichen jungen Burschen mit Bürstenhaarschnitt und einer Büchertasche auf dem Rücken«, in der er eine Gedichtanthologie über die Ereignisse am Platz des Himmlischen Friedens versteckte. Natürlich war das für das einfache Volk ein Lesevergnügen – es hatte ja sonst nichts. Wie wenn einer zwanzig Jahre im Gefängnis hockt und nie eine Frau zu Gesicht bekommt. Der freut sich auch über Pockennarbige, wenn er entlassen wird. Er braucht ihr ja nur einen Sack übers Gesicht zu ziehen.

Die »Beseitigung des Chaos und die Wiederherstellung der Ordnung« brauchte noch ein paar Jahre, und die alte Garde der Schriftsteller saß nach wie vor im Gefängnis. Wo käme denn ein so großes Land wie China ohne Schriftsteller hin? Und auch der Schriftstellerverband mußte ja wieder etwas zu tun bekommen. Also wurden viele Leute über Nacht zu Literaten, schließlich sogar zu hauptberuflichen Schriftstellern von verschiedenem Rang, die sich jedoch alle in diesem Leben um ihr Auskommen keine Sorge mehr zu machen brauchten …

Verdammt, ich bin eben zu spät auf die Welt gekommen, die besten Chancen habe ich verpaßt!

Der Bucklige reiste in ganz Europa herum. Heute ein Vortrag in England, morgen eine Konferenz in Frankreich, übermorgen ein Symposion in Deutschland, und er quasselte über nichts anderes als über die menschenunwürdige Verfolgung, die er erlitten hätte. Er jobbte nie und hatte trotzdem immer genug Geld, die Universitäten und Stiftungen warfen es ihm geradezu nach!

Der bucklige Kritiker hatte aber noch einen anderen Trick, um an Geld zu kommen. Über seine Exilantentätigkeit hinaus denunzierte er vor den Ausländern Kritikerkollegen, indem er Kritiker X und Y dem chinesischen KGB zuordnete. »Dem ist nicht zu trauen, passen Sie auf!« Oder: »Nach zuverlässigen Informationen aus China ist jener Kritiker ein gefährlicher Spitzel …« Damit dokumentierte er seine eigene Bedeutung in China: ein vielbeschäftigter, wichtiger Mann. Allerdings ist es in dieser Branche im Ausland etwas schwierig, die Leute zu überzeugen, wenn man keine einzige Publikation aufweisen kann. Und das könne er nur nicht, weil sein Werk »die tatsächliche existentielle und geistige Befindlichkeit in China demaskiere«. Die Publikation sei deshalb von der chinesischen Regierung verboten worden. Und das Manuskript? Das habe er in einem Augenblick des Zorns den Flammen übergeben …

Um eine Aufenthaltsgenehmigung zu bekommen, investierte Xi Yong zunächst in einen Sprachkurs zur Vorbereitung auf das Studium oder die Suche nach einer Arbeitsstelle. In der Freizeit trieb er sich in der chinesischsprachigen Abteilung der Unibibliothek herum. Um seinen Lebensunterhalt brauchte er sich ja keine Sorgen zu machen. Mit dem Geld, das in seiner Tasche klimperte, konnte er erhobenen Hauptes und mit stolz gereckter Brust durch die Straßen gehen. Das einzige, was ihm zu seinem Glück fehlte, war eine Frau.

An der Uni gab es jede Menge hübscher Mädchen, und sie sparten sommers wie winters am Stoff für ihre Kleidung, was einen direkten, zielsicheren und grausamen Anschlag auf Xi Yongs männliches Selbstbewußtsein bedeutete. Unzählige Male stellte er in seiner Vorstellung Vergleiche an zwischen der in diesem Augenblick für ihn gleichermaßen himmlischen chinesischen und deutschen Fleischlichkeit, und diese Vergleiche endeten regelmäßig in einem für Leib und Seele schädlichen Gedankenwirrwarr und schließlich in Onanie und Dämmerschlaf.

Der Bucklige war zwar später ausgereist als Xi Yong, dafür war er aber schon ein gestandener Mann in der Blüte seiner Jahre. Alter Ingwer ist ja bekanntlich am schärfsten. Er nahm Xi Yong ein-, zweimal ins Rotlichtviertel mit, wo Scharen von Mädchen mit identischem langem, blondem Lockenhaar am Straßenrand standen. Ihre knappe Oberbekleidung begann erst über der Taille, darunter boten enge Leggins in den verschiedensten Farben eine sehr direkte, überdeutliche Vorschau auf die Freuden, die die Gesäßpartie versprach. Ein Ort, an dem man die Heimkehr vergessen und ewig verweilen konnte.

Die Besuche der beiden beschränkten sich stets auf die Besichtigung. Xi Yong fehlte einfach der Mut. Für einen nonverbalen, rein körperlichen Kontakt war er nicht geschaffen. Einmal hatte er gesehen, wie die Frauen dieser ältesten Profession der Welt aufreizend in Schaufenstern posierten. Wenn er sich dann vorstellte, wie er mit Gesten seine diversen Wünsche hätte darstellen müssen, dann ahnte er, daß er im entscheidenden Augenblick vor Scham im Boden versinken würde. Der Bucklige hatte zwar den Mut, aber ihm war das Geld zu schade. Frau und Kind warteten zu Hause auf seine Einkünfte aus der Exilantentätigkeit, weil ein Kühlschrank angeschafft werden sollte. Wie hätte er da auf großem Fuß leben können? Doch er fand eine geniale Lösung für das Problem. Im Schlepptau von Matrosen aus aller Herren Länder schaute er sich in den Sexshops Videos an, ohne dafür zu bezahlen. Sein Trick: Die Matrosen, die hier Stammgäste waren, warfen oft Münzen ein, entdeckten dann aber, daß sie den Film schon kannten, und gingen zum nächsten Apparat. Der Bucklige stürzte dann in die Kabine und führte sich den schon bezahlten Rest der zehn Minuten zu Gemüte, allerdings immer mit Herzklopfen, denn er wäre dort ungern mit einer offiziellen chinesischen Delegation zusammengetroffen. Im Zuge der Entwicklungen von Reformen, der Verbesserung der Investitionsbedingungen in China und der Intensivierung der Außenwirtschaftskontakte gab hier nämlich eine Delegation der anderen die Klinke in die Hand …

Der Bucklige kannte unzählige solcher Tricks. Als zum Beispiel ein gutes Dutzend jener Demokratiekämpfer und Freidenker aus aller Herren Länder anreisten und mit ihm eine Stadtbesichtung machten, schärfte er ihnen beim Frühstück ein, auf keinen Fall zuviel Kaffee und Tee zu trinken, da die öffentlichen Toiletten gebührenpflichtig seien. Doch die Kameraden hielten es zuletzt nicht mehr aus. Vor allem, wenn sie aus dem Rotlichtviertel kamen, brauchten sie unbedingt eine Möglichkeit der Erleichterung. Der Bucklige überlegte vor dem Toilettenhäuschen nur einen Augenblick, und schon kam ihm der rettende Einfall. Er warf eine Münze ein, ein Kamerad ging hinein und klemmte dann beim Verlassen einen Fuß in die Tür, so daß der nächste freie Bahn hatte. So kam einer nach dem anderen zu seinem Recht. Später befaßte er sich auch noch mit dem Problem, wie man von öffentlichen Fernsprechern Serientelefonate führen konnte. Leider haben wir nie erfahren, ob er hier zu einem Ergebnis gekommen ist.

Auch Xi Yong fand zuletzt eine Lösung für sein Problem. Er entdeckte in einer Bar einen Spielautomaten und erinnerte sich gleich an das Sprichwort vom Pech in der Liebe und dem Glück im Spiel. Diese einarmigen Banditen waren den Dingern, an denen wir damals in Kanton gespielt hatten, haushoch überlegen. Aus ihnen blubberte Musik, und sie blinkten und leuchteten in allen Farben. Xi Yong probierte es mit einem Fünfmarkstück und hatte gleich Glück: Die vier Walzen blieben alle bei der Krone stehen. Er geriet ganz aus dem Häuschen, ließ sich von einem Nachbarn zeigen, wie der Automat funktionierte, und gewann fast zweihundert Mark. Am nächsten Tag kam er wieder, und wieder gewann er. Nun war er nicht mehr zu bremsen. Er ging nicht mehr in die Bar, sondern fand einen neuen Spielsalon mit Dutzenden von Automaten. Die Reklame an den Fenstern dort versprach armen Schluckern wie uns die Erfüllung aller Träume, und die Fassade des Salons blinkte und leuchtete in allen Neonfarben. Innen dagegen war es schummrig und düster wie in einem Rattennest, das Geklingel der Automaten vermengte sich zu einem gewaltigen Gedudel, und das Glück oder Pech der Spieler in den einzelnen Kabinen war für Außenstehende nicht zu erkennen.

Xi Yong verdrängte mit dieser Illusion von Glamour seinen sexuellen Notstand, entdeckte aber bald, daß er einen zu hohen Preis dafür bezahlte. Oft zog er morgens mit prall gefüllter Geldbörse los und kam abends mit leeren

Taschen zurück. Es dauerte nicht lange, da hatte er das gestohlene Geld bis zur letzten Mark verspielt.

So gelangte Xi Yong auf direkte Weise zur Einsicht. Denn diese verdammten Maschinen geben ständig das Gefühl, im nächsten Augenblick zu gewinnen – wenn du nur noch ein paar Münzen einwirfst. Je mehr du einwirfst, desto näher scheinst du den richtigen Zahlen zu sein. Bis du alles verspielt hast und am Ende doch leer ausgehst. Fast wie im richtigen Leben!

Erst hatte er Pech in der Liebe, dann verließ ihn das Glück im Spiel. Das alles war nicht nur frustrierend, sondern machte Xi Yong auch noch arm wie eine Kirchenmaus.

Und sonst? Was war ihm geblieben?

Sein Leben lang hatte Xi Yong vom großen Geld geträumt, und jetzt, wo er welches hatte, war das Vergnügen von erschreckend kurzer Dauer. Kurz wie die Blüte der »Königin der Nacht«, kurz wie ein zu lang geratener Furz. Die guten Tage verpasse ich immer: Als ich in Europa ankam, hatte Xi Yong schon fast sein gesamtes Geld an die einarmigen Banditen verfüttert. Etwas Geld hatte er aus einleuchtenden Gründen auf die Bank gebracht, schließlich wollte er noch ganz Europa bereisen, Frankreich, Italien, Spanien. Ohne einen Pfennig in der Tasche wäre das etwas schwierig gewesen.

In der ersten Zeit nach meiner Ankunft kauften wir zwar jeden Tag Brötchen, ohne daß ich kapierte, warum, wir kauften aber auch häufig in chinesischen Läden ein und kochten etwas. Stirblangsam kam dann nicht selten mit einer Flasche guten Weines dazu.

Später gab es dann von früh bis spät nur noch Brötchen. Zum Glück rannte Xi Yong schon zum Bäcker, kaum daß er morgens die Augen aufgeschlagen hatte. Er hatte eine besondere Zuneigung zu den kleinen runden Dingern entwickelt.

Da ich mich in Xi Yongs Loch eingenistet hatte, fingen die Vermieter mit der Zeit an, komisch zu schauen. Sie musterten Xi Yong, als kalkulierten sie dabei die Höhe der nächsten Monatsmiete.

Seelisch war ich jetzt auf einem neuen Tiefpunkt. Ich sah ein, daß ich irgendwie selbst meinen Lebensunterhalt verdienen mußte; ich konnte diese Aufgabe nicht immer anderen überlassen.

Durch seine besondere Position als Vorarbeiter konnte mir der alte Mann einen Job in seiner Fabrik vermitteln. Ich mußte jetzt acht Stunden am Tag Glasflaschen in Kartons packen, die dann von einem Spanier, dem es allem Anschein nach genauso dreckig ging wie mir, ins Warenlager geschoben wurden. Die Deutschen in der Fabrik waren entweder Vorarbeiter, Fahrer oder Inspekteure, und die Leute aus Peru, Albanien, Jugoslawien, Ungarn, Polen, Rußland, Spanien, Vietnam oder der Türkei waren es, die in dem ohrenbetäubenden Lärm der Werkshalle hin und her wanderten. Man nutzte jede Gelegenheit zum Hin- und Herwandern, denn während der endlos langen Arbeitsstunden mußte man sich jede Verschnaufpause erkämpfen. Wenn man sich ständig bewegte, sah es so aus, als sei man beschäftigt. Herumstehen war nicht drin. Nur die halbe Stunde Mittagspause gehörte einem selbst, da durfte man sich setzen.

Das Fließband wand sich lärmend kreuz und quer durch die Halle wie der Dickdarm eines Tieres, und egal wo oder nach Art welches Landes verdaut wird, mein Platz ist wie immer am Ende des Dickdarms, beim Arschloch. Bei dieser Art Arbeit und bei meinem Pech werde ich wohl mein ganzes Leben lang weder den Magen noch den Mund zu Gesicht bekommen. Arschloch hin oder her, ich mußte meinen Lebensunterhalt verdienen, und die Frage der Ehrenhaftigkeit durfte dabei keine Rolle spielen.

Hier wurde keine Phantasie gebraucht. Was gebraucht wurde, waren Pechvögel aus aller Welt, die mit den Maschinen und dem Lärm eins werden konnten. Taubstumme hätten sich vielleicht noch besser geeignet, denn die

Maschinen waren so laut, daß sich alle anschrien wie Schweine am Spieß und doch nichts hörten, und wenn man etwas gehört hätte, hätte man die Sprache des anderen nicht verstanden. Wegen kleiner Fehler in den einzelnen Arbeitsabschnitten warf man sich Beschimpfungen und Beschuldigungen an den Kopf, nur um sich selbst zu beweisen, daß man noch keine Maschine war, daß man noch zu den lebendigen Menschen gehörte. Bis dann der Vorarbeiter kam und eine Schimpfkanonade losließ, die für alle bestimmt war.

Die Arbeit und die Maschinen waren perfekt aufeinander abgestimmt. Der sich hin und her windende Dickdarm schied einen Stapel Flaschen nach dem anderen in einer Weise aus, daß mich die Quälerei zwar nicht umbrachte, aber an den Rand der völligen Erschöpfung trieb. Die Geschwindigkeit war tatsächlich mit höchster Präzision errechnet worden. Doch diese schreienden und fluchenden Sklaven aus aller Herren Länder schienen alle in ständiger Sorge um die Qualität ihrer Arbeit zu sein. Innerlich hofften sie bestimmt wie ich, daß dieser verdammte Scheißdarm endlich Verstopfung bekäme.

Mir drehte sich vom Flaschenverpacken alles im Kreis. Wenn ich einen Schluck trinken wollte, mußte ich schrittweise vorgehen: Deckel der Wasserflasche abschrauben – arbeiten – einen Schluck trinken – arbeiten – Deckel zuschrauben – weiterarbeiten. Ich konnte mir nicht erlauben wegzugehen, nicht einmal eine Minute lang, sonst hätten sich die Flaschen gestaut wie der Stuhl im Darm eines Menschen, der ein hochwirksames Abführmittel genommen hat.

Pech, ich hatte schon zwei Monate geschuftet, bis der Dickdarm endlich das erstemal verstopft war. Gutgelaunt hatte ich mir die Handschuhe ausgezogen, um in aller Ruhe meinen Gedanken nachzuhängen. Wie in einem trügerischen Traum war ich Tausende von Meilen hierhergereist, um es endlich zu Weib und Geld zu bringen, um die blonden und blauäugigen Mädchen zu bewundern, um Vergleiche anzustellen zwischen den schönsten Schenkeln und den schönsten Brüsten Asiens und Europas, um mir den Barock anzusehen, das Rokoko, Goethe, Balzac, Nôtre-Dame von Paris, den Kölner Dom, Prinz Charles und Lady Di, und jetzt fand ich mich in einen Metallkasten eingesperrt, in dem einem der Lärm fast die Seele aus dem Leib rüttelte, als Flaschenverpacker am Ende des Darmes. Wie sollte einer damit fertigwerden?

Mein Nachdenken hatte noch kein Ergebnis gezeitigt, da kam schon einer der Gruppenleiter, ein schnauzbärtiger Türke, mit Lappen und Eimer auf mich zu und übermittelte mir den Auftrag des Chefs, ich solle die Maschine reinigen. Selbst in einem solchen Augenblick sorgten sie dafür, daß man nicht tatenlos herumsaß. Andererseits erinnerten sie sich dann wieder an dich, beziehungsweise an deine Hände, und hatten schnell einen Ersatzjob für dich, gleich ob du deinen Gedanken nachhingst oder nicht, »… der dürre Asiate da, was macht der, daß dem bloß nicht langweilig wird.« Gleichzeitig wurde ein Haufen von Technikern angesetzt auf die Untersuchung und Beseitigung der Verstopfung, damit ich nur schnell wieder zurückkonnte zu meinem angestammten Arschloch, und damit meine Hände wieder ihrer einzigen Bestimmung zugeführt wurden. Jedes Ding hat seinen Zweck. Ein Mensch war ich schon lange nicht mehr …

Der Schnauzbarttürke war ein echter Halunke. Ständig trug er ein spöttisches Lächeln zur Schau, das zu einem schleimigen wurde, sobald er jemanden sah, der ranghöher war als er. Die Grausamkeit des Daseins hatte ihm alles genommen, hatte ihn der letzten Reste seines Selbstwertgefühls beraubt, wie der Gläubiger den Armen ihr Pfand nimmt. Er arbeitete meist in meinem Team, einen Arbeitsabschnitt vor mir. Um ein wenig Selbstachtung zurückzugewinnen, kommandierte er mich ständig herum, wobei er auf ungeschickte Art den Tonfall des Vorarbeiters zu imitieren versuchte. Das war wohl die höchstrangige Persönlichkeit, die er kannte.

Einmal entdeckte ich, daß er eigentlich für einen Teil der Arbeit zuständig war, für die ich mich abstrampelte. Tagelang war ich von ihm zum Narren gehalten worden. Ich weigerte mich fortan, ihm noch Schnur und Klebeband und dergleichen zu bringen, worauf er mir mit der Faust drohte. Ich drohte zurück, und er machte ein finsteres Gesicht und sagte nichts mehr.

Während der Mittagspause wollte er mich in seinem holprigen Englisch provozieren; er wolle eine Chinesin ficken, ob ich eine kennen würde. Er benutzte zielsicher und ohne Umschweife das Wort »ficken«. Wen immer er ficken wollte, ob Amerikanerin oder Chinesin, das war mir egal. Aber provozieren ließ ich mich nicht. Nicht mal, wenn er sich selbst gefickt hätte.

»Also, ich möchte deine Schwester ficken!« Seine jüngere Schwester brachte ihm immer seinen Henkelmann mit dem Essen. »Ich möchte mir mal ihren Arsch unter diesem schwarzen türkischen Kaftan anschauen, ob da was Besonderes dran ist.«

Himmel, wie vulgär war ich geworden! Und noch dazu auf so internationale Weise vulgär. Ich mußte ständig diesen Dickdarm ertragen, mußte seinen Ausscheidungen gefügig sein. Ich war fast schon kein Mensch mehr, ich erkannte mich kaum wieder. Aber wie sollte das anders sein, wenn ich es jeden Tag mit einem Arschloch zu tun hatte? Wie sollte da ein Gentleman aus einem werden, ein kultivierter Mensch, sei es nur rein äußerlich? Und selbst wenn, würde das nicht den wirklichen Gentlemen, den wirklich kultivierten Menschen, die es jeden Tag mit Polo, Opern, Cocktailpartys und netten Mädels zu tun hatten, gekünstelt und lächerlich vorkommen? Nicht mal dem britischen Kronprinzen würde es wohl anders ergehen, wenn er jeden Tag mit einem Dickdarm zugange wäre.

Nach meinem Ausspruch war ich auf eine wilde Rauferei gefaßt. Seit ich damals mit Xi Yong in China unterwegs gewesen war und wir in W. in einem Linienbus mit diesem Perversen zusammengeraten waren, hatte ich meine Fäuste nicht mehr gebraucht. Ich sagte zu mir selbst: Schlag dich nur, du Idiot, du Sklave. Schlag dich! Selbst wenn du am Ende die Engel siehst, das macht nichts! Schlag zu! Wenn Gott dich ans Ende des Dickdarms gesetzt hat, dann hat er garantiert nicht vor, dich in den Himmel zu holen … Doch wider Erwarten war der Bursche erst ganz sprachlos, dann klopfte er mir freundschaftlich auf die Schulter, als hätte ich einen Preis gewonnen. Schließlich zog er ab und kam mit einem Stück Fladenbrot wieder, wohl als Geste der Versöhnung. Mir kam das zupaß. Ich nahm das Brot und aß es. Es schmeckte so ähnlich wie das Nang aus Xinjiang, sehr lecker. Von da an war der Schnauzbarttürke äußerst höflich, brachte mir öfters das Nang seiner Schwester mit und gab mir den einen oder anderen Tip. Wenn ich ihn auf so unverfängliche Weise glücklich machen konnte, warum nicht. Er hatte es sicher auch nicht leicht. In einem Tal tief in der Türkei wartete wahrscheinlich ein ganzes Dorf auf seine Überweisungen. Manchmal stieg mir schon von weitem der Essensduft in die Nase, wenn seine Schwester kam. So bat ich ihn aus purer Berechnung hin und wieder heuchlerisch um Tips für die Arbeit. Es hatte den Anschein, als wären wir richtig gute Freunde geworden.

Nach zwei Monaten prüfte ich meinen Kontostand. Nicht schlecht, fast zehntausend Mark.

»So viel verdient ein chinesischer Arbeiter nicht mal in zehn Jahren!« meinte Xi Yong.

Doch ich war entschlossen, nicht mehr weiterzuschuften. Wie bereits erwähnt, wollte ich Europa kennenlernen, das echte alte Europa. Und wenn ich das Geld aufgebraucht hätte, würde ich wie ein normaler Ausländer meine Siebensachen packen und mich verdrücken. Kein Bedauern würde dann zurückbleiben, kein Groll, nicht mal auf den schnauzbärtigen Türken, der war doch auch nur ein armer Schlucker.

Also dann ciao, schnauzbärtiger Türke, ciao, Dickdarm, ciao, du riesiges Arschloch, von dem ich nicht weiß, was es frißt, bevor es unentwegt Glasflaschen ausscheidet …

Als ich nach Deutschland kam, fuhr Xi Yong jeden Tag vierzig Kilometer in das nicht weit von einem Hafen gelegene entzückende Städtchen D. Dort übte er in einem kleinen Hotel eine Tätigkeit aus, die als »nahe-pao-ti«, »bringen-trinken-laufen-heben«, bezeichnet wurde, kurz: er war Nachtportier. Das Schöne an der Arbeit eines Bringtrinklaufhebers war, daß man tagsüber schlafen durfte und nur nachts Dienst hatte. Xi Yong nahm mich in seine kleine Stadt auf Sightseeing-Tour mit, und ich erfuhr bei der Gelegenheit, was ein Bringtrinklaufheber zu tun hat.

»Werd bloß nicht so ein hartherziger reicher Schnösel! Du hast doch genug Geld, wieso willst du immer noch mehr?«

»Das Problem mit diesem verdammten Kapitalismus ist, daß du nie weißt, wann du wieder ohne Geld dastehst.« Mehr wollte er mir nicht verraten.

»Und ich weiß«, sagte ich, »daß ich nie Geld haben werde, ganz gleich wo.«

Das alte Städtchen gehörte zu den wenigen, die im Zweiten Weltkrieg nicht bombardiert worden waren. Ein amerikanischer General, hieß es, hatte bei einem Rundflug diese landschaftlich reizvoll gelegene Kleinstadt als geeigneten Wohnort entdeckt und beschlossen, sich nach dem Krieg dort niederzulassen. So entging die Stadt der Katastrophe. Das beweist wieder mal, daß alle Strategie und Taktik, von der die Generäle und Majore gerne reden, nichts anderes sind als eine Finte, die ihren Schlächtereien einen seriösen Anstrich verpassen soll. Die Generäle wissen selbst am besten, daß das alles nur Quatsch ist. Wenn sie töten wollen, dann töten sie. Aus rein persönlichem Interesse. Und wenn sie mal nicht töten wollen, dann lassen sie es bleiben, um beim nächsten Mal noch effektiver zu sein. Alles aus rein persönlichen Motiven, die später als Strategie und Taktik verkauft werden. Als die Engländer und Amerikaner über Deutschland ihre Bomben fallen ließen wie Hagelkörner, da war der Führer nicht mehr zu sehen. Der war weit weg und stieg mit seiner hübschen kleinen Frau ins Bett. Sicher dachte er sich: Soll das alte Deutschland doch vor die Hunde gehen, laßt die Deutschen doch zwischen krachenden Bomben hin und her rennen, ein bißchen körperliche Ertüchtigung bekommt ihnen bestimmt nicht schlecht. Laßt doch die Hunderttausende von Soldaten, die nicht mehr wissen, wo ihnen der Kopf steht, in Eis und Schnee in den Schützengräben mit ihrem Gewehr herumballern. Jeder kriegt eine Knarre, wie ein Kind seinen Baukasten, und dann heißt es: Los, spielt! Spielt, aber laßt mir meine Ruhe. Solange ihr nicht tot seid, braucht ihr nicht zurückzukommen. Und nicht mal als Tote braucht ihr zurückzukommen. Vielleicht gefällt euch die Knallerei, Gewehrschüsse hören sich doch gut an. So haben wir alle unser Vergnügen, ihr das eure, ich das meine.

Xi Yong blieb noch etwas Zeit bis zum Dienstbeginn, und er führte mich durch die Gassen dieses Städtchens im Herzen Europas, in das er sich auf der Flucht vor der »Großtante« zurückgezogen hatte. Er meinte, es seien die märchenhaft anmutenden Straßennamen gewesen, die seine Wahl gerade auf diese Stadt fallen ließen: »›Heumarkt‹, ›Schusterstraße‹, ›Blumengasse‹, ›Postweg‹, ›Fischergäßchen‹. Wahnsinn! Das ist wirklich das verdammte alte Europa. Wolltest du nicht das alte Europa sehen? Hier ist es so alt, daß schon der Putz von den Wänden bröckelt! Das ist doch genau wie im alten Peking, wo alles ›Ziegenmarkt‹, ›Trockene-Nudeln-Gasse‹ oder ›Tor der Propagierung militärischer Tugend‹ heißt.« Xi Yong geriet ins Schwärmen. Dann erklärte er mir, warum er keine großen Städte mochte: »Da heißt doch alles entweder ›Beethovenplatz‹ oder ›Mozartstraße‹, überall dasselbe, das klingt doch nicht viel besser als ›18th Street, 56th Avenue‹ in Amerika, genauso trocken und witzlos.«

Während Xi Yong mit mir plauderte, grüßten ihn immer wieder freundlich Passanten. Er schien hier jeden zu kennen. Xi Yong meinte, das sei ganz normal in so einer kleinen Stadt, sogar Unbekannte würden sich auf der Straße grüßen. Das gehörte sich so. Aber man sei trotzdem einsam, ewig würde man einsam sein, dieses Land ließ nur die eigenen Leute gedeihen.

Am Abend regnete es, die fernen blauen Berge glichen den Augenbrauen einer Frau, und in einem traumgleichen Dämmer konnte man fein abgestuft das rote Dächermeer der Stadt erkennen. Sie wirkte wie frisch gebadet, auf den unregelmäßigen Pflastersteinen entdeckte man Reliefs aus wilden Fratzen, und die Glocken unter dem spitzkegeligen schwarzen Kirchturmdach versuchten, ihre langgezogenen und friedvollen, Sehnsucht nach Zärtlichkeit weckenden Töne so weit ins Land hinauszutragen wie möglich. Die Verkäufer stellten in aller Ruhe ihre Waren von der Straße zurück in ihre Läden, und auf dem Platz vor der Kirche standen die Mitglieder der örtlichen Blaskapelle in dunkelblauen Marinejacken, zu ihren Füßen riesige Bierkrüge. Nach dem Gefuchtel eines sich seiner Bedeutung bewußten Dirigenten bliesen sie einen alten Marsch nach dem anderen, in den Pausen dazwischen unterhielten sie sich und nahmen ein paar tiefe Züge aus ihren Krügen. Eine junge Mutter stand nahe dabei und wippte im Takt der Musik, das Kind an ihrer Hand betrachtete mit dem Daumen im Mund selbstvergessen die golden glänzenden Blasinstrumente, die ihm sicher unvorstellbar laut vorkamen.

Während der angetrunkene Dirigent mit den Armen herumwedelte, hielt er nach allen Seiten Ausschau, denn es war hier Brauch, daß jeder, der Lust dazu hatte, ihn ablösen und aus dem Stegreif seinen Platz einnehmen konnte. Vielleicht spekulierte er gerade auf eine kurze Pause, um einen weiteren Schluck Bier zu nehmen, jedenfalls blieb sein Blick für ein paar Sekunden an mir haften. Doch ich schaute schnell weg, denn ich kenne meine Grenzen. Ich war imstande, Hunger und Kälte auszuhalten und so arm zu sein, daß ich zeitweise weder wußte, was ein Geldbeutel war, noch, wozu er gut sein sollte. Aber nie hatte mir jemand beigebracht, wie man mit einem kleinen Holzstab andere Leute nach seiner Pfeife tanzen läßt.

Wir schlenderten weiter und sahen Studenten auf Fahrrädern durch die engen Gassen fahren, die Touristen mit ihren Fotoapparaten waren alle verschwunden. In die vielen Straßencafés kam endlich Leben. Alles schien seine geistige Heimat zu finden, außer uns, den einsamen Streunern. Wie Xi Yong kurz nach seiner Ankunft, glich ich einem Neugeborenen, das noch nicht weiß, wie es diese fremde Welt anpacken soll. Aber nun mußte Xi Yong zum Bringtrinklaufheben, um seine Brötchen zu verdienen.

Doch wie ging's zurück? An einem solchen Ort und in so einem Augenblick fühlten sich Ausländer wie wir so verloren wie die armen Seelen.

Eine Gruppe Eis essender Mädchen kam uns plaudernd und lachend entgegen. Ein langhaariger Hund sprang immer wieder an einer von ihnen, einer Blondine, hinauf und wollte ihr ins Gesicht schlabbern. Sie beruhigte ihn, indem sie in vertraulichem Tonfall leise auf ihn einredete und ihn mit ihren unvergleichlich schönen Händen streichelte. Xi Yong und ich waren mindestens so erregt wie der Hund. Die Mädchen gingen nah an uns vorbei, ohne daß uns eine von ihnen beachtet hätte. Wir hatten nicht soviel Glück wie dieses Vieh.

»Mensch, wie gern wäre ich dieser Hund ...«, meinte Xi Yong.

»Ich auch, aber vor dir«, sagte ich.

Das Hotel befand sich in einem jahrhundertealten Gebäude und hatte eine hohe weiße Fassade, die, ob aus ästhetischen oder aus praktischen Gründen, eine schöne, geometrisch regelmäßige Struktur aus dunkelroten Holzbalken aufwies. Auch die mit Eisennägeln beschlagene Eingangstür wirkte alt. Im Innenhof befand sich eine große Pferdekrippe, die angeblich noch aus der Zeit der Kurfürsten stammte. Das Hotel hieß deswegen auch »Zum Ritter«.

Xi Yong mochte seine Arbeit. Er aß jetzt nie mehr zu Hause und ging nur zu besonderen Anlässen in die Kneipe. Denn im Hotel konnte er sich jede Nacht gratis besaufen, und das mußte man ausnutzen! Die vielen Entbehrungen hatten über die Jahre einen echten Knauser aus Xi Yong gemacht. Er erläuterte mir, wofür er als Bringtrinklaufheber zuständig war: Er mußte den Gästen, die abends nach elf zurückkamen, die Tür öffnen, ferner die Zimmerschlüssel aushändigen und ihnen manchmal etwas zu trinken bringen oder ihr Gepäck hinauftragen. Weil er all das in angetrunkenem Zustand tat, unterliefen ihm hin und wieder kleine Schnitzer, die bei den Leuten aber gut ankamen. Einmal gab er zum Beispiel die Zimmerschlüssel eines ausländischen Herrn irrtümlich einer jungen Frau. Am nächsten Morgen, als er wieder nüchtern war, bekam er einen gewaltigen Schreck. Warum nur war die Dame die ganze Nacht nicht zurückgekommen, um ihren eigenen Schlüssel zu holen?

»Weißt du, wenn man nichts trinkt, dann sind die verdammten Nächte hier endlos wie der Winter am Nordpol. Du kannst dir nicht vorstellen, wie öde das ist, und alles bloß für die paar Mark.«

»Was glaubst du, wie viele beschissene Flaschen ich für die paar Mark verpacken muß. Wenn du die Flaschen von einem Monat aufeinanderstapelst, sind die garantiert so hoch wie der Himalaja.«

So versuchten wir uns auf unserem Spaziergang gegenseitig darin zu übertrumpfen, wer mehr durchgemacht hatte. Als wir bei den Schlägen auf den Hintern angelangt waren, die wir als Kinder fürs Bettnässen bezogen hatten, hörten wir auf. Traurig genug, daß uns offenbar nichts Tolleres einfiel, worin wir uns hätten messen können.

Später wanderte ich allein durch die Straßen und verfiel unversehens in meine schlechte Gewohnheit. Denn ich landete wieder im Rotlichtviertel, wo es nur so wimmelte von diesen Mädchen mit wallendem Blondhaar und ihren mit seidenen Strumpfhosen bekleideten Schenkeln. In einem Abstand von gut zehn Metern standen sie zu beiden Seiten der Straße. Ich tat so, als würde ich spazierengehen, schlenderte vor und hinter ihnen vorbei und schwelgte im Anblick ihrer Reize. In den letzten Jahren hatte ich nicht mehr viel zu sehen bekommen, und alles, was meine Augen erblickt hatten, war jämmerlich gewesen, nichts als jämmerlich … Schluß damit! Heute wollte ich mich satt essen. Oder zumindest satt sehen …

Ach, meine Augen, meine armen Augen!

Fast jedes Mädchen, an dem ich vorbeiging, warf mir ein süßes Lächeln zu. Verdammt, wie war das Leben schön! Sie redeten kurz mit mir, durchschauten mich aber mit ihrem professionellen Spürsinn sofort, drehten sich weg und lächelten einem anderen zu. Aber das machte nichts, ich war deswegen nicht traurig. Hier gab es ja so viele von ihnen! Ich würde bestimmt ein Mädchen finden, das sich bei meinem Anblick nicht gleich abwandte. Sie würde vor mir stehenbleiben und mir ihr süßes Lächeln schenken. Würde lächeln bis ans Ende ihrer Tage.

Eine von ihnen zeigte etwas mehr Interesse an mir, jedenfalls schaute sie nicht gleich wieder weg. Und das wollte für einen räudigen Köter wie mich schon was heißen. Sie war höchstens zwanzig, hübsche Figur, dick geschminkte Lippen und eingehüllt in eine Wolke aus Parfum, das an Jasmintee erinnerte.

»Hast du Lust? Ich kann dir helfen.«

Ich war wie hypnotisiert. Ich hatte Lust. Und wie ich Lust hatte, doch das bißchen Geld, das ich bei mir hatte, warnte mich vor übereiltem Handeln. Aber das durfte ich mir natürlich nicht anmerken lassen.

Alles kannst du zugeben: daß du nichts im Bauch hast, keine Gefühle oder kein Gewissen – das macht alles nichts. Du kannst sogar sagen, daß du keinen Schwanz hast. Du kannst sagen, daß du total verkommen bist oder ein Idiot, kein Problem. Sogar, daß du von der Syphilis zerfressen bist. Aber sag nie, daß du kein Geld hast. Erzähl nie und niemandem, daß du ein armer Schlucker bist. Das ist meine Erfahrung aus all den Jahren, die ich auf Wanderschaft war. Das hat sich mir tief eingeprägt. Ein einziger Satz kann wie ätzende Säure wirken, der ätzt dich spurlos weg aus der menschlichen Gesellschaft, selbst wenn du eins neunzig groß, intelligent, gutaussehend, cool und offen bist. Dieser eine Satz zwingt dich in die Knie und raubt dir dein Selbstbewußtsein: »Sorry, ich kann's mir nicht leisten.«

Man hat mir von Kind auf beigebracht, daß man manche Dinge aussprechen darf, andere wieder nicht, von diesem einen Satz allerdings war dabei nie die Rede, das ist meine ureigenste Entdeckung, die ich hiermit dem geneigten Leser gerne zur Verfügung stelle. Er braucht sie nicht mehr zu testen, ich habe das schon oft genug getan.

»Wieviel?« fragte ich.

Das Mädchen lächelte. »Wie hättest du's denn gern?«

Mir wurde ganz flau. Wo sollte ich den Mut hernehmen, mir noch was Besonderes zu wünschen? Sachen, die mir nicht zustanden? Völlig hilflos stand ich da und brachte kein Wort hervor. Doch in meinem Inneren arbeitete es. Diesmal würde ich nicht das Heil in der Flucht suchen, diesmal würde ich nicht vor mir selbst kapitulieren. Diesmal würde ich nicht verzichten, um es dann mein ganzes Leben lang zu bereuen. Was für schmerzhafte Erinnerungen hatte mir damals, vor Jahren, dieses Mädchen in W. hinterlassen!

»Fünfzig. Aber nicht von hinten.«

Sie hatte mich schon durchschaut und stellte keine Fragen mehr. Ich mußte mich beeilen, bevor sie merkte, woran sie mit mir war. Außerdem törnt einen so ein Ausspruch ganz schön an, wenn er aus dem Mund eines zierlichen Mädchens kommt. Gut, daß ich etwa achtzig

Mark besaß und keine perversen Vorlieben hatte, wenn man von meinen lüsternen Blicken auf weibliche Oberschenkel absah, die im Grunde aber noch in den Bereich des Normalen gehörten.

Ich ging mit ihr mit. Wir unterhielten uns, und sie stellte mir Fragen in ihrem Dialekt, von dem ich kein Wort verstand. Also wechselte sie ins Englische, und ich fühlte mich wohler, weil ich nun doch ein wenig mitbekam.

Es ging über eine kleine Brücke und durch enge Gassen, bis wir schließlich ein kleines Hotel erreichten. Diese Minuten kamen mir vor wie die Ewigkeit. Denn Benehmen und Outfit dieses Mädchens waren so professionell, daß uns die Leute auf der Straße mit ihren Blicken salutierten. Eine solche Ehre war mir im ganzen Leben noch nicht zuteil geworden. Der Schweiß lief mir über den Rücken, und ich kam mir vor wie ein Hase, der sich aus reinem Übermut einem Rudel von wilden Jagdhunden stellt. Das Mädchen schien nichts davon zu merken, sie war diese Ehrbezeugungen schon gewohnt.

Als wir im Hotel ankamen, war ich echt erleichtert. Das Mädchen führte mich in ein zehn Quadratmeter großes Zimmer mit langen braunen Vorhängen, einem kleinen Spiegelschrank und einem ordentlich gemachten Bett. Es gab sogar ein kleines Bad. Durch die halb geöffnete Tür sah man die Toilettenschüssel und eine durchsichtige Duschkabine. Aus irgendwelchen Gründen gab es zusätzlich noch ein Waschbecken im Zimmer. Und eine Menge Lampen. Eine an der Decke, eine am Kopfende des Bettes und eine an der Wand. Als sie diese einschaltete, erfüllte ein gedämpftes blaues Licht den Raum, dessen Sanftheit die Sinne überrumpelte.

»Du mußt die fünfzig im voraus bezahlen.«

Ich dachte an sofortige Flucht. Nicht wegen des Geldes, aber mir kamen plötzlich Zweifel, ob ein weiblicher Körper wirklich all die Probleme lösen konnte, die in meinem Leben noch nie richtig gelöst worden waren. Früher hatte ich nach einer solchen Angelegenheit immer meine Verblendung bereut, aber daß mir davor schon Bedenken kamen, das war noch nie passiert. Doch inzwischen hätte es mehr Mut erfordert, zu fliehen, als dazubleiben. Ohne zu wissen, was ich wollte, und ohne ganz klar im Kopf zu sein, bezahlte ich also die fünfzig Mark.

Ich hatte meine Gelassenheit noch nicht wiedergewonnen, als es klopfte und ein hochgewachsener Südamerikaner mit schwarzen Locken in der Tür stand. Mir fielen sofort unzählige zur Situation passende Horrorgeschichten ein, und ich schaute mich instinktiv nach einem Versteck um. Nach kurzem Wortwechsel mit dem Mädchen brachte der Mann dann ein Tablett mit buntgefärbten Drinks und ging wieder, ohne mich eines Blickes zu würdigen. Gott sei Dank, für den existierte ich gar nicht.

Sie zögerte kurz, nahm sich eines der Gläser und trank es in einem Zug leer. Dann schaute sie auf ihre Uhr, setzte sich aufs Bett und zog sich mit schnellen Bewegungen aus. Zwischendurch fingerte sie einen Schlüssel heraus und gab ihn mir. Ich fragte mich, ob das zu ihrem Ritual gehörte. Sie sagte nur: »Tür.«

Als ich abgeschlossen hatte und mich umdrehte, zog sie gerade die Strumpfhose aus, und ein kleiner roter Slip kam zum Vorschein. Ich glaube, der Fachausdruck dafür war »String«.

»Soll ich das Licht ausmachen?«

Jetzt stand sie bis auf den String nackt vor mir. Sie hatte hübsche kleine Brüste und üppige Oberschenkel, ihre

Unterarme und Unterschenkel waren von feinen, kaum sichtbaren goldblonden Härchen bedeckt. Schade nur, daß ihr Körper in dem blauen Licht einen so synthetischen Eindruck machte. Wenn es in der Hölle Licht gibt, dachte ich mir, dann hat es bestimmt diese beschissene Farbe.

»Soll ich ihn ausziehen?« sagte sie und fummelte an ihrem String.

Ich war so aufgeregt, daß ich kein Wort verstand. Sie lachte und wiederholte ihre Frage, und als von mir noch immer keine Reaktion kam, zog sie den String aus und ließ sich rücklings aufs Bett fallen. Am Kopfende des Bettes hatte sie ein Diaphragma bereitgelegt. Sie praktizierte es in sich hinein, um dann mit einem »Puh!« tief auszuatmen, als hätte sie gerade eine bedeutende Mission erfüllt. Nur diese mädchenhaft verspielte Geste brachte ein bißchen Lockerheit in die ganze Prozedur. Mittlerweile psychisch und physisch am Boden, hätte ich eigentlich Trost gebraucht und einen Platz zum Verstecken. Und einen Hauch von Zärtlichkeit, ein ganz klein wenig hätte schon gereicht. Ich war doch kein gewöhnlicher Freier, ich kam aus China, verdammt, wir essen mit kleinen Bambusprügeln, unsere Ahnen haben sich Zöpfe geflochten, unsere Haut ist glatt und haarlos, hatte das alles für sie denn überhaupt keine Bedeutung?

Nicht nur mein Körper, auch meine Seele, der ganze Wust, der sich in mir angesammelt hatte, mußte einmal kräftig durchgewalkt werden, brauchte die Wärme einer Frau. Aber nicht dieser hier. Die wollte nur, daß alles schnell geht, je schneller, desto besser. Die Sonnenstrahlen, die von dieser Frau kamen, waren längst von dunklen Wolken aus Dollar-, Mark- und Francscheinen verdeckt.

Sie hatte nicht zuviel versprochen. Kaum war ich über ihr, »half« sie mir schon, aber ihre Art von Hilfe war zu geschäftsorientiert, zu offensichtlich. Kommerzialisierung, das sollte man wissen, muß gut kaschiert werden, wenn sie erfolgreich sein soll. Als »Reform« oder »Öffnung« zum Beispiel. Frei nach dem Motto »Der Kunde ist König«.

Ihre rabiate »Hilfe« und ihre ständigen Blicke auf die Uhr ließen mich immer mehr verkrampfen und verstärkten meinen Wunsch nach Flucht. Es war die reinste Folter. Zerstückeln, Hautabziehen bei lebendigem Leib, all das hat es schon gegeben, auch perfide Torturen wie tropfende Wasserhähne. Aber diese Art von Folter hatte noch niemand erfunden: einen erst zu Tode erschrecken, aber doch nicht ganz zu Tode, um ihn dann zu einem Mädchen mit nacktem Hintern ins Bett zu legen. Zum Geschlechtsverkehr mit einer Frau, die in keiner Sekunde an etwas anderes denkt, als die Sache hinter sich zu bringen, und dann nichts wie weg.

Offenbar war ihr das so wichtig, daß ihre Aufmerksamkeit nachließ. Immer wenn sich ihr Körper ein Stück verlagerte, tastete sie unwillkürlich mit der Hand nach ihren Haaren. Immer mehr echte Strähnen lösten sich und fielen ihr in die Stirn, und deren dunkles Braun bildete einen starken Kontrast zum grellen Goldblond der Perücke.

Ich raffte mich hoch und suchte meine Klamotten zusammen. Ich hatte genug. Selbst wenn sie jetzt den Spieß umgedreht und mir Geld angeboten hätte, nein! Ich wollte mich anziehen und am liebsten so gut verstecken, daß mich niemand mehr finden konnte. Ich wollte mir ein Mädchen ohne Perücke suchen, sogar eins ohne Haare hätte ich genommen.

Ihr war das völlig schnuppe. Sie stand auf, band sich den String um, zog die Strumpfhose über und wusch sich die Hände wie ein Chirurg nach der Operation. Dann übergab sie mir ganz beiläufig die Seife, und diese kleine Handbewegung wirkte so natürlich und vertraut, daß sich meine Seelenlage wieder änderte. In diesem Augenblick hätte ich ihr gern von meinem verkorksten Leben erzählt und wo ich herstammte. Und ich hätte ihr, Perücke hin oder her, bei der Gelegenheit auch noch erklärt, was echte Liebe ist ... Ob sie das interessiert hätte?

Leider kam ich gar nicht erst dazu, da sie mit der Abrechnung begann. Ich sei ihr doch tatsächlich noch hundertzwanzig Mark schuldig! Für die Spirituosen, von denen ich keinen Schluck getrunken hatte, und dann noch für bestimmte Genüsse, von denen ich noch nicht einmal wußte, daß es sie gab. Außer der »Hilfe«, die sie zugesagt hatte, hatte ich keinerlei Sonderbehandlung genossen. Richtig, ich hatte mir die Hände gewaschen. War vielleicht die Seifenbenutzung nicht inbegriffen?

Ich zitterte am ganzen Körper, alles drehte sich vor meinen Augen. Ich wollte eigentlich gar nichts sagen, doch plötzlich hob ich zu einer kleinen Rede an: »Bei uns in China ist es nicht üblich, so große Geldbeträge mit sich zu führen. 1987 beispielsweise habe ich nur Münzgeld ausgegeben. Weil ich sie so selten zu Gesicht bekomme, kann ich mir nicht mal merken, welche Führer auf den großen Geldscheinen abgebildet sind. Weißt du, warum das Gras grün ist? Weißt du auch, warum Papageien reden können? Gibt es hier Indianer? Weißt du, warum Xi Yong immer Brötchen kauft? Am Nordpol wird es nachmittags um drei schon dunkel. Ich mag keine grünen Drinks. Wo schlafen die Schlangen? Der, der die Getränke gebracht hat, ist der Südamerikaner oder Spanier? Der Cowboy auf der Marlboro-Packung ist den Rauchertod gestorben. Früher Vogel fängt den Wurm …«

Die Nutte sah mich nur kalt lächelnd an. Aus ihrem Blick sprach Verachtung.

Ich sagte ihr, ich müsse einen Freund anrufen. Sie begleitete mich zur Empfangstheke, hinter der der Südamerikaner mit dem Pokerface saß. Ich fragte mich unwillkürlich, was er für ein Gesicht aufsetzen würde, wenn er jemanden umbrächte.

Xi Yong gab erst mal einen Bierrülpser von sich. Dann rapportierte ich kurz und knapp den Tathergang und beschrieb meine aktuelle Notlage. Die Nutte mit der blonden Perücke lehnte sich währenddessen mit cool übereinandergelegten Beinen an die Rezeption, die Ellenbogen auf die Ablage gestützt. Kühl sah sie zu mir herüber. Man konnte sich schwer vorstellen, daß wir noch vor fünf Minuten wie ein richtiges Liebespaar splitternackt miteinander im Bett gelegen hatten, körperlichen Verkehr miteinander gehabt und uns gegenseitig »geholfen« hatten. Inzwischen hatte ihr falsches Haar für mich seinen Glanz verloren, von ihren gekünstelten Posen und ihrem Teeblätterparfum wurde mir übel. Mir war zum Kotzen.

»Kannst du ihr nicht irgendein Pfand geben?« fragte mich Xi Yong eindringlich, den Ernst der Lage erfassend. Da es um Geld ging, war er sofort wieder nüchtern. Aber ich hatte nichts, überhaupt nichts. Außer meiner unansehnlichen, drei Zoll langen Bambussprosse hatte ich nichts anzubieten. Und von diesen Dingern hatte sie schon genügend gesehen, da war meine vielleicht die hundertzwanzig gar nicht wert, obwohl für mich selbst mein Leben daran hing.

»Verdammt noch mal, mach, daß du schnell da wegkommst, die wird dir auch noch diese Zeit berechnen, hörst du?«

Mir brach der kalte Schweiß aus. Verflucht, als ob ich da nicht selbst drauf gekommen wäre! Verdammter Mist, was sollte ich nur tun? Ich hörte, wie Xi Yong ins Telefon brummte und überlegte. Plötzlich lachte er laut auf. »Nimm sie doch einfach für die ganze Nacht, und morgen um sechs komme ich und bring dir das Geld. Wie wär's damit?«

Eine ganze Nacht?! Das war unmenschlich. Man überlege sich das mal, eine ganze Nacht!

Also gut, eine ganze Nacht. Ich war zu jedem Risiko bereit, mehr als einen Tod konnte ich nicht sterben. Ich gab Xi Yongs Vorschlag an die Nutte weiter, die wiederum tuschelte mit dem Schwarzhaarigen. Sie hatten keine Angst, daß ich davonlaufen würde. Der Südamerikaner vertraute bestimmt darauf, daß er schneller war als ich. Ich war jetzt ihr Gefangener, sie konnten mir genausogut erst morgen früh die Haut abziehen. Kein Grund zur Eile. Wurden dort unten die Leute nicht traditionell bei Sonnenaufgang verbrannt?

Ich wartete nicht, bis sie mit ihrer Besprechung fertig waren, ich hatte mich entschieden. Mein Mut war wieder da. »Komm«, sagte ich zu ihr, »laß uns gehen!«

Auf dem Weg zum Zimmer fragte sie mich, in welcher Sprache ich mit meinem Freund gesprochen hätte. Als ich ihr sagte, daß es Chinesisch war, erschrak sie. »Bist du aus China?«

»Aus dem Morgenland.« Ich mußte die Ehre der Männer meiner Nation in Schutz nehmen. Denen wäre ein solches Debakel sicher nicht passiert.

»Wo ist das?«

»In derselben Ecke ...«

Wenn Xi Yong der Schlag traf, bevor er morgen früh loszog, dann durfte die Sonne nie mehr aufgehen. Regnen mußte es dann, auf keinen Fall durfte ...

Endlich konnten wir uns unseren Traum erfüllen. Stirblangsam hatte Zeit, allerdings keinen Pfennig in der Tasche. Also übernahmen wir die laufenden Ausgaben unterwegs, während er uns jeweils bei Freunden Quartier beschaffen würde. Wir brachen mit seiner alten Karre auf, um durch Europa zu gondeln.

Xi Yong hörte nicht auf, sich über meine Nuttenstory zu amüsieren. Diese klägliche Anekdote bildete für ihn einen unerschöpflichen Quell der Heiterkeit.

»Noch mal, erzähl sie noch mal, die Rede, die du gehalten hast! Mach schon, wir klauen dir deine Geschichte schon nicht, wir sind nicht so wie du. Außerdem schreiben wir ja nicht. Das Copyright bleibt bei dir, keine Sorge …«

Ich fand das überhaupt nicht lustig und suchte nach einem neuen Opfer für Xi Yong. Stirblangsam sollte mir Entlastung verschaffen. Ich fragte ihn nach seinen Erkenntnissen auf diesem Gebiet. Erst lächelte er nur, schaute stur auf die Straße und gab sich zugeknöpft. Dann spannte er uns auf die Folter, indem er uns alle möglichen Gegenfragen stellte. Welche Frauen wir bevorzugen würden, und schließlich, wo die Prostituierten am schlimmsten seien. Dazu erlaubten sich Xi Yong und ich natürlich kein Urteil, mangels Erfahrung. Plötzlich fragte mich Xi Yong: »Sag mal, gibt es eigentlich so was wie Liebe?«

Wahrscheinlich schon, meinte ich, aber selten. Bei mir habe sie sich jedenfalls seit meinem zwölften Lebensjahr nicht mehr blicken lassen. Wie oft hatte ich gedacht, das sei sie, und was dann als Liebe begann, endete als etwas ganz anderes, schwer Definierbares. Deswegen sei mir mit der Zeit der Glaube an die Liebe abhanden gekommen.

Stirblangsam bestand darauf, daß ich nur deswegen so tief gesunken sei, weil ich nie eine Frau getroffen habe, an der ich mich hätte emporranken können. Denn die Liebe sei eben etwas Hohes und Erhabenes. Aber rannte ich nicht genau deshalb auf dieser Welt herum, um endlich eine zu finden? Stirblangsam meinte, ich würde vielleicht an einer Krankheit leiden, die er als »Liebesunfähigkeit« bezeichnete, worauf Xi Yong eifrig nickte. Es kam nicht oft vor, daß er mir so erbarmungslos in den Rücken fiel, dieser Verräter.

Wir redeten und lachten und fanden uns unversehens in einem riesigen Wald wieder, als es plötzlich heftig zu regnen begann. Stirblangsam konnte keine zehn Meter weit sehen. Wir bogen von der Straße ab und suchten unter den Bäumen Schutz. Der Himmel war pechschwarz, es schüttete wie aus Kübeln und stürmte. Diese deutschen Wolkenbrüche sind keinen Deut manierlicher als die chinesischen. Die Tropfen prasselten herab. Aber wir saßen ja im Auto. Es war zwar klapprig, trotzdem saß es sich hier auf engstem Raum sicher und gemütlich. Ein Gefühl der Zufriedenheit überkam mich, als ob alle Nöte meines ganzen Lebens hier und heute ihr Ende fänden. Es war genug jetzt, ich hatte einen Platz gefunden und würde hier mein ganzes Leben bleiben. Draußen war alles so schrecklich …

Stirblangsam holte etwas Haschisch aus seiner Brusttasche und drehte einen Joint. Während dieser die Runde machte, begann er zu erzählen.

»Wißt ihr, was den Menschen klug und weise macht?«

»Die Arbeit natürlich«, sagte ich.

»Deswegen bist du auch so dumm und ich so arm. Ganz bestimmt ist es die Arbeit.« Xi Yong stimmte mir zu.

»Nein, das Geld ist es!« meinte Stirblangsam.

Es stellte sich heraus, daß Stirblangsam während seiner Zeit in Hongkong eines Tages, ähnlich wie ich, die Einsamkeit nicht mehr ertragen und sich auf die »Suche nach Blüten und Weidenbäumchen« gemacht hatte, um schließlich dank einer Nutte zu dieser weisen Erkenntnis zu gelangen. Alle Achtung, er konnte also eigene Erfahrungen vorweisen!

Diese Hongkonger Nutte hatte die psychische und physische Struktur des Mannes bis auf den Grund erforscht. Sie deckte im entscheidenden Augenblick die bekannte Stelle zwischen ihren Schenkeln mit beiden Händen ab und verweigerte jede weitere Serviceleistung, wenn sie nicht eine bessere Vergütung erhalten würde, und zwar im voraus und in bar. Sonst würde sie streiken.

Laut Stirblangsam war kein Mann imstande, in dieser Situation einfach abzubrechen, sich anzuziehen und zu gehen. Wenn sie so unvermittelt eintritt, wirken die physischen und psychischen Komponenten derart zusammen, daß eine Gegenwehr gar nicht möglich ist. Das sei nicht nur eine Frage der Physiologie – auch psychologisch sei es keinem Mann zuzumuten, sich in actu als Hungerleider zu outen.

Wir stellten uns den splitternackten Stirblangsam mit seinem Silberblick vor, wie er schweißnaß und hektisch in alles einwilligte: »Ja – ja – mehr – mehr Geld – mehr Geld …« Lautes und fröhliches Gelächter.

Angesichts unserer eigenen Erfahrungen konnten wir Stirblangsams Theorie zur Arbeit nur zustimmen. Geld schafft Klugheit und Weisheit, Reichtum paart sich stets mit Eleganz, Coolness, Gewitztheit, Humor, Gesundheit und Sauberkeit, wohingegen Armut immer mit aufgerissenen Augen und Mündern, Nervosität und zögerlichem Kleinmut Hand in Hand geht …

Stirblangsams Schrottkiste brachte uns quer durch die BRD ins Land unserer sozialistischen Verbündeten und dann durch einen hermetisch abgeriegelten Korridor in Richtung Berlin. Oft verspürte ich unterwegs den Wunsch, unseren sozialistischen Brüdern und Schwestern einen Besuch abzustatten, doch die bewaffnete Polizei und die Soldaten entlang dieser Straße sahen nicht so aus, als wären sie von dieser Idee begeistert. Wir mußten erst nach Berlin, um dann durch den einzigen für Ausländer geöffneten Durchgang in den guten, alten Sozialismus einreisen zu können.

Diese Burschen in Uniform waren für sich genommen nicht sonderlich sehenswert. Stattliche Männer der Waffe eben, die die Würde des Vaterlands repräsentierten, wie bei uns in China auch. Wo sich normales Volk aufhielt, durften wir nicht anhalten. Mehrfach wurden wir in die Mangel genommen. Anhalten am Kontrollpunkt, Paßkontrolle, zur Seite treten, Kofferraum auf, Öffnen unserer armseligen Koffer, Durchsuchung unserer armseligen Klamotten, dann weiter. Sie wollten partout, daß wir weiterfuhren auf der Autobahn zum Kapitalismus, der zwangsläufig dem Untergang geweiht war.

Um Mitternacht kamen wir endlich in Berlin an, dieser von Männern zerstörten und von Frauen wiederaufgebauten Stadt. Stirblangsam, ein Meister der Geisterbeschwörung, dessen Muttersprache Deutsch war und der in der Schweiz aufgewachsen war, hatte tatsächlich noch nie vorher einen Fuß auf Berliner Boden gesetzt. Er konnte uns rein gar nichts über die Stadt erzählen. Dafür durften auch die Totengeister am Himmel über Berlin in Frieden ruhen.

Stirblangsam stülpte alle seine Taschen um, klappte die Autositze hoch, kippte den Inhalt seiner Gepäckstükke aus und gebrauchte alle unflätigen Ausdrücke, die er kannte – die Adresse seiner Berliner Freunde war nicht zu finden. Er schlug uns vor, im Auto zu übernachten oder einfach die ganze Nacht durch Berlin zu spazieren. Um uns letzteres schmackhaft zu machen, jubelte er Berlin zum Paradies auf Erden hoch und die Berlinerinnen zu Engeln. Mir wäre es egal gewesen, aber Xi Yong wehrte sich entschieden, wieder als Penner herumzuziehen. Das habe er in China mit diesem Loser – dabei zeigte er auf mich – schon zur Genüge getan.

Wir fanden eine kleine Pension, wo Stirblangsam in die Rubrik »Sex« des Meldeformulars »ja« eintrug. Der junge Deutsche an der Rezeption musterte Stirblangsam von oben bis unten und meinte: »Wir bieten diesen Service nicht an. Da müssen sie woanders hingehen.« Doch dann änderte er selbst die Eintragung in »Mr.« um.

»Ach, die Deutschen haben auch gar keinen Humor«, seufzte Stirblangsam.

Xi Yong hatte reges Interesse an jenem Krieg, der Europa 55 Millionen Menschenleben gekostet hatte. Er konnte uns sogar aufzählen, wie viele Tote auf jede einzelne Nation kamen. Zum Beispiel: sechs Millionen Juden, sieben Millionen Deutsche, einundzwanzig Millionen Sowjetrussen, sechs Millionen Polen, zwei Millionen Jugoslawen, dreihunderttausend Holländer, achtzehn Millionen unter »Diverse«, etcetera. Ich konnte noch nie etwas mit Zahlen anfangen, und Xi Yong kannte mich, das mußte man ihm lassen: »Stell dir einfach vor, diese Millionen wären Geld«, meinte er, »dann kommst du schon damit zurecht.«

Er wollte unbedingt einige Kriegsstätten besuchen, ich wiederum wollte dem hiesigen Sozialismus auf die Spur kommen. Denn seit ich ein Kind von drei oder vier Jahren war und wir noch alle zu der einen »großen Familie des Sozialismus« gehörten, hatte ich in meinen Kinderbüchern über das glückliche Leben beim »großen Bruder« Sowjetunion und bei den anderen »Brüdern« gelesen. In einem war ein Bild von einem blonden deutschen Mädchen, das rote Spangenschuhe, einen gemusterten Rock und ein rotes Halstuch trug und unter einer riesigen roten Fahne stand, den Arm zum Gruß der Jungpioniere erhoben. Dieses Bild hatte die Phantasie in meinem kleinen Kopf beflügelt. Außer den blühenden Blumen, Sonnenaufgängen, Wölkchen, roten Fahnen und frohen Liedern des sozialistischen Idealismus der fünfziger Jahre hatten mich damals Tag für Tag der Anblick dieses Mädchens und die Frage beschäftigt, ob sie auch nur alle zwei Wochen einen Apfel bekam und eine Hälfte davon an ihren älteren Bruder abtreten mußte.

Später versohlten sich die »Brüder« dieser Großfamilie ordentlich gegenseitig, und die Panzer des ältesten Bruders rollten über die Grenzen, als gäbe es keine. Aber das kam alles erst später.

Das einzige Kriegsmonument, das in West-Berlin zu sehen sei, sei die Kaiser-Wilhelm-Gedächtniskirche, meinte Stirblangsam, die meisten anderen Stätten lägen in Ost-Berlin. Und das sozialistische Mädchen mit den roten Schuhen sei wohl längst erwachsen, vielleicht sei sie zur

Umerziehung durch Arbeit in eine Grenzregion verschickt worden, oder sie habe mindestens drei Kinder gekriegt und gräme sich jetzt, weil ihr das Geld fehle, um ihnen Lederschuhe zu kaufen …

Zur Abrundung der Geschichte entdeckte ich später in einem Museum ein Nazi-Propagandaplakat, das dem Bild mit dem Mädchen sehr ähnelte. Nur war diesmal ein blonder Jüngling aus ihr geworden, der auch eine Fahne hielt, aber ein braunes Hemd trug. Und zu dem roten Halstuch kamen noch eine rote Armbinde und hohe Lederstiefel hinzu, mit denen er auf Juden trat, die als teuflische Dämonen dargestellt waren …

Am nächsten Morgen passierten wir beim Checkpoint Charlie die Berliner Mauer, vorbei an Maschendraht, Wachtürmen, Soldaten, Polizisten und undeutlich in der Ferne erkennbaren Panzern. Am Alexanderplatz fiel mir als erstes ein riesiges farbiges Wandgemälde auf mit Arbeitern, Bauern, Soldaten, Wissenschaftlern und Kaufleuten. Nicht weit davon entfernt standen Bronzeskulpturen von Marx und seinem Freund, der ihm Geld gab, damit er sich was zu essen kaufen konnte, während er seine Bücher schrieb. Ohne ihn wäre Marx jämmerlich verhungert, und wer hätte uns dann die Erleuchtung gebracht? Die Menschheit hätte dann wohl noch ein paar tausend Jahre länger im Düstern herumtappen müssen. Ich wollte unbedingt mit den beiden auf ein Foto, denn heutzutage sind Menschen, die einem selbstlos und gütig Geld geben, äußerst dünn gesät. Mit dem Foto könnte ich betuchten Leuten auf die Sprünge helfen, wenn ich beim Schreiben mal Hunger leiden sollte.

Ich erzählte Stirblangsam stolz von meiner auf eigener

Erfahrung basierenden Einsicht in Marx' bedeutende Entdeckungen. Aber der war da anderer Meinung.

»Einem Menschen wie dir, der keine Werte schafft, kann auch keiner einen Mehrwert wegnehmen.«

Ost-Berlin wirkte wie ausgestorben. Bis auf ein paar dieser wie kleine Koffer aussehenden »Trabis«, die bei den Brüdern im Westen stets Heiterkeit auslösten, war kaum etwas zu sehen. Ein eindrucksvoller Kontrast zum Westteil. Xi Yong wunderte sich: »Wo sind die Leute? Wo sind die Deutschen alle hin?«

»Außer den Polizisten und den Soldaten sind alle schon drüben im Westen«, erklärte uns Stirblangsam sarkastisch.

Nach einer Weile verfiel Xi Yong ins Grübeln. Den fast zehntausend Mark nachtrauernd, die er an die einarmigen Banditen verfüttert hatte, sagte er mit einem Seufzer: »Wäre ich doch gleich hierhergekommen, hier gibt's nicht einen verdammten Spielautomaten!«

Es war kaum zu glauben, aber über vierzig Jahre nach dem Krieg waren fast überall außerhalb des Ost-Berliner Zentrums so viele Spuren der Zerstörung zu sehen, als hätte noch gestern dort eine Schlacht getobt. Um die Türen und Fenster vieler leerstehender Gebäude gab es derart viele Einschußlöcher, daß die Fassaden an Bienenwaben erinnerten. Man brauchte nicht viel Phantasie, um sich die Härte und Grausamkeit des Krieges vorstellen zu können. Ich mußte an die »guten Männer« denken, von denen der Mann von Xi Yongs Zimmerwirtin geredet hatte. Mir sträubten sich die Haare. Wenn die doch nur damals ihre Meinungsverschiedenheiten in Duellen ausgetragen hätten, mit den 55 Millionen als Zuschauer und Schiedsrichter!

Natürlich durften wir nicht in Ost-Berlin übernachten. Niemand würde einen Fremden am Fuße seines Bettes schlafen lassen. So andersartige, zwielichtige Gestalten wie wir waren sofort suspekt. Obwohl wir es kaum geschafft hätten, den Sozialismus durch unser Schnarchen zu erschüttern. Aber der Klassenkampf war so grausam und erbarmungslos, da mußte man mit allem rechnen.

So fuhren wir abends in Stirblangsams Karre nach West-Berlin zurück, in diese Metropole des Luxus und der Ausschweifungen.

Wir gingen erst mal in eine Kneipe, um uns dann in beschwingtem Zustand West-Berlin anzusehen. In der Nähe der Kaiser-Wilhelm-Gedächtniskirche saß eine Gruppe von Punks mit buntgefärbten Haaren auf den Stufen vor einem Museum. Als wir vorbeikamen, sprang einer auf und schnorrte sich eine Zigarette. Als ich sie ihm anzündete, fragte er, wo wir herkämen. »China?« Er redete kurz mit den anderen, dann umringten sie uns und luden uns ein, sich zu ihnen zu setzen. Ein etwa siebzehnjähriges Mädchen mit einem Ring in der Nase wollte unbedingt irgendwann mal nach China. Sie hatte aus Idealismus Russisch gelernt und war in der Sowjetunion gewesen, aber das Land hatte sie so enttäuscht, daß sie jetzt Chinesisch lernte. Sie schien fest entschlossen, irgendwo auf dieser verdammten Welt ihr Paradies zu finden. Na ja, sie war noch jung, und ihr blieb noch genug Zeit dafür. Sie war so attraktiv, daß ich mich gern selbst als das Paradies empfohlen hätte. Über Stirblangsam als Dolmetscher stellte sie mir jede Menge Fragen, und ich schlüpfte in die Rolle eines Engels und beantwortete jede einzelne.

»In China ist es viel besser als hier, bei euch gibt es keine Armut ...«

Ich erzählte ihr, daß die Leute bei uns genau die gegenteilige Meinung dazu hätten. Sie lachte schallend: »Dann schau uns doch mal an.«

»Und du erst mal uns!«

Der Punk, der die Zigarette verlangt hatte, schlug vor, wir sollten sie erst alle auf ein Glas einladen, dann würden sie für uns auf dem Heimweg die Reiseführer spielen. Wir waren einverstanden und zogen mit ihnen los. Erst ging es zum Brandenburger Tor, wo in einiger Entfernung ein großes Schild zu sehen war: »Achtung! Sie verlassen jetzt West-Berlin.« Wie eine Warnung für Zoobesucher: »Vorsicht! Wilde Tiere. Gefahr.«

Das Mädchen war richtig unternehmungslustig; es lief hin und her und erklärte uns, was wir sahen. Unser Wunsch nach einer Besichtigung der Mauer brachte sie in Hochstimmung. Sie führte uns vom Brandenburger Tor zu diesem bunt bemalten Bauwerk und zeigte uns ein überlebensgroßes Skelett. Dieses Meisterwerk stammte von ihr, wie wir erfuhren. Auf der Westseite war die Mauer flächendeckend in den verschiedensten Techniken und mit allen denkbaren Farben bemalt worden, so daß der Betonkern an keiner Stelle mehr sichtbar war. Die Sowjets hatten bei ihrem Bau wohl nicht im entferntesten daran gedacht, daß sie damit den Künstlern des Westens kostenlosen Raum für ihre Kreativität zur Verfügung stellten.

Wir tranken noch was und nahmen, schon etwas wacklig auf den Beinen, Abschied von den freundlichen Punks.

Nun standen wir drei Fremdlinge unter der halb zerbombten Gedächtniskirche auf dem Schnittpunkt zweier schnurgerader Hauptverkehrsstraßen und wußten nicht mehr, woher wir kamen und wohin es gehen sollte. Der Lärm, der Stahl, die hastenden Menschen in dieser Stadt, ihr Beton, ihre gewaltigen Steinquader, ihr Elan und ihre Lichter erzeugten eine ganz eigene Verlassenheit und schüchterten uns ein. In Stirblangsams altem Gefährt hatten wir in diesem weiten Europa Flüsse, Ebenen und Gebirge überquert, hatten eine völlig neue Welt kennengelernt. Doch hier in der Stadt verwandelte sich diese Welt vor unseren Augen in aufgetürmte Rechtecke, Kegel, Kubikwurzeln und Quadratpotenzen.

Auf den Straßen war viel los, denn wir hatten das Glück, daß sich gleichzeitig mit uns ein paar Staats- und Ministerpräsidenten der EG in Berlin aufhielten. Die Leute drängten sich am Straßenrand, um auf sie zu warten, und plötzlich nahm von diesen Tausenden keiner mehr Notiz von uns. Eine seltsame Angst erfüllte mich. Es war, als ob wir mit einemmal nicht mehr existierten, als wären wir in einsame Geister verwandelt, durch die die Leute hindurchsahen.

An einer Bushaltestelle sah ich einen fettleibigen Mann etwas abseits stehen. Ich war nur noch ein paar Schritte von ihm entfernt und wollte testen, ob ich wirklich noch existierte. Ich drängte mich nah an ihn heran und sagte laut: »Nach Lenins Worten wird ein einsamer Arbeiter immer, gleich wo in der Welt, durch die vertraute Melodie der *Internationale* Freunde und Genossen finden.« Der Mann schaute mich verständnislos an, er vermutete wohl, daß ich um eine Auskunft bat. Als Stirblangsam ihm alles getreu übersetzte, geriet er in Panik und machte sich davon, offenbar konnte er auf die geplante Busfahrt verzichten. Die Straße war für ihn wohl nicht der richtige Ort für die Diskussion so entscheidender politischer Fragen.

Wir schlenderten weiter. Die Stadt stärkte auf geheimnisvolle Weise unser Selbstwertgefühl, wir streckten Brust und Bauch heraus wie die wirklich wohlhabenden Leute und stritten uns um die Frage, ob das Lenin-Zitat, das ich gerade verwendet hatte, auch die Formulierung »ohne einen Pfennig in der Tasche« enthielt. Ich beharrte darauf, aber Xi Yong argumentierte dagegen: »Dann hätte Lenin uns Arbeiter doch als Bettler hingestellt.« Doch ohnehin diente dies alles nur der theoretischen und psychologischen Vorbereitung, um dieses Lied endlich anstimmen zu können.

Stirblangsam meinte, es spreche nichts dagegen, es zu singen, denn es handele sich schließlich um den Ausspruch eines großen Lehrers von uns Proletariern. Also stimmten wir im Gehen mit voller Lautstärke die *Internationale* an. Von uns dreien hatte nur Stirblangsam etwas musikalische Vorbildung genossen, Xi Yong und ich gehörten zu den bemühten Dilettanten, die von drei Halbtönen nur zwei treffen. Doch auch Stirblangsams musikalische Erziehung kam nicht recht zum Tragen, weil er das Lied partout auf Chinesisch singen wollte, sich aber alle paar Takte nach dem Text erkundigen mußte. So stockte unser Gesang empfindlich und klang wahrscheinlich wie verzweifeltes Gejaule. Xi Yong, dem man anmerkte, daß er sich gern singen hörte, wurde durch Stirblangsams Fragerei immer ungeduldiger: »›Nennt uns nicht Habenichtse, diese Welt muß unser sein‹, heißt es …« Diese Textzeile war ein ziemlicher Schock für mich. Die Melodie kannte ich ja bestens, jahrzehntelang hatte ich sie gesummt, aber den Text hatte ich nie so richtig kapiert. Schaut euch diese gierigen Franzosen an! Die Habenichtse meinten plötzlich, diese Welt müsse ihnen gehören. Das konnte ja nicht gutgehen!

Als hätte er eine bedeutende Wahrheit erfahren, rückte Stirblangsam seine Brille zurecht und sang lauthals weiter. Und wieder ging ein Gespenst um in Europa ... In unserer Hochstimmung hatten wir übersehen, daß uns zwei Polizisten entgegenkamen. Die über die Jahre entstandene Furcht vor der Polizei ließ Xi Yong und mich augenblicklich verstummen, nur Stirblangsam trällerte munter weiter, sah auch nicht die Gefahr mit seinen halbblinden Rattenaugen. Erst als er Xi Yong nach der nächsten Textzeile fragen wollte, nahm er die Polizisten wahr, die uns befremdet musterten.

»Guten Abend, meine Herren. Darf ich fragen, was Sie da machen?«

»Nichts Besonderes.«

Stirblangsam erläuterte ihnen die Ausführungen Lenins zum Thema. Wir würden nur probieren, Freunde und Genossen zu finden. Die beiden lachten in der etwas zweifelhaft humorvollen Art, wie sie der Polizei zu eigen ist, und einer von ihnen deutete in die Ferne: »Da, da! Vielleicht können Sie dort welche finden!«

Wir schauten in die Richtung, die er uns wies. »Dort« war Ost-Berlin.

Die Polizisten hatten ihren Marxismus-Leninismus offenbar nicht gründlich genug studiert, denn bei Lenin hieß es ja gleich, »wo in der Welt ...«

»Seid ihr Chinesen?«

Xi Yong und ich nickten.

»ॐ♈♉♊♋♌♍ … mau, mau …«, meinte der eine Polizist.

»♎♍♐♑♒♓ … tau! tau! …«, meinte der andere.

Xi Yong und ich schauten uns verwundert an, bis Stirblangsam Licht ins Dunkel brachte: »Mit ›mau‹ meinen sie den Vorsitzenden Mao, mit ›tau‹ den Taoismus.«

Jetzt verstanden wir. Beflissen halfen wir ihnen, ihre Aussprache zu verbessern, und erzählten ihnen, daß Mao unser großer Führer war und daß der Taoismus zur Quintessenz der chinesischen Kultur gehöre … Die zwei da machten sich lustig über die Quintessenz der chinesischen Kultur und unseren großen Führer. Unfaßbar!

Nicht lange, nachdem wir Berlin verlassen hatten, fiel die Mauer, der Sozialismus geriet in Schieflage, und das Sprichwort vom tausend Kilometer langen Deich, der den Ameisenlöchern zum Opfer fällt, wurde Wirklichkeit. Was beweist, daß das sozialistische System dort nicht so ausgereift war wie das unsere. Wenn diese Mauer bei uns gestanden hätte, gleich ob in Peking, Shanghai oder Kanton, dann wäre es eine zweite »Chinesische Mauer« gewesen, genauso stabil und unzerstörbar wie die erste.

Vom ersten Stock aus, in dem Xi Yong wohnte, hatte man einen guten Blick auf die gegenüberliegende Bäckerei. Seit er hier lebte, schien Xi Yong vor allen Dingen die Brötchen tief ins Herz geschlossen zu haben. Der Brötchenkauf war jeden Morgen seine erste Amtshandlung. Manchmal wäre es gar nicht notwendig gewesen, neue zu kaufen, wir warfen Woche für Woche etliche weg. Aber der Brötchenkauf war Xi Yongs Privileg. Und das war gut so, denn dann hatte ich ein paar Minuten Ruhe. Doch seit ein paar Tagen war Xi Yongs Laune anders als sonst, wenn er von der Bäckerei zurückkam. Das ging so weit, daß er die Papiertüte mit den Brötchen auf den Tisch knallte und den ganzen Vormittag keinen Ton mehr von sich gab. Ich begann, mir Sorgen zu machen. Halb scherzhaft fragte ich ihn, was denn los sei.

»Einen dicken Bauch hat sie, verdammt, sie ist schwanger ...«

Xi Yongs Antwort ergab für mich keinen Sinn. Aber er schien nicht zu Scherzen aufgelegt. Ich sah ihn mir genau an. Alles an ihm schien normal. Hatte ich mich vielleicht verhört?

»Was sagst du? Wer hat einen dicken Bauch?«

»Marilyn Monroe hat einen dicken Bauch«, wiederholte Xi Yong todtraurig und starrte ins Leere.

Ich griff ihm an die Stirn. Kein Fieber. Wie aus einem Traum erwacht, sagte er mit tränenverhangenen Augen: »Marilyn Monroe ist die Verkäuferin in der Bäckerei.«

»Das sollte dich doch freuen. Wieso heulst du denn?«

»Ich war's ja nicht, verdammt ...«

Klar, bislang hatte ich nichts davon gehört, daß er eine Freundin hatte.

»Eigentlich kenne ich sie überhaupt nicht.«

Es stellte sich heraus, daß für Xi Yong in dem Augenblick, als er die ersten Brötchen gekauft und Marilyn Monroe erblickt hatte, ganz Deutschland in sich zusammengestürzt war und in der ganzen Welt – mit Ausnahme dieses Mädchens – nichts mehr irgendeinen Wert für ihn hatte. Höchstens noch die Brötchen, die sie ihm jeden Morgen aushändigte.

Mit einemmal begriff ich, warum diese Prozession der Brötchen über unseren Eßtisch nicht abriß. Seit zwei Jahren konnte man seine Liebe zu diesem Mädchen mit Tausenden Kilo Teigwaren aufwiegen, und Xi Yong kannte nicht einmal den Namen des Mädchens. Über »Guten Morgen – Ich hätte gerne x Brötchen – Danke – Auf Wiedersehen« war er nie hinausgekommen. Sobald er sie sah, wurden seine über Jahre mühsam erworbenen Fremdsprachenkenntnisse zu einem unverständlichen Gestammel, er stotterte, bekam Herzrasen und wußte nicht, wo er anfangen und wo er aufhören sollte. Ich vermutete, daß sich Xi Yong stillschweigend dazu entschlossen hatte, Tag und Nacht zu schuften, um den Bäckerladen zu kaufen. Irgendwann würde er dann drinnen am Backofen ein Liedchen pfeifen, während sein Mädchen im Laden die Kunden bediente. Ab und zu würde sie rufen: »Liebling, sind die Brote schon fertig?« Und nach Geschäftsschluß würde er sie um ihre Wespentaille fassen und ins Kino oder auch woandershin entführen. Ein Zuhause ... was für eine herrliche Sache, im Traum wie in der Realität. Xi Yong wollte sein unstetes Leben beenden.

Einen derart realitätsfernen Plan konnte man Xi Yong nicht zum Vorwurf machen. So ist die Liebe. Sie bringt die Leute an den Punkt, daß sie nicht mehr in der Lage sind, Elefanten von Mäusen zu unterscheiden …

Xi Yong hatte mit Besorgnis beobachtet, wie das Mädchen täglich fülliger um die Taille wurde. Er kam gar nicht auf die Idee, daß jemand ihm zuvorgekommen sein könnte. Vielleicht verdrängte er den Gedanken auch. Niemand denkt gern über die Art seines Todes nach, wenn für morgen der Jüngste Tag angesetzt ist. Erst als dem Mädchen einmal ein Stück Torte hinunterfiel und es sich beim Aufwischen mit der einen Hand angestrengt den Bauch hielt, wurde die Sache derart offenkundig, daß selbst Xi Yong sich nichts mehr vormachen konnte.

Es sah so aus, als ob schon jemand drinnen am Backofen stand, ob er ein Liedchen dazu pfiff oder nicht. Xi Yong war es mit Sicherheit nicht. Und das Mädchen bediente tatsächlich nett und freundlich die Kunden im Laden, sehr wahrscheinlich rief sie auch immer wieder mal etwas nach drinnen, aber es war nicht Xi Yong, der da antwortete. Das war eine Tatsache, die nur schwer zu ertragen war!

Die Liebe rollte eben nicht so einfach auf einen zu wie ein Brötchen. Mit seiner Illusion von der durch Brötchen eingeläuteten Romanze war es nun vorbei. Obwohl ich mit diesen runden Dingern nicht viel am Hut hatte, ging ich am nächsten Tag selbst in den Laden. Ich wollte dieser Romanze einen Schlußakkord aufsetzen, und dann würde ich Xi Yong aus ihr einen soliden Maulkorb flechten, um nicht mehr stumm und wehrlos danebensitzen zu müssen, wenn sich dieses Lästermaul das nächste Mal wieder über meine amourösen Ausflüge lustig machte.

Es war einer dieser kleinen Läden, die es in ganz Europa gibt, mit einer schmalen Front und einem dennoch reichen Angebot. Außer Brot gab es auch Fleisch und andere Lebensmittel. Zum Eingang des Geschäfts gelangte man über ein paar Stufen, und beim Öffnen klingelte ein Glöckchen über der Tür.

Das war also das Mädchen, an das mein unglückseliger Freund sein Herz verloren hatte. Sie war gerade dabei, eine Scheibe Fleisch aus der Mikrowelle zu nehmen, die für einen türkischen Arbeiter bestimmt war, einen grobschlächtigen Burschen, der gerade sein Frühstück verschlang. Als die Türglocke ertönte, sah sie sich kurz um. Ein Blick genügte, und ich verstand noch besser als Xi Yong selbst, wie er einer so verrückten Träumerei hatte verfallen können.

Der Arbeiter griff sich seine Kaffeetasse, trank sie in einem Zug aus und zog mit seinem Stück Fleisch ab. Jetzt blieben nur noch wir zwei in dem kleinen Geschäft. Sie musterte mich verwundert. Wahrscheinlich konnte sie sich nicht erklären, wieso da plötzlich ein zweiter Asiate auftauchte, der einen noch beschränkteren Eindruck machte als der erste.

Ich schaute ihr direkt in die Augen. An die dunklen Augen der chinesischen Mädchen gewöhnt, hatte ich die meist blauen Augen der Europäerinnen immer als eher kalt und weniger sanftmütig empfunden. Mir war nie aufgefallen, daß blaue Augen ebenso verführerisch und warmherzig blicken können. Ihre langen Wimpern, die sie ebenfalls blau gefärbt hatte, verliehen dem transparenten Blau der Augen eine ungewöhnliche Tiefe, traumgleich und so verheißungsvoll, daß man gleichsam in sie hineinstreben wollte, der Ewigkeit entgegen …

Ich war ganz schön sauer auf Xi Yong. Das war unfair, das entsprach nicht dem Prinzip unserer Freundschaft. In verzweifelter Lage durfte ich seine Hoffnungslosigkeit teilen, aber wenn ihm mal eine wie immer geartete Chance winkte, durfte ich mein Glück nicht versuchen. Eine feine Freundschaft war das!

Das Mädchen trug zwar schon ein Bäuchlein vor sich her (um deutlich zu zeigen, daß man auch mir zuvorgekommen war), und die Schwangerschaft hatte ihre Beine schon etwas anschwellen lassen, aber das beeinträchtigte nicht im geringsten die von ihr ausgehende jugendliche Aura. Es gibt viele Arten von Schönheit, aber Feen trifft man selten auf Erden. Daß Xi Yong die seine Marilyn Monroe nannte, war nur ein Hinweis auf seine degenerierte Phantasie. Im Vergleich zu diesem Geschöpf wäre Marilyn Monroe für mich gerade noch als einer der Trampel durchgegangen, die bei den bewachten Parkplätzen kassieren, oder als chinesische Busfahrkartenverkäuferin. Die Bäckersfrau dagegen war weder zu groß noch zu klein – sie hatte genau die Körpergröße, die uns entgegenkam. Sie trug ein hellgrünes T-Shirt, und auf ihrer weißen Schürze war ein lustiges Cartoonschwein zu sehen. Ihre roten Lippen ließen das Weiß ihrer Zähne noch blendender erscheinen, ihr dichtes Haar glänzte golden, und ihre Stimme war so glockenhell, daß der Klang der Ladenklingel dagegen dumpf wirkte.

»Was darf's denn sein?«

Was es sein durfte? Das hätte ich gar nicht in Worte fassen können …

»Erst mal vier Brötchen bitte.«

Sie legte die Tüte auf die Ladentheke.

»Kommt noch was dazu?«

»Ja, Sie!«

Sie erstarrte vor Schreck und schaute mich unsicher an, als von drinnen ein kräftiger Mann ein Tablett mit frisch gebratenen Schweinshaxen in den Verkaufsraum brachte. Er war mit Muskelpaketen beladen und trug am Handgelenk eine dicke Goldkette. »Guten Morgen!« grüßte er mich freundlich. Ich fand nicht mal Gelegenheit zurückzugrüßen, so schnell war ich aus dem Laden.

Zu Hause ließ ich Xi Yong natürlich an meinen Eindrücken teilhaben. Immer wieder seufzte ich vor Bewunderung, und Xi Yong rollte sich niedergeschlagen in seinem Bett zusammen. In meiner Ratlosigkeit rief ich Stirblangsam an, der sich erst mal kaum einkriegte und dann meinte, so was sei wie eine Grippe, mit Medikamenten dauere es sieben Tage und ohne eine Woche, die Zeit heile alle Wunden und so weiter. Natürlich war dieses Gerede ohne jeden praktischen Wert, denn Xi Yong rannen die Tränen unaufhörlich übers Gesicht, sein Schmerz wurde immer grundsätzlicher. Alles holte ihn wieder ein: die »Großtante«, seine Einsamkeit, seine ständige Geldnot, das Chinarestaurant, sogar der Verweis von seiner Schule in China, das lebenslange Leid seines Vaters, der als »rechtes Element« gebrandmarkt worden war, und das seiner Mutter, die man in ihrer Jugend als »Konterrevolutionärin« ins Gefängnis gesteckt hatte. Der einzige Grund, warum diese tickende Kummerzeitbombe nicht schon früher hochgegangen war, lag darin, daß Xi Yong die Zündschnur unter der Schürze der kleinen Brotverkäuferin versteckt hatte.

Wie hätte Stirblangsam das verstehen können? Kindergarten, Grundschule, Gymnasium, Uni, Studienabschluß, Jobsuche, Zahnarzt spielen oder Rechtsanwalt, Steuern zahlen, um sie dann mit Geschick wieder zurückzuholen, ein hübsches Mädchen zu seiner Frau machen, ein nobles Auto kaufen, ein Haus bauen, sich nach dem Sommerurlaub schon wieder Gedanken über den Winterurlaub machen, um dann zum Schluß auf einem glattgeschliffenen Grabstein den eigenen Namen eingraviert zu bekommen und sich's unter aufrichtigen und weniger aufrichtigen Trauerbekundungen in einem furnierten Buchensarg bequem zu machen, das war's doch für die! Was lehrt einen ein solches Leben schon? Nur in China lernt man das wahre Leben kennen!

Xi Yongs übergroßes Leid veranlaßte mich, eine neutrale Position einzunehmen. Ich beschloß, die Bäckersfrau zu vergessen und mich da nicht mehr einzumischen. Sollte Xi Yong sie doch für sich allein haben …

In Xi Yongs verdüstertem Gehirn hatten runde Hinterbacken und knusprige runde Brötchen die gleiche Ästhetik angenommen. Kurz, man konnte unschwer daraus die konfuzianische Erkenntnis ableiten, daß das Verlangen nach Essen und das Verlangen nach einer schönen Frau in gleicher Weise in der Natur des Menschen angelegt sind. Gleichzeitig war das der Beweis, daß unsere Altvorderen um keinen Deut besser gewesen waren als wir, die wir täglich aufs neue im Meer unserer Bedürfnisse versanken. Und das ließ uns unsere Träume, General oder Minister zu werden, über Bord werfen. Als ob Generäle und Minister nicht die gleichen Bedüfnisse hatten.

Um Xi Yongs Leid zu lindern, schlug Stirblangsam immer wieder irgendwelche Unternehmungen vor, und wir überredeten ihn nach Kräften, sich zu beteiligen. Eines Tages organisierte Stirblangsam den Besuch der tausend Jahre alten Ruine eines Mönchsklosters, von der man einen weiten Blick auf die nahe Meeresbucht hatte. Stirblangsam packte zwei Flaschen Whisky ein, und wir hatten noch einen Rest Gin, der von einer Einladung zum Essen übriggeblieben war. Ich bezweifelte, daß wir so viel würden trinken können, aber Xi Yong bestand darauf, sie mitzunehmen. Ich verzichtete auf weitere Einwände.

Den Gin tranken wir schon unterwegs, was Stirblangsams Fahrweise leicht beeinträchtigte, und noch vor dem Ziel machten wir eine der Whiskyflaschen auf. Stirblangsam fing an, betrunken über die Auswirkung des Taoismus auf Theorie und Praxis der Chemie im alten China zu dozieren. Dann kam er ohne große Umwege auf Leibniz, Yin-Yang und die acht Trigramme. Keiner der Teilnehmer des Symposions konnte ihm da noch folgen. Wir ließen ihn einfach reden.

Das tausendjährige Kloster war auf einem Berg gelegen. Ein schmaler Weg, den das Auto gerade noch bewältigte, führte uns durch einen Wald zum Hauptportal. Die in Jahrhunderten herabgestürzten Steine bildeten schon einen kleinen Wall um das Gebäude, das aus seinen dunklen Fensterlöchern einen bösen Blick zum fernen Hafen zu werfen schien.

Wir kletterten auf den Glockenturm, den höchsten Punkt der Ruine. Von der Glocke war längst nichts mehr da, nur eine kleine Terrasse war übriggeblieben. Stirblangsam zeigte hierhin und dorthin, und immer wieder schauten wir in die Ferne. In der Bucht lagen Segelboote mit unruhig wackelnden Masten, als hätten sie es eilig, bald wieder in See zu stechen.

Wir ließen uns auf der kleinen Terrasse nieder, um einen Joint zu rauchen, denn auch die zweite Flasche war schon fast leer. Stirblangsam und mir ging es irgendwann nicht mehr nur darum, Xi Yong aufzumuntern. Mit der Zeit drehten wir immer mehr auf, was gut an der Wechselwirkung von Joint und Whisky liegen konnte. Stirblangsam war dabei besonders einfallsreich, er kam sogar auf die glorreiche Idee, auf der etwa einen Meter hohen halbverfallenen Umfassungsmauer zu balancieren. Er selbst schaffte es auch wohlbehalten, war stolz auf seinen Erfolg und schaute nun erwartungsvoll mich an: »Wenn du nicht runterschaust«, sagte er, »dann ist es ganz einfach.« Aber ich ließ mir nicht vorschreiben, wo ich hinzuschauen hatte. Ich wollte mir meinen Tod selbst aussuchen. Xi Yong lächelte, er schien wieder ganz der alte. Ohne unsere Meinung dazu anzuhören, war er schon auf die Mauer geklettert, doch beim Versuch, sich auf der unebenen Fläche aufzurichten, rutschte er wohl ab und war plötzlich verschwunden. Wir hörten einen furchtbaren, herzzerreißenden Schrei und fast gleichzeitig einen dumpfen Aufprall.

Stirblangsam und ich sahen uns kurz an und wichen dem Blick des anderen sofort wieder aus. Ich stieß einen Schrei aus, der aus meinem tiefsten Inneren kam, und ich rannte durch die düsteren Treppengänge des Kastells nach unten. Ich mußte meinen Bruder retten, koste es, was es wolle …

Die unzähligen alten Treppenstufen wurden unter meinen zittrigen Füßen zu einem endlosen, beschwerlichen Leidensweg. Ich rannte und rannte, und es kam mir vor, als rannte ich schon mein ganzes Leben.

Xi Yong lag auf einem Steinhaufen und wimmerte leise. Ich zog ihm die Kleidung aus und untersuchte ihn, aber es war am ganzen Körper kein Tropfen Blut zu sehen. Ich nahm ihn in die Arme. Sein Gesicht war ganz violett, aber er wirkte gefaßt. Er sah mich durchdringend an, war aber nicht in der Lage zu sprechen. Auf seiner Stirn sammelten sich Schweißperlen, und auch seine Unterwäsche war völlig durchgeschwitzt. Noch nie habe ich jemanden so schwitzen sehen. Ich hielt ihn jetzt fest in meinen Armen, doch sein Zittern konnte ich nicht beruhigen.

Es war kein Mensch in der Nähe. Ringsum war nur Wald. Stirblangsam versuchte loszufahren, um irgendwo zu telefonieren. Das Auto jaulte nur und sprang nicht an. Er kam herausgekrochen, zitterte, dann stieg er wieder hinein und brachte nach ein paar weiteren Versuchen die Karre endlich in Gang.

Xi Yong schlotterte, als läge er nackt im kalten Dezemberwind. Tränen und Schweiß waren nicht mehr zu unterscheiden, er blickte mich noch immer starr an. Ich spürte, daß er mir unbedingt etwas sagen wollte, aber seine Kraft reichte nicht mehr dafür.

Gut zehn Minuten später begann sich seine Bauchdecke zu wölben, sie fühlte sich ganz hart an und bekam rote Flecken, die allmählich in Lila übergingen, wie Rosen, die sich im Herbst verfärben. Stirblangsam kam und kam nicht zurück, und ich spürte, wie sich Xi Yong in jeder Minute und jeder Sekunde weiter von mir entfernte. Eine nie gekannte Verlassenheit nahm plötzlich Besitz von mir, und ich konnte meine Fassung nicht mehr wahren, ich brach völlig zusammen. Ich weinte und betete innerlich, ohne zu wissen, zu wem: Rette uns, bitte rette uns … Plötzlich schoß Blut aus Xi Yongs Nase und Mund, sein Herz klopfte immer schneller, und sein Gesicht wurde kreidebleich. Dann sagte er klar und deutlich: »Ich gehe heim … ich bin … schon unterwegs …« Danach bäumte er sich in meinen Armen so wild auf, als wollte er wirklich aufbrechen. Er wurde plötzlich sehr schwer, und keines meiner Worte konnte ihn mehr erreichen.

Der Arzt und die Polizei kamen zur selben Zeit. Sie brauchten keine fünf Minuten, um festzustellen, daß eine Rettung Xi Yongs nicht mehr möglich war. Wahrscheinlich war mein Geschluchze allzu furchterregend für diese Welt, jedenfalls wurde ich von einem Arzt und einem Polizisten in den Rettungswagen verfrachtet. Polizisten und Ärzte haben ja die Pflicht, die Ruhe und Ungestörtheit dieser Welt zu sichern.

Nach einer Reihe von grauenhaften Formalitäten, die ich hier nicht auszubreiten brauche – Polizei, Beweisaufnahme, Botschaft, Labortest –, ließ man Xi Yong schließlich seinen Frieden. Stirblangsam und ich legten zusammen und ließen ihn auf dem Friedhof der Wohlfahrtsbehörde für Säufer und Bedürftige begraben. Ein paar wenige Leute kamen zu seiner Beerdigung, und manche von ihnen, das wage ich zu behaupten, hätte Xi Yong nur ungern dabeigehabt.

Auch das Mädchen aus der Bäckerei erschien mit ihrem dicken Bauch und einem Blumenstrauß. Wahrscheinlich hatte Stirblangsam ihr alles erzählt. Ihr Blick wirkte wie immer sehr tiefgründig. Es war, als versuchte sie sich an das Aussehen dieses Chinesen zu erinnern, der jeden Morgen seine Brötchen bei ihr gekauft hatte …

Die Tränen der »Großtante« waren durchaus glaubhaft. Allerdings wurde ich das Gefühl nicht los, daß sie dem Geld galten, das sie nie wiederbekommen würde …

Der Mathematiker kam mit Frau und Kind von einem

unbekannten Ort herbeigeeilt, sagte kein Wort und verschwand nach der Beerdigung sofort wieder. Wohin, wußte niemand …

Selbst der »Bucklige« fand sich ein und blickte ständig in die Trauerrunde, als suche er jemand Bestimmten …

Eine üppige Blütenpracht schmückte den Friedhof der kleinen Stadt. Der Himmel war strahlend blau.

Nachdem ich meinen Bruder im Geiste verloren hatte, konnte ich hier nicht länger bleiben. Ich entschloß mich, nach China zurückzukehren, und ging wieder nach Peking. Dieses ewige Hin und Her scheint wohl meine Bestimmung. Ich komme und gehe, als wüßte ich, was ich tue …

Über die Jahre hat sich das Peking, das ich kannte, in eine riesige Baustelle verwandelt. Die in Jahrhunderten gewachsenen Siedlungen dieser Stadt, die riesigen Flächen mit ebenerdigen Häusern, sind dabei zu verschwinden. Als ob es darum ginge, einem mit Gewalt all seine Erinnerungen zu entreißen, fahren absonderlich anmutende Baumaschinen überall ihre grotesken Arme und Krallen aus und verschlingen Peking, begleitet von einem unerträglichen Dröhnen. Um sich selbst Mut zu machen, um sich selbst einzureden, daß das Leben interessant und lohnend ist, scheuen die Leute keine Mühe, das äußere Erscheinungsbild ihrer Welt umzukrempeln. Heute wird hier etwas ausgehoben, morgen gräbt man dort eine Grube, bis überall auf dieser einst so schönen Welt der Staub durch die Luft wirbelt und der Boden von Kratern übersät ist.

Gott sei Dank brauchen die Reichen sich nicht die Hände schmutzig zu machen, sondern können sich darauf beschränken, bei den Eröffnungen die Bänder durchzuschneiden. Danach geben sie die Scheren schnell wieder an die Hostessen zurück, bei denen der Schlitz im Rock den halben Hintern freilegt. Und all das wird mit dem allergrößten Ernst betrieben. Einem selbst ist nur die Rolle des Zuschauers zugewiesen. Dennoch hegt man starke Zweifel, daß dieses beschissene Leben jeden Tag moderner und besser wird.

Es gibt tatsächlich Veränderungen. Vor meiner Ausreise war unser Klopapier ungefähr so grobmaschig gewesen wie ein Küchensieb, mittlerweile sind die Löcher darin so groß wie in einem Netz, das schon drei Generationen von Fischern ausgeworfen hatten.

Wenn man Jahre fern der Heimat war und aus einer anderen Welt zurückkehrt, dann ist es das Wichtigste, erst einmal seßhaft zu werden. Das ist nicht nur dein eigenes Problem, denn wenn man selbst nicht seßhaft wird, finden auch die anderen keine Ruhe. Wenn beispielsweise jeden Tag ein Verrückter um dein Haus schleicht, findest auch du keinen Frieden.

Seit mich Xi Yong verlassen hat, habe ich das Gefühl, ich pendle ständig zwischen Irrsinn und Vernunft und zwischen Wahn und Wirklichkeit.

Wenn ich gerade vernünftig bin, bekomme ich es mit der Angst zu tun. Dann habe ich das dringende Bedürfnis, mein Gehirn zu nutzen, und kaufe mir jeden Tag einen Stapel Zeitungen. Nach dem, was da geschrieben steht, scheinen meine Landsleute in den Jahren meiner Abwesenheit allesamt zu Bestien geworden zu sein. Täglich gibt es Meldungen von Menschen, die mit dem Messer in der Hand auf andere losgehen. Ganz gleich, ob es ihnen nun gelingt, sie umzubringen, diese Meldungen reißen nicht ab. Es waren diese Verhältnisse in Europa gewesen, die mich mit fliegenden Fahnen hatten heimkehren lassen, und jetzt entdecke ich, daß wir ihnen in unserer Entwicklung mit großen Schritten folgen. Die Intensität des Hasses ist wahrscheinlich umgekehrt proportional zur Dicke des Geldbeutels. Dafür kann man Verständnis haben, sind doch bei dieser Boxmeisterschaft ohne Normen und Regeln die Muskeln bei jedem verschieden entwikkelt! Noch erschreckender ist, daß selbst die Kinder hier nicht zurückstehen wollen. Einmal las ich in der Pekinger Abendzeitung eine Nachricht, die mich fast umgehauen hat. Es ging um einen psychologischen Test der Pekinger Pädagogischen Universität an Kindern im Vorschulalter. Thema der Befragung war: »Wenn du auf der Straße ein krankes Kätzchen siehst, das seine Mama verloren hat, was tust du dann?« Es gab zahlreiche Antworten wie »von einem Hochhaus hinunterwerfen«, »fritieren«, »ihm die Haare ausreißen«, »die Augen herauspulen«, »es tottreten« und »ihm den Schwanz abschneiden«. Es war mir schleierhaft, wie ein solches Maß an Haß das Gehirn von Kindern besetzen kann. Ein solcher Prozeß sollte doch eigentlich seine Zeit brauchen, genauso wie Parasiten und Krankheitsbakterien ein ganz bestimmtes Umfeld und ganz bestimmte Voraussetzungen brauchen, um sich zu vermehren. Wie war dieses Ergebnis schon bei Kindern von vier, fünf Jahren möglich? Ihre Mütter wollen natürlich, daß sie zu feinen, kultivierten Damen und Herren heranwachsen, aber das ist verlorene Liebesmüh. Nur der Haß, der braucht nicht gelehrt zu werden, der kommt als Bonuspaket mit der Geburt! Wahrscheinlich können sich Kolibakterien aus denselben Gründen nicht zu Affenherden entwickeln. Ohne Scheiße gehen sie einfach ein.

Nach der Weltsicht des dialektischen Materialismus hat natürlich jede Sache ihre Kehrseite. Einerseits jagen mir die Menschen Furcht ein, andererseits ist unser Leben jetzt sehr viel moderner. Auch früher war es wunderbar, durch bunt beleuchtete Straßen zu gehen, aber das war nichts im Vergleich zu den Neonorgien von heute. Endlich gibt es Weltmetropolen in China. Peking, zum Beispiel, hat alles, was das Herz begehrt. Seine Hauptverkehrsstraßen bilden das Gesicht der Stadt, und das wird unablässig geschminkt und gepudert. Massen von Kaufhäusern und Restaurants mit klangvollen Namen wie »Kaiserluxus«, »Kaiserehre« oder »Kaisergarten« reihen sich aneinander, für Immobilien wird mit Beschreibungen wie »königlicher Luxus« geworben, und im kulturellen Bereich taucht plötzlich eine »Gruppe der Dichter des Kaiserreichs« auf. Der Kapitalismus gibt schon nicht mehr genug her – man braucht die pompösen Namen aus der Feudalzeit.

Das Fernsehen läßt jeden Tag kunstvoll idyllische Träume entstehen. Man kann sich ins Bett legen und rund um die Uhr irgendwelchen pomadisierten Schnöseln dabei zuschauen, wie sie gekünstelt daherreden. Schwer zu beurteilen, ob wir vorwärts oder rückwärts marschieren. Gott sei Dank habe ich für solche Belange nie großes Interesse aufgebracht. Ich habe es mir schon früh zur Gewohnheit gemacht, die Partei solche Probleme für mich lösen zu lassen ...

In den Hutong-Gassen aber, den Eingeweiden der Stadt, hängen überall Werbezettel für Mittel gegen Erektionsstörungen und Syphilis, was einem das Gefühl gibt, ganz China habe sich in ein einziges Bordell verwandelt. Als hätte man mit einer gewaltigen Orgie den Untergang der Welt gefeiert.

Stirblangsam, der verdammte Schweizer, schreibt, er würde mich bald in Peking besuchen kommen. Mir ist es lieber, er kommt nicht. Ich fühle mich als Gast wohler denn als Gastgeber. Außerdem lebe ich seit meiner Rückkehr in Wohnungen, die entweder bis an die Decke mit Gerümpel vollgestellt oder gähnend leer sind. Die gleiche mißliche Situation wie früher. Wie soll ich da Gäste unterbringen?

In den ersten Tagen nach meiner Rückkehr kamen viele meiner alten Freunde vorbei. Doch als sie hörten, daß ich eine Stelle suchte, da waren die Gewieften unter ihnen sofort wieder verschwunden. Wenn der nicht einmal bei den Ausländern reich wurde, wo das Geld auf der Straße liegt, dann lohnte sich der Besuch ja nicht. Die Leute hatten sich genauso gewandelt wie die Zeiten: »Nur wenige Monate warst du in der Höhle, doch draußen in der Welt vergingen tausend Jahre …«

Doch das Leben der Menschen ist immer noch, was es immer war: Begehrlichkeiten, Geschäftigkeit, Atmen, Muskelkrämpfe, Lärm und Streit, Geborenwerden und Sterben, all das fließt seit unendlichen Zeiten dahin wie ein einziger stinkender, verschmutzter Strom. Niemanden kümmert es, in welche Richtung er fließt und wann er zum Stillstand kommt. Niemand weiß, daß wir, die Sedimente, die sich seit Urzeiten am Grund angesammelt haben, eines Tages offen im grellen Licht der Sonne liegen und einen heißen, infernalischen, nie zuvor gerochenen Gestank verbreiten werden. Abschaum, gleich ob alt oder jung, reich oder arm.

Seit Millionen von Jahren drängen wir uns nun schon auf diesem Planeten, wir sind alt und verbraucht. Kein Wunder, daß wir stinken.

Nachwort

von Irmy Schweiger

Als Jürgen Habermas im Frühjahr 2001 das Reich der Mitte bereiste, trug er die alte westliche Sehnsucht in sich, hier dem »großen Anderen« zu begegnen. »Dann wird Sie China enttäuschen«, war der lakonische Kommentar, den der Schriftsteller Xu Xing dem Gast aus Deutschland entgegenhielt. Nach seinem Gefühl, so Xu, würde die Unterschiedlichkeit der Länder durch die Globalisierung immer mehr eingeebnet. Für einen Schriftsteller sei es geradewegs so, »als müsse man im Chor singen und hörte die eigene Stimme nicht mehr«.

Damit spielte Xu Xing allerdings nicht nur auf den gegenwärtigen Modernisierungswahn an, sondern auch auf den Anpassungswillen der chinesischen Künstler und Intellektuellen. In seinem Roman *Und alles, was bleibt, ist für dich* führt er jene Spezies genußvoll als Pseudo-van-Goghs und Möchtegern-Kafkas vor, die sich in der Pekinger Künstlerszene gerne selbst zelebrieren. Auch wenn sich Xu Xing mit solchen Äußerungen als Kulturkritiker zu erkennen gibt, so scheint ihm, mit Blick auf seine literarischen Texte, nichts ferner zu liegen, als einen, ja irgendeinen Standpunkt zu vertreten. Seine Texte sind Unterwanderungen einer aufklärerischen Vernunft, einer sinnhaften, kohärenten Lebenserfahrung, einer moralischen Weltsicht. Hier gibt es nichts, das Bestand hat, kein Ziel, das Ankunft verspricht, alles befindet sich ständig im Fluß. Xu Xings Protagonisten sind notorisch unterwegs, getrieben von der Unmöglichkeit, irgendwo bleiben zu können. Sie sind auf der verzweifelten Suche nach

Wahrhaftigkeit und einer Authentizität, die höchstens in der Bewegung spürbar wird. »Nichts ist belebender, als unterwegs zu sein. Auch wenn du nichts als ein bißchen Muskelmasse und Fettgewebe bist, gibt dir das Unterwegssein doch das Gefühl, daß du lebst«, heißt es an einer Stelle des vorliegenden Romans. Sämtliche Versuche, sich irgendwo einzurichten, sind zum Scheitern verurteilt.

Auch im wirklichen Leben hat sich der chinesische Autor nie etabliert. Sein Leben verlief so ruhelos wie das seiner in jeglicher Hinsicht unbeheimateten literarischen Figuren. Geboren wurde Xu Xing am 20. März 1956 in Peking. Sein Vater war Ingenieur im Forstministerium, seine Mutter Ärztin in einem Krankenhaus. Wie Tausende von Intellektuellen wurden beide im Jahr 1957 Opfer der Anti-Rechts-Bewegung. Die zehn Jahre später einsetzende Große Proletarische Kulturrevolution (1966–76) brachte die Familie endgültig auseinander. Xu Xings Mutter folgte dem Aufruf der Partei zur Umerziehung der Intellektuellen auf dem Lande, um in der entlegenen Provinz Gansu im chinesischen Hinterland von den bäuerlichen Massen zu lernen. Die älteren Geschwister wurden mit Zehntausenden anderer städtischer Jugendlicher aufs Land verschickt, so daß Xu Xing mit elf Jahren allein in Peking zurückblieb und sich im wahrsten Sinne des Wortes durchs Leben schlagen mußte. Die Essensmarken, die ihm seine Mutter schickte, reichten allenfalls bis zur Monatsmitte, das weitere Überleben mußte der Elfjährige auf vergleichsweise illegalen Wegen sicherstellen.

Zu Beginn der siebziger Jahre schloß sich Xu Xing einem Kreis von Jugendlichen an, die fünf bis zehn Jahre älter waren und deren Suche – angesichts der maoistischen

Willkür – dem wahren Marxismus galt. Die in dieser Zeit entstandene Untergrundliteratur war politisch motiviert und fand ihre Fortsetzung zu Beginn der achtziger Jahre in der sogenannten »obskuren Lyrik«, deren prominenteste Vertreter wie Yang Lian, Duo Duo, Shu Ting und Bei Dao auch im Westen reüssierten. Als »kleiner Bruder«, der inzwischen den offiziellen Status eines Schwererziehbaren, eines nicht integrierbaren Elements der Gesellschaft innehatte, fungierte Xu Xing immer wieder als Verbindungsmann zwischen den im chinesischen Hinterland verstreuten Gesinnungsgenossen. Er schwänzt die Schule, springt auf den Zug oder schlägt sich per Anhalter durch zu seinen Freunden in der Inneren Mongolei oder der Grenzprovinz Heilongjiang. Als er eines Tages von einer dieser Reisen zurückkehrt, wird er festgenommen und ins Gefängnis gesteckt. Die elterliche Wohnung wird nach subversiven Texten durchsucht, er selbst wird zum Konterrevolutionär gestempelt. Damit ist auch seine Absage an den Marxismus besiegelt, und im folgenden wendet sich Xu Xing von jeglicher Form von Politik und Ideologie ab, um sich fortan literarisch zu orientieren.

Er meldet sich freiwillig nach Yanan, der Wiege der chinesischen Revolution. Obschon mit dem Makel des Konterrevolutionärs behaftet und als einziger weder der Partei noch dem kommunistischen Jugendverband zugehörig, schickt man auch ihn mit allen revolutionären Ehren auf die Reise. Er lebt und arbeitet zwei Jahre mit den Yananer Bauern in der Provinz Shaanxi, wo ihm eines Tages der Zufall zu Hilfe kommt, um sein Stigma abzustreifen: Ein Bauer gerät mit seinem Traktor in einen See und droht zu ertrinken. Während alle ratlos zuschauen, springt Xu Xing, der als einziger schwimmen kann, beherzt ins Wasser und rettet ihm das Leben. Diese wahrhaft revolutionäre Tat verschafft ihm den Heldenstatus. Ab jetzt ist er ein nützliches Element der Gesellschaft.

Als Mao Zedong 1976 stirbt und die Nachricht vom Sturz der sogenannten »Viererbande« auch in die entlegensten Bergdörfer vorgedrungen ist, drängen die Jugendlichen, die gerade noch ihrer Yananer Heimat auf ewig die Treue geschworen hatten, in die Hauptstadt zurück. Xu Xing dagegen meldet sich zur Armee und versucht sich dort als Basketballspieler. Doch seine überdurchschnittliche Größe macht noch keinen erfolgreichen Spieler aus ihm, Sport ist seine Sache nicht. Daraufhin wird er zum Dienst in die Schreibstube abgeordnet, wo er sein erstes literarisches Werk – ein Drehbuch – verfaßt. Die zuständigen Stellen sind angetan, verlangen aber inhaltliche Änderungen, in denen Xu Xing sich nicht wiedererkennen kann. Ihm wird klar, daß die Diskrepanz zwischen der offiziellen und seiner Literatur vermutlich unüberwindbar ist.

1981 kehrt er nach Peking zurück, wo ihm nach einem kurzen behördlichen Intermezzo eine Stelle im größten Pekingenten-Restaurant der Hauptstadt zugewiesen wird. Gleichzeitig beginnt er zu schreiben. Sein Diensteifer als Kellner und Putzkraft läßt zu wünschen übrig. Pünktlichkeit und tagtägliches Malochen entsprechen ihm noch weniger als Basketball. Er wird arbeitslos.

In dieser Zeit beginnt Xu Xing die Entspannung im Literaturbetrieb wahrzunehmen und reicht ein weiteres Manuskript ein – diesmal bei den Redakteuren der vergleichsweise liberalen Zeitschrift *Lyrik*. Mit einem mitleidigen Lächeln wird er dort an das bis heute wichtigste Organ des offiziellen Literaturbetriebs weiterverwiesen, die *Volksliteratur*. Nach nur wenigen Tagen ist der Außenseiter in die literarischen Salons der Hauptstadt eingerückt. Mitte der achtziger Jahre werden seine Kurzgeschichte *Thema ohne Variationen* und wenig später *Die Stadtgeschichte* zusammen mit Liu Suolas *Du hast keine Wahl* als der Beginn einer modernistischen Literatur in China gefeiert und verfemt gleichermaßen. Denn Xu Xing hat darin nicht nur gezeigt, daß es mehr als eine mögliche Form der Weltsicht gibt, sondern auch den Typus des »überflüssigen Menschen« geschaffen, der weder zur Revolution noch zur gesellschaftlichen Modernisierung taugt. Nichtsdestotrotz wird er an die Lu-Xun-Akademie empfohlen, wo literarisch ambitionierte Autodidakten der »verlorenen Generation« ausgebildet werden. Vor Abschluß des Studiums erreicht ihn im November 1989 eine Einladung an die Berliner Kunstakademie. Im Jahr darauf erhält er vom schwedischen Zweig der internationalen Schriftstellervereinigung den Literaturpreis für ausländische Literatur, 1991 ein Stipendium der Heinrich-Böll-Stiftung. Bis 1994 lebt er vornehmlich in Heidelberg. Zwischenzeitlich werden seine Kurzgeschichten ins Französische, Italienische, Japanische und kürzlich auch ins Englische übersetzt.

Daß die deutschen Leser so lange warten mußten, hat vielleicht mit der mangelnden Risikobereitschaft deutscher Verlage zu tun, vermutlich aber auch mit der Tatsache, daß Xu Xing sich auch in Deutschland dem Literaturbetrieb entzogen hat. Unter den vom Westen nach den blutigen Ereignissen vom 4. Juni 1989 hofierten Exilschriftstellern hat er seinen Platz nicht gesehen. Vielmehr gibt er sich 1990 auf der Konferenz »Chinesische Schriftsteller im Exil« zu erkennen als »jemand, dem die politische Situation in China mißfällt, der aber zu schwach ist, dagegen zu opponieren, und von daher bewußt und freiwillig den Entschluß gefaßt hat, in die Verbannung zu gehen«.

Den ersten Teil des vorliegenden Romans *Und alles, was bleibt, ist für dich* hat Xu Xing während seiner Zeit in Deutschland geschrieben, die restlichen Teile entstanden – nach seiner Rückkehr – in China. Inzwischen reist er nicht mehr nur mit einem zerfledderten Reisetagebuch durch China, sondern auch mit einer Videokamera, um mit unverstelltem Blick ein Stück »authentisches China« einzufangen.

Im Unterschied zu seinem Freund, dem in Paris lebenden Literaturnobelpreisträger Gao Xingjian, ist es Xu Xing trotz aller Anstrengungen nicht gelungen, im Westen heimisch zu werden. Gao Xingjian hat in Frankreich den Freiraum gefunden, den er braucht, um künstlerisch tätig zu sein. Er ist Teil des gegenwärtigen ästhetischen Diskurses, ohne sich selbst aufgeben zu müssen – ein Reisender zwischen den Welten. Xu Xings »Scheitern« mag zum einen der für ihn unüberwindlichen Sprachbarriere zuzuschreiben sein. Zum anderen war es aber auch die »Langeweile«, die ihn aus Deutschland nach China zurückgetrieben hat.

»Langeweile« oder das »Warten auf Godot« ist in den Geschichten Xu Xings kombiniert mit der taoistischen Lebenshaltung der Indifferenz und des Nichthandelns. Die Rettung aus dem Zustand des Wartens ist genauso eine menschliche Illusion wie die Vorstellung von einem Ziel. Folglich überläßt der Protagonist seine Bestimmung dem Zufall und folgt seinem ureigensten Trieb nach Bedürfnisbefriedigung. Xu Xings Figuren spiegeln die Aporie der Moderne, das Dilemma menschlichen Seins wider.

Gleichwohl geschieht dies nicht mit existentialistischem Pathos, sondern mit karnevalesken Überzeichnungen und ironischer Distanz. Frechheit und Witz, gepaart mit der Weisheit der Ahnen, machen Xu Xings Texte zu einem Leseerlebnis – weit über Chinas Grenzen hinaus.

Irmy Schweiger